DÖRLEMANN

Margaret Drabble

Mein Lebensweg war schon immer von einer seltsamen Mischung aus Zuversicht und Feigheit gezeichnet – ja, man könnte fast sagen, davon bestimmt. Nehmen wir zum Beispiel meinen ersten Versuch, eine Nacht mit einem Mann im Hotel zu verbringen. Ich war damals neunzehn – das richtige Alter für solche Abenteuer – und selbstverständlich noch nicht verheiratet (was ich immer noch nicht bin, eine Tatsache von einiger Bedeutung – doch davon später). Wenn ich mich recht erinnere, hieß der Junge Hamish. Natürlich erinnere ich mich recht. Ich muss aufhören, so negativ zu sein; schließlich ist es die Zuversicht und nicht die Feigheit, die ich an mir bewundere.

Hamish und ich waren am Ende des Wintersemesters von Cambridge nach London gekommen. Wir hatten alles im Voraus geplant und beide unseren Eltern mitgeteilt, das Semester würde erst einen Tag später enden. Uns war klar, dass sie nicht interessiert genug wären, um es nachzuprüfen; und selbst wenn, sie wären sowieso nicht schlau genug, um dieser Falschinformation den richtigen Wert beizumessen. Wir kamen am späten Nachmittag gemeinsam in London an und fuhren mit einem Taxi zu unserem Hotel. Alles war genau vorbereitet, sogar ein Zimmer hatten wir reservieren lassen, was wahrscheinlich gar nicht notwendig gewesen wäre, da das von uns ausersehene Hotel zu jenen großen, billig herausgeputzten Häusern gehörte, die eigens für Abenteuer wie unsere vorgesehen sind. Am entscheidenden Finger trug ich einen goldenen Gardinenring. Wir hatten uns für Hamishs Nachnamen ›Andrews‹ entschieden: Das würde sich bestimmt keiner merken, und es war weniger verwirrend, als sich ein Pseudonym zuzulegen. Wir wussten gut Bescheid, denn wir hatten beide in unserem Leben eine ganze Menge billiger Romane gelesen und traten mit betonter Gelassenheit auf. Wir kamen an, stellten unsere entsprechend beschrifteten Koffer ab und fragten beim Empfang nach unserem Schlüssel. Und da machte ich dann meinen Fehler. Aus irgendeinem Grund sollte ich mich im Hotelregister eintragen. Inzwischen weiß ich, dass es keineswegs üblich ist, Ehefrauen im Register unterschreiben zu lassen; ich kann nur annehmen, dass es am Status des Hotels lag oder daran, dass ich so schuldbewusst herumstand und nur darauf zu warten schien, gefragt zu werden. Jedenfalls unterzeichnete ich mit meinem Mädchennamen: ›Rosamund Stacey‹ schrieb ich in meiner riesigen Kinderschrift unter den hübsch unleserlichen Namenszug von Hamish Andrews. Ich bemerkte noch nicht einmal, was ich getan hatte, bis ich dem Mädchen das Buch zurückgegeben hatte. Es schaute meine Unterschrift an und gab einen verärgerten Seufzer von sich: »Na, was soll das denn?«

Sie klang weder amüsiert noch böse oder tadelnd, sondern einfach lustlos und genervt. Ich machte ihr Arbeit, das war mir sofort klar: Ich hielt die ganze Maschinerie auf, weil ich versehentlich die Wahrheit gesagt hatte. Eigentlich hatte ich lügen wollen, und sie wiederum hatte erwartet, dass ich lüge; doch aus irgendeinem tief verwurzelten, freudianischen Grund hatte ich es vergessen. Während sie Hamish wegen meines Irrtums zur Rede stellte, stand ich da wie ein begossener Pudel – überwältigt von trüber, reumütiger Verzweiflung. Ich hatte die Situation nicht verkomplizieren wollen. Hamish redete sich so gut es ging heraus, indem er ein paar Witze über unsere erst sehr kürzlich stattgefundene Hochzeit riss. Sie lachte nicht über seine Scherze, sondern nahm sie für das, was sie waren. Als er fertig war, griff sie nach dem Register und sagte: »Da muss ich erst fragen gehen.«

Sie verschwand hinter einer Tür und ließ Hamish und mich am Empfangsschalter stehen – Seite an Seite, wir schauten uns kaum an.

»Oh, verdammt«, sagte ich nach einer Weile. »Es tut mir so leid, Liebster, ich habe einfach nicht daran gedacht.«

»Ich glaube nicht, dass es etwas ausmacht.«

Natürlich machte es nichts aus. Nach wenigen Minuten kam das Mädchen mit unverändert ausdruckslosem Gesicht – jedoch ohne das Register – wieder, meinte, es sei alles in Ordnung, und gab uns unseren Zimmerschlüssel. Wahrscheinlich steht mein Name immer noch dort. Und diese Inschrift in so verdächtiger Umgebung ist genauso irreführend und heuchlerisch wie alles an mir und meinem Leben, denn Hamish und ich haben noch nicht einmal miteinander geschlafen, obgleich wir etwa ein Jahr lang jeden Tag glaubten, kurz davor zu sein. Wir nahmen uns Zimmer in Hotels und verbrachten die Nächte jeweils im College des anderen – teils aus Spaß, teils, weil wir einfach gern zusammen waren. Das war damals in unserem Alter gang und gäbe, und während ich es tat, glaubte ich, die Liebe und ihre Gesetze auf meine Weise von neuem zu erschaffen. Die furchtbaren Wahrheiten des Lebens kannte ich damals noch nicht. Ich wusste nicht, dass sich Muster herausbilden, lange bevor es uns bewusst wird, und dass das, von dem wir denken, wir würden es beherrschen, zu einem Gefängnis wird, das uns beherrscht. Voller Unwissenheit und Unschuld legte ich mir meine eigenen Fesseln an, und als ich alt genug war, um zu erkennen, was ich getan hatte, war es schon viel zu spät, um sie wieder zu lösen.

Während des Jahres, in dem Hamish und ich uns geliebt hatten, ohne je Liebe zu machen, hatte ich nicht erkannt, dass ich damit das Modell meines ganzen Lebens gegossen hatte. Man kann beliebig viele Gründe für unsere damalige Enthaltung finden – Angst, Tugend, Unwissenheit, Perversion –, doch unbestritten bleibt die Tatsache, dass sich das ›Hamish-Muster‹ von da an immer wiederholen sollte, und zwar mit immer größerer Geschwindigkeit und ohne jene Tiefe, sodass schließlich die Vorstellung von der Liebe in mir fast am gleichen Tag zerbrach, an dem sie entstanden war. Nichts ist so erfolgreich wie der Erfolg, sagt man, und sicherlich ist nichts so erfolglos wie der Misserfolg. Bei meiner Arbeit habe ich immer Erfolg gehabt; es war wohl vermessen, auf mehr Erfolge zu hoffen. Ich kann mich gut an Hamish erinnern, obgleich ich nicht mehr genau weiß, wie wir eigentlich auseinandergegangen sind. Ich weiß nur noch, dass es so war. Es ist auch nicht weiter wichtig, sondern nur ein Beispiel meiner Unfähigkeit sowohl in praktischen als auch in gefühlsmäßigen Dingen. Abgesehen von meiner Arbeit sind alle meine Versuche im Leben fehlgeschlagen. Mein Versuch etwa, eine Fehlgeburt herbeizuführen, muss ein klassisches Beispiel für irgendetwas sein – zumindest für mein Leben.

Als ich einige Jahre nach der Geschichte mit Hamish schwanger wurde, hatte ich mehr durchzumachen als den üblichen ungläubigen Schrecken, und zwar aus Gründen, die ich wohl oder übel nennen muss: Ich hatte niemanden, dem ich es hätte erzählen, niemanden, den ich um Rat hätte fragen können. Also blieb mir wieder einmal nichts Anderes übrig, als auf die vage gehaltenen Erfahrungsberichte von Freundinnen und auf die Informationen zurückzugreifen, die ich im Laufe der Jahre aus billigen Romanen gezogen hatte. Nie habe ich auch nur im Entferntesten daran gedacht, zu einem Arzt zu gehen. Ich war schon so lange nicht mehr krank gewesen, dass ich gar nicht mehr wusste, wie ein Arztbesuch überhaupt vonstattengeht; und ich hatte das Gefühl, selbst wenn ich es schaffte hinzugehen, würde man mich für meinen Zustand tadeln wie ein Schulkind. Nach Tadel aber war mir nicht zu Mute. Also behielt ich es für mich; ich wollte zumindest versuchen, selbst damit klarzukommen. Es dauerte eine ganze Weile, bis ich meinen Mut zusammengenommen hatte: Einen ganzen Tag lang saß ich schwitzend vor Angst im Britischen Museum, starrte unverwandt auf den aufgeschlagenen Gedichtband von Samuel Daniel und dachte an – Gin. Vage wusste ich, dass Gin irgendwie schlecht für die Gebärmutter sein sollte – hat etwas mit Chinin zu tun, glaube ich –, und dass er zusammen mit einem heißen Bad manchmal seine Wirkung tat. Wenn andere Mädchen es damit geschafft hatten, warum dann nicht auch ich? Vielleicht hatte ich Glück. Ich hatte keine Ahnung, wie viel Gin man nun trinken musste, aber ich bekam das unangenehme Gefühl, dass es wohl eine ganze Flasche war. Die Aussicht darauf erschütterte mich sowohl körperlich als auch finanziell. Es widerstrebte mir, zwei Pfund für eine Flasche Gin auszugeben, nur um mich selbst krank zu machen. Es war jedoch sinnlos, so zu tun, als könnte ich es mir nicht leisten, und verglichen mit anderen Methoden schließlich war diese noch ziemlich billig. Also drehte ich mit verbissener Miene die Seiten von Daniels Gedichten um und entschloss mich, den Versuch zu wagen. Beim Durchblättern stieß ich auf eine sehr nützliche Metapher für meine Doktorarbeit und schrieb sie mir auf. Glück in der Arbeit, Pech in der Liebe. »Im Leben eines Mannes ist die Liebe nur ein Ding unter anderen, im Leben einer Frau ist sie alles«, wie Byron fälschlicherweise bemerkt hatte.

Auf dem Weg nach Hause ging ich bei Unwin's vorbei und kaufte eine Flasche Gin. Als der Mann sie mir in weißes Seidenpapier gewickelt über den Tresen reichte, wünschte ich, ich hätte sie aus einem festlicheren Anlass gekauft. Ich lief die Marylebone High Street hinunter, sah mir die Schaufenster an und hatte das Gefühl, die teuren Gemüse, Schokoladenhasen und behaglichen Antiquitäten zum letzten Mal in meinem Leben betrachten zu dürfen. All die Umstandskleider zum letzten Mal zu sehen, hätte mir dagegen nichts ausgemacht. Die Gegend, in der ich damals wohnte, war – angesichts der folgenden Ereignisse muss man sagen, unglücklicherweise – von Läden für Umstandskleider und Babysachen nur so überschwemmt: Ich konnte kaum die Straße hinuntergehen, ohne den vorwurfsvollen Blick einer gut gekleideten, flachbäuchigen Schaufensterpuppe aufzufangen, die mit einstudierter Anmut und weißen Plastikhaaren irgendein schickes, nobles Gewand zur Schau stellte. Ihr Anblick ließ mich die Ginflasche nur noch heftiger umklammern. Entschlossen bog ich in meine Straße ein.

Zu jener Zeit hatte ich eine Wohnung, die meinen Eltern gehörte und daher ein völlig schiefes Bild von meinen Einkommensverhältnissen gab. Meine Eltern waren für einige Jahre in Afrika; mein Vater war dort als Professor für Wirtschaftswissenschaften an eine neue Universität gegangen, um die Leute auf den rechten Weg zu führen. Er selbst war natürlich schon lange auf dem rechten Weg, sonst hätten sie ihn ja gar nicht erst eingeladen. Der Mietvertrag für ihre Wohnung lief über fünfzehn Jahre, und sie meinten, solange sie fort seien, könne ich die Wohnung benutzen, was sehr nett von ihnen war, denn sie hätten sie für viel Geld weitervermieten können. Sie hielten jedoch überhaupt nichts von Privateigentum und wollten nichts damit zu tun haben – außer vielleicht durch eigene Leiden und Opfer. Ihr Angebot war also nicht durch reine Freundlichkeit bestimmt, sondern diente zum Teil dem eigennützigen Freispruch von Schuld. Ich zog auf jeden Fall meinen Nutzen daraus: Es war eine hübsche Wohnung im vierten Stock eines großen Gebäudes aus dem frühen zwanzigsten Jahrhundert; Regent's Park, Oxford Circus, Marylebone High Street, Harley Street und viele andere, wichtige Plätze lagen nur einen Katzensprung entfernt. Der einzige Nachteil bestand darin, dass man mich, weil ich dort wohnte, für ziemlich reich hielt, was ich allem menschlichen Ermessen nach mit meinen fünfhundert Pfund an Forschungsstipendien und Stiftungsgeldern im Jahr auch wirklich war. Allerdings gilt das natürlich in den Augen der Leute, die von solchen Annahmen auszugehen pflegen, keineswegs als reich; hätten sie die Wahrheit gekannt, hätten sie gesagt, ich würde am Hungertuch nagen, und aufgehört, Bemerkungen über meine extrem alten Schuhe zu machen. Abgesehen von der freien Unterkunft, unterstützten mich meine Eltern nämlich überhaupt nicht, obgleich sie es sich ohne weiteres hätten leisten können. Doch sie glaubten an die Unabhängigkeit. Sie hatten mir den Grundsatz der Selbstständigkeit so gründlich eingehämmert, dass ich die Abhängigkeit für eine Todsünde hielt. Eine emanzipierte Frau war ich: eine Ginflasche in der Hand, öffnete ich meine eigene Tür mit meinem eigenen Schlüssel.

Als ich mich allein in meiner Wohnung wiederfand, bekam ich furchtbare Angst. Was ich vorhatte, schien mir so brutal und beängstigend zu sein, fast so brutal und beängstigend wie der Akt, der mich in diese Situation gebracht hatte – und diesmal hatte ich dabei noch nicht einmal Gesellschaft. Ich war auf mich selbst angewiesen, was es in einer Hinsicht leichter machte: Wenigstens konnte mich keiner sehen. Ich stellte den Gin auf den Küchentisch zu den anderen Flaschen, von denen die meisten bis auf einen kleinen Rest geleert waren, und schaute auf die Uhr. Es war halb sieben. Ich hatte nicht das Gefühl, dass ich um halb sieben schon anfangen sollte, aber ich wusste nicht, was ich sonst hätte tun sollen. Noch ein paar Stunden zu arbeiten, konnte ich mir erst recht nicht vorstellen. Und nach Essen war mir ebenfalls nicht zu Mute, trotz eines ziemlichen Hungers. Also lief ich eine Weile den Flur auf und ab und wollte gerade ins Schlafzimmer gehen, um mich auszuziehen, als es an der Tür klingelte. Ich schrak nervös zusammen, als hätte man mich auf frischer Tat ertappt, und doch war ich erleichtert über die Gnadenfrist, die mir damit gewährt worden war. Im Vergleich zu dem, was ich vorhatte, konnte alles andere nur besser sein, und die Leute, die da vor meiner Tür standen, waren es auch. Als ich sie sah, war mir klar, wie sehr ich mich freute, sie zu sehen, und ich hieß sie fröhlich willkommen.

»Du wolltest doch nicht etwa gerade ausgehen, Rosamund?« fragte Dick, während er geradewegs in die Küche ging und sich auf den Tisch setzte. »Bei dir weiß man das ja nie, du führst so ein geheimnisvolles Leben ... Wir dachten, du hättest vielleicht Lust, mit uns in den neuen Fellini zu gehen. Aber wahrscheinlich hast du ihn längst gesehen.«

»Was für eine nette Idee«, sagte ich.

»Kennst du ihn schon?« fragte Lydia. »Falls ja, sag kein Wort über den Film. Irgendwie möchte ich gerne, dass er mir gefällt, und er wird mir nicht gefallen, wenn du ihn schlecht fandest. Und wenn er dir gefallen hat, erst recht nicht. Also: erspar mir deine Urteile, bitte.«

»Ich habe ihn noch nicht gesehen«, sagte ich. »Wo läuft er?«

»Im Cameo-Poly. Regent Street.«

»Oh«, erwiderte ich. »Nein, ohne mich. In die Regent Street gehe ich nicht mehr.«

»Warum denn das?«

»Ich gehe nicht mehr hin, das ist alles«, sagte ich. Das war die Wahrheit, und es war mir ein gewisser Trost, sie ihnen mitzuteilen, auch wenn sie weder den Grund dafür ahnen konnten noch sich etwas aus ihm gemacht hätten, wenn sie ihn gekannt hätten.

»Schon wieder diese Geheimniskrämerei«, sagte Dick. »Du willst also wirklich nicht mitkommen?«

»Nein, wirklich, ich bleibe lieber hier. Ich muss heute Abend noch arbeiten.«

»Hast du Mike mal wieder gesehen?« fragte Dick schnell. Unerklärlicherweise hatte er immer Angst, ich würde ihm im nächsten Moment einen Vortrag über elisabethanische Sonettfolgen halten.

»Seit Wochen schon nicht mehr«, antwortete ich. Alex, der bisher schweigend dagestanden und kleine Stückchen von dem Brot abgerissen hatte, das er unter dem Arm trug, schlug plötzlich vor:

»Warum gehen wir nicht alle zusammen etwas trinken?«

Ich war gut erzogen. Ohne auch nur nachzudenken, lud ich sie ein: »Warum trinken wir nicht hier?« Und da Dick, Lydia und Alex zu den Leuten gehörten, die meine finanziellen Mittel überschätzten, nahmen sie die Einladung ohne Umschweife an. Sowie ich sie ausgesprochen hatte, wurde mir klar, dass sie ohnehin schon ein Auge auf meine Ginflasche geworfen hatten: Wahrscheinlich waren sie mir sogar vom Geschäft an gefolgt. Ich goss allen ein Glas ein, und da ich keinen Grund dafür sah, mich selbst zurückzuhalten, nahm ich mir ebenfalls ein großes Glas. Dann setzten wir uns alle ins Wohnzimmer und redeten. Dick erzählte uns von einem Päckchen, das er am Nachmittag aufgeben wollte: Erst hätten die Leute auf der Post gesagt, es sei zu schwer, dann hätten sie etwas an dem Bindfaden auszusetzen gehabt, und schließlich hätten sie das Postamt einfach geschlossen, während er zu Hause den Bindfaden in Ordnung gebracht habe. Wir fragten ihn, was in dem Päckchen gewesen sei, und er sagte, ein paar Bauklötze für den Geburtstag seines Neffen. Dann erzählte uns Lydia, wie sie damals ihren ersten Roman an ihren ersten Verleger schicken wollte. Sie habe das Päckchen im Postamt über den Schalter gereicht und in ihrem vorgeblich unterwürfigen Mittelklasse-Tonfall gefragt: ›Kann ich das per Einschreiben schicken, bitte?‹ und felsenfest mit der Antwort ›Aber selbstverständlich, Ma'am‹ gerechnet. Doch der Mann habe ganz schlicht und einfach ›Nein‹ gesagt. Auch hier habe es sich um eine technische Frage von Siegellack und Bindfäden gehandelt, aber sie habe es als ein schlechtes Omen für den Inhalt des Päckchens angesehen und sich von dieser unerwarteten Zurückweisung so erschüttern lassen, dass sie es wieder mit nach Hause genommen habe und für drei Monate in einer Schublade habe verschwinden lassen. »Als ich es dann schließlich doch noch abschickte, war der Begleitbrief bereits drei Monate alt, als sie ihn endlich lasen, war er sechs Monate alt. Und nach drei Monaten rief ich an und sagte, sie hätten ihn schon sechs Monate gehabt – und sie glaubten mir. Versteht ihr, was ich meine?«

Wir verstanden es zwar nicht ganz, aber wir lachten und tranken noch mehr Gin und erzählten uns noch mehr Geschichten, diesmal über die literarischen Leistungen unserer verschiedenen Bekannten. Dies erwies sich als ein fruchtbares Thema, denn alle von uns hatten schriftstellerische Ambitionen, obwohl Lydia die Einzige war, die sich selbst als kreative Künstlerin bezeichnet hätte. Ich selbst war vollkommen unkreativ. Ich verbrachte mein Leben mit dem gründlichen, langweiligen Vergleich lyrischen Materials aus dem sechzehnten Jahrhundert – eine Aufgabe, die mich zwar fesseln konnte, im Allgemeinen aber als ziemlich nutzlos angesehen wurde. Es gab jedoch auch andere Bereiche, in denen man mir einen kritischen Geist nachsagte. So schrieb ich von Zeit zu Zeit ein paar Buchbesprechungen und las jede Menge Stücke, Gedichte, Romane und Briefe meiner Freunde. Dick zum Beispiel hatte mir einige seiner bisher unveröffentlichten – und meiner Meinung nach auch nicht veröffentlichbaren – Werke anvertraut, darunter einen Roman. Er war nicht ohne Charme und Talent geschrieben, aber völlig fehlerhaft, was die Handlung und – noch schlimmer – den Zeitplan anging. Ich mache mir eigentlich nicht besonders viel aus Handlungen, aber eine bestimmte Reihenfolge der Ereignisse ist mir schon wichtig. Seine Charaktere schienen allerdings überhaupt keinen Bezug zur Zeit zu haben: Es war unmöglich auszumachen, was welchem Ereignis vorausging und ob eine bestimmte Szene Stunden oder Tage dauerte, oder ob sie Stunden, Tage oder Jahre später stattfand als die vorausgegangene Szene oder vielleicht auch früher – man hatte nicht die geringste Ahnung. Als ich Dick darauf hinwies, reagierte er erschreckt und beunruhigt – weil er nicht verstand, was ich meinte –, was bedeutet, dass der Fehler grundsätzlicher und nicht etwa technischer Natur war. Er verdiente sich sein Geld mit Gelegenheitsarbeiten für eine Fernsehanstalt, ging aber nicht wirklich in seiner Arbeit auf. Alex andererseits war genauso engagiert wie ich: Er schrieb

Anzeigentexte für eine Werbeagentur und war von seinem Job rundum begeistert. Tief in seinem Herzen war er eher ein ernsthafter, puritanischer junger Mann, und ich glaube, er zog großes Vergnügen daraus, in einer so lasterhaften Atmosphäre aus Witz und Betrügerei zu leben und sich an sie zu verkaufen. Er hatte ein gutes Gespür für Werbetexte und las ständig aus herumliegenden Zeitungen oder Zeitschriften seine Sprüche vor. Heimlich schrieb er Gedichte und veröffentlichte sogar einige davon. Lydia aber war die Einzige, die es wirklich geschafft hatte: Sie hatte bereits ein paar Romane veröffentlichen können. Seit einiger Zeit lief sie jedoch durch London und jammerte anderen die Ohren voll, dass sie nichts mehr zu sagen hätte. Keiner hatte Mitleid mit ihr – verständlicherweise: Sie war erst sechsundzwanzig, worüber sollte sie sich also Sorgen machen?

Im Moment suhlte sie sich geradezu in den Gräuelmärchen über die Bücher anderer Leute, von denen wir ihr freundlicherweise eine ganze Reihe anbieten konnten.

»Es taugt sowieso nichts, wenn man sie am laufenden Band auf den Markt wirft«, sagte Dick, nachdem er Joe Hurts letztes Buch höhnisch verrissen hatte. »Eins im Jahr. Das ist doch schon rein mechanisch.«

»Ein bisschen Mechanik könnte dir allerdings auch nicht schaden«, erwiderte ich fröhlich. Ich war schon bei meinem zweiten Glas Gin angelangt.

Lydia, die unseren hinterhältigen Trost bisher dankbar angenommen hatte, wandte sich plötzlich mit wehklagender Verzweiflung gegen uns.

»Ist mir egal, was *ihr* meint«, sagte sie. »Es ist immer

noch besser, schlechte Bücher zu schreiben als gar keine, ehrlich. Nichts zu schreiben – das ist nichts, schlicht und einfach *nichts*. Es ist wunderbar, ein Buch pro Jahr zu schreiben. Ich finde Joe Hurt wunderbar, ich bewundere ihn, ich bewundere so etwas.«

»Du hast es doch gar nicht gelesen«, sagte Dick.

»Darum geht es nicht«, erwiderte Lydia, »er hat sich bemüht, das ist es doch.«

»Warum schreibst *du* dann kein schlechtes Buch?« fragte ich. »Ich wette, du könntest ein schlechtes Buch schreiben, wenn du wolltest, oder nicht?«

»Nicht, wenn ich beim Schreiben schon *wüsste,* dass es schlecht ist, das könnte ich nicht. Ich würde es nicht fertigbringen.«

»Was für ein romantisches Bild literarischen Schaffens«, sagte Dick.

»Ach, was weißt du!« versetzte Lydia ärgerlich.

»Veröffentliche erst einmal deine Bücher, dann kannst du mich romantisch nennen. Gib mal den Gin rüber, Rosie. Bist ein Schatz.«

»Wie auch immer«, warf Alex ein, der in der Zwischenzeit den halben Brotlaib verzehrt hatte, »wenn ihr mich fragt, hat Joe Hurt genau gewusst, wie schlecht sein Buch war, als er es schrieb. Jede einzelne Seite stinkt förmlich nach bewusster Schlamperei. Findest du nicht, Rosie?«

»Ich habe es nicht gelesen«, antwortete ich. »Aber du weißt doch, was Joe immer sagt: ›Bisher hat noch niemand unter fünfunddreißig ein Meisterwerk geschrieben, also habe ich noch sechs Jahre Zeit.‹«

»Gehst du noch mit ihm aus, Rosie?«

»Wir sehen uns. Und nenn mich nicht Rosie, wer hat dich bloß auf diese Idee gebracht?«

»Lydia. Sie hat dich gerade Rosie genannt.«

»Sie macht andere gern klein. Sie fühlt sich dann selbst besser, nicht wahr, Lyd?«

Darüber lachten wir alle, und als ich nach dem Gin griff, bemerkte ich voller Schrecken, dass die Flasche bereits zur Hälfte leer war – mehr als zur Hälfte. Plötzlich drängte sich mir die Erinnerung an das auf, was ich nie ganz vergessen hatte. Ich sah auf die Uhr und fragte, ob es nicht Zeit für ihren Fellini-Film sei. Es war nicht gerade einfach, sie wieder loszuwerden. Sie hatten sich in den tiefen, alten Sesseln meiner Eltern so richtig bequem festgeschwatzt, wie Tiere, die von der Wärme der Zentralheizung angezogen worden waren. Sie winkten nur ab und meinten, sie würden lieber hierbleiben und weiterplaudern. Ich hatte es fast gehofft und wäre selbst auch wieder in meinem Sessel versunken, hätte wie immer nur das Naheliegende gesehen und den bequemen Weg gewählt, wenn Alex nicht plötzlich ein Gedanke gekommen wäre. Ich wusste gleich, was es war, als ich ihn sich aufsetzen und ängstlich besorgt um sich schauen sah: Er dachte, ihre Kommentare über Hurt hätten mich verletzt – was ja auch hätte sein können, in Wirklichkeit jedoch nicht der Fall war. Als sich diese Möglichkeit auf seinem Gesicht widerspiegelte, wusste ich sofort, dass sie gehen würden. Und genau das taten sie auch – gewissenhaft, wenn es sich um persönliche Beziehungen handelte, und genauso gewissenlos, wenn es um eine Flasche Gin ging. Ich hielt sie noch fünf Minuten plaudernd auf der Schwelle fest und schaute ängstlich von einem zum anderen: von dem hübschen, ringellockigen Dick zu Alex mit seinem scharfgeschnittenen Gesicht und seinen krummen, knochigen Schultern; von ihm zu der blassen, übel gelaunten, nägelkauenden, augenzuckenden, schönen Lydia Reynolds in ihrem schmutzigen Aquascutum-Regenmantel. Ich fragte mich, ob ich wohl einen von ihnen bitten könnte, bei mir zu bleiben und mein Martyrium mit mir zu teilen. Später kam mir in den Sinn, dass sie meine Bitte sicherlich mit Freuden erfüllt hätten, und zwar alle drei: Die Aussicht auf einen so bewegenden, anrüchigen, neuen Schreibstoff versprechenden Abend hätte sie begeistert. Doch damals waren meine Gedanken von der Not verwirrt, ich sah es nicht in diesem Licht und ließ sie ohne mich zu ihrem Fellini-Film gehen.

Als sie gegangen waren, schlenderte ich ins Wohnzimmer zurück, setzte mich auf den Kaminvorleger und überprüfte noch einmal den Inhalt meiner Ginflasche. Es war nicht mehr viel übrig. Nicht genug, dachte ich. Nicht genug, hoffte ich. Ich fühlte mich bereits recht merkwürdig, in meinem Kopf drehte sich alles; ich fühlte mich leicht, doch unnatürlich angeheitert. Alkohol macht mich immer fröhlich. Fast hätte ich mein ganzes Vorhaben aufgegeben, wäre stattdessen ins Bett gegangen oder hätte mir Eier mit Schinken gemacht oder Radio gehört. Aber ich wusste, dass ich es durchstehen musste, nachdem ich es mir einmal vorgenommen hatte – egal, was dabei herauskommen würde. Es würde unangenehm sein, und ich dürfte mich selbst deswegen nicht schonen. Also nahm ich die Flasche und trug sie ins Schlafzimmer hinüber, wo ich mich auszog und meinen Morgenmantel überstreifte. Auf dem Weg ins Badezimmer stolperte ich über die Schnur des Staubsaugers, der die ganze Woche über im Flur gestanden hatte, und griff bei meinem ersten Versuch, die Klinke der Badezimmertür zu fassen, ins Leere. Mir fiel ein, dass ich seit dem Mittag nichts mehr gegessen hatte. Aber erst als ich versuchte, das Wasser einzulassen, dämmerte mir mein wahrer Zustand. Das Wasser im Badezimmer wurde von einem Gasboiler erhitzt. Die Wanne ließ sich nur mit ausreichend heißem Wasser füllen, wenn man den Wasserstrahl sorgfältig regulierte; zwischen der Stärke des Wasserstrahls und der Menge des austretenden Gases bestand nämlich eine enge Wechselbeziehung: Floss zu viel Wasser aus dem Hahn, wurde das Wasser lauwarm, war es zu wenig Wasser, stellte sich das Gas gänzlich aus, und das Badewasser blieb eiskalt. Schon unter besten Bedingungen war es schwierig, Wasser und Gas genau zu regulieren, aber an jenem Abend wollte es überhaupt nicht klappen. Ich saß auf dem Badezimmerhocker, ließ das Wasser laufen, prüfte die Temperatur mit einem Finger und probierte es von neuem. Schließlich glaubte ich, die richtige Temperatur gefunden zu haben, also drückte ich den Stöpsel ein, und während ich wartete, dass die Wanne voll wurde, trank ich den Rest der Flasche aus – pur. Unverdünnt schmeckte der Gin so furchtbar, dass ich das Trinken selbst als einen Akt der Buße für mein unmoralisches Verhalten empfand. Der Alkohol zeigte unmittelbar Wirkung: Ich wurde auf der Stelle so betrunken, dass ich fast mit dem Morgenmantel in die Wanne fiel. Es gelang mir jedoch, wieder auf die Füße zu kommen und den

Mantel auf den Boden gleiten zu lassen. Dann stieg ich ins Wasser.

Ich stieg sofort wieder heraus, denn das Wasser war eisig kalt. Der Strahl war mir wohl zu schwach geraten, und abgesehen von der Zündflamme hatte sich das Gas völlig abgeschaltet. Zitternd stand ich da und starrte niedergeschlagen auf den Heißwasserhahn. Vielleicht hat dieser Kälteschock auf meinen Organismus die gleiche Wirkung wie Hitze, dachte ich. Meine unnatürliche Fröhlichkeit steigerte sich noch, als mir die ganze Absurdität der Situation bewusst wurde. Irgendwie gelang es mir, zurück in meinen Morgenmantel zu kriechen und durch den Flur ins Schlafzimmer zu wanken, wo ich sofort aufs Bett fiel. Mir war so schlecht, dass ich noch einmal aufstand und beschloss, etwas zu gehen. Also lief ich den Flur auf und ab, durch alle Zimmer und wieder zurück, weiter und immer weiter, wobei ich ständig gegen die Wände stieß. Währenddessen dachte ich daran, wie es wohl wäre, ein Baby zu haben. Im Zustand totaler Trunkenheit kam mir der Gedanke gar nicht so schlecht vor, so unpraktisch und unmöglich es auch immer sein mochte. Meine Schwester hatte Kinder, sehr nette Kinder sogar, und schien sie zu mögen. Meine Freundinnen hatten Kinder. Es gab keinen Grund, warum ich nicht auch eines haben sollte. Das würde mir nur recht geschehen, dachte ich, warum musste ich auch als Frau auf die Welt kommen? Schließlich konnte ich nicht so tun, als wenn ich keine Frau sei, oder? Sosehr ich auch Tag für Tag versuchte, dieser Tatsache aus dem Weg zu gehen. Warum sollte ich nicht genauso büßen wie all die anderen auch? Ich versuchte, verbittert darüber zu sein, wie sonst, wenn ich nüchtern war – und in letzter Zeit hatten sich in die Bitterkeit sogar Selbstmordgedanken gefügt –, aber ich schaffte es nicht: Der Gin ließ mich froh und hartnäckig unverzweifelt sein. Ich dachte daran, George anzurufen und ihm alles zu erzählen. Damals schien es noch möglich. Ich hatte seine Telefonnummer nicht, sonst hätte ich vielleicht sogar angerufen. Und da wurde ich schon wieder von einer Enthaltung in die Falle gelockt, denn nachdem ich einmal der Versuchung widerstanden hatte, gab es keinen Grund mehr, ihr später nachzugeben – keinen Grund mehr dafür, warum ich jemals einen Punkt erreichen sollte, an dem ich mein eigenes Schweigen nicht mehr länger ertragen konnte. Hätte ich mich damals nur selbst besser gekannt, hätte ich seine Nummer herausbekommen und es ihm erzählt, gleich an Ort und Stelle. Aber ich tat es nicht. Und vielleicht war es auch besser so. Besser für ihn, meine ich.

Ich habe niemandem erzählt, dass George der Vater meines Kindes ist. Die Leute wären sehr erstaunt gewesen, denn er hatte mein Leben so beiläufig gestreift, dass kaum jemand wusste, dass ich ihn überhaupt kannte. Sie hätten mich bestimmt gefragt, ob ich mir auch sicher wäre. Ich war mir sicher, denn ich hatte einen untrüglichen Beweis für Georges Vaterschaft: Er war der einzige Mann, mit dem ich jemals geschlafen hatte – und das auch nur einmal. Die Sache war von Anfang bis Ende vom Zufall bestimmt gewesen, und was mich in all diesen schmerzlichen Monaten tatsächlich am schmerzlichsten empörte, war ebendiese absolute Unwahrscheinlichkeit des Ganzen. Schließlich war ich nicht im Geringsten darauf aus gewesen – ich hatte es genauso viel oder wenig gewollt wie alle anderen, die es je erwischt hat. Man liest immer diese beruhigenden Geschichten von Frauen, die jahrelang nicht schwanger werden, aber es gibt natürlich auch die anderen Geschichten, die ich immer ignorieren wollte wegen ihres unüberhörbar verbitterten Untertons von Strafe und Vergeltung, ihrer Assoziation mit scharlachroten Buchstaben[1] und ihrer Detailbeflissenheit bei der Aufdeckung der

1 *Der scharlachrote Buchstabe* (*The Scarlet Letter*) ist der Titel eines 1850 erschienenen Romans des amerikanischen Schrift-

schmählichen Tat, die an Auge-um-Auge und Bunyan erinnerte. Heutzutage neigt man eher dazu, diese Geschichten als Ausgeburten unterdrückter Fantasien abzutun. Es ist außerordentlich schwer, jemanden davon zu überzeugen, dass es überhaupt möglich ist, beim allerersten Mal schwanger zu werden – obwohl es ja merkwürdig wäre, wenn es nicht so sein könnte. Wie auch immer: Ich weiß, dass es möglich ist, weil es mir selbst passiert ist – wie in der besten Moralpredigt für junge Mädchen beschworen. Und leider gab es genug Kräfte in mir, die nur allzu bereit waren, darin eine Bestrafung zu sehen.

Eigenartigerweise betrachtete ich es nie als Strafe für jenen einen Abend mit George, sondern für all die anderen Abende der Enthaltung mit Hamish und seinen Nachfolgern. Ich war eines Verbrechens schuldig. Aber es war ein ganz neues Verbrechen, eins unseres Jahrhunderts, und nicht das alte, traditionelle Verbrechen von Gier und Leidenschaft. Mein Verbrechen war das Misstrauen, die Furcht, die panische Angst vor Sex. Ich mochte Männer und war seit Jahren immer entweder gerade verliebt oder nicht mehr verliebt gewesen. Aber der Gedanke an Sex ließ mir das Blut in den Adern gefrieren. Je länger ich mich enthielt, und je mehr ich darüber hörte und las, dass ich mich nicht enthalten sollte,

---

stellers Nathaniel Hawthorne. Die weibliche Hauptfigur Hester Prynne wird nach der Geburt ihres außerehelichen Kindes an den Pranger gestellt und dazu verurteilt, zeit ihres Lebens den roten Buchstaben A (für »Adultery«, Ehebruch) auf der Brust zu tragen.

desto ängstlicher wurde ich. Es muss die körperliche Sache selbst gewesen sein, die mir so viel Angst bereitete, denn gegen ihre sozialen Auswirkungen hatte ich eigentlich keine Bedenken. Mein Name in Registern zwielichtiger Hotels oder als Gesprächsstoff auf nächtlichen Partys – davor fürchtete ich mich nicht, auch nicht vor den gefühlsmäßigen Erschütterungen, die sie begleiten sollten. Es war der Akt selbst, den ich mir weder vorstellen noch selbst vollziehen konnte. Bis zu einem bestimmten Punkt konnte ich gehen – und nicht weiter. Ich habe versucht, alle möglichen Gründe für meine seltsame Eigenheit zu finden – die übergesunde, geschäftsmäßige Atmosphäre in meiner Familie, meine Isolation als Kind (aufgrund intellektueller Überlegenheit), mein selbstsüchtiger, selbstschützender Hass gegen Bevormundung –, aber keiner dieser eingebildeten Gründe konnte erklären, warum sich meine keusche Abneigung so unwahrscheinlich hartnäckig hielt. Natürlich machte mich das sehr unglücklich, genauso unglücklich, wie es die Mädchen auf der letzten Seite der Frauenmagazine gemacht hätte, denn wie sie genoss ich es, verliebt zu sein und auf der Türschwelle geküsst zu werden, und wie sie hasste ich die Einsamkeit. Dazu kam, dass ich mein eigenes Verhalten noch nicht einmal gutheißen konnte; als Kind meiner Zeit wusste ich, wie irregeführt und töricht ich war. Der scharlachrote Buchstabe auf meiner Brust war bald für jedermann sichtbar, aber das E stand für Enthaltung, nicht für Ehebruch. Am Ende glaubte ich, dass die Strafe nichts anderem als meinem langen Zaudern und Zögern galt. Wäre ich mit achtzehn voll überschäumender Leidenschaft einfach gedankenlos hineingeschlittert wie andere Mädchen, wäre ich wohl glimpflicher davongekommen. Im Herzen Viktorianerin, musste ich nun die viktorianische Strafe erleiden.

Glücklicherweise erlitt ich ihren beschämenderen Teil heimlich. Niemand hat je erfahren, wie verkorkst mein Sexualleben war, und niemand – nicht einmal die Männer, die ich hinters Licht führte – hätten geglaubt, dass ich immer noch Jungfrau war. Abgesehen von Hamish natürlich: Er war der Erste und wusste es genau. Doch selbst Hamish muss angenommen haben, dass ich später doch dazu kam – genau wie er. (Er ist inzwischen verheiratet und hat zwei Kinder.) Ich brauchte jedoch nicht lange, um zu erkennen, dass ich nicht alles haben konnte; wenn ich bei meiner Enthaltung bleiben wollte, würde ich etwas anderes dafür opfern müssen. Es dauerte etwas länger, bis ich herausgefunden hatte, was ich von anderen am meisten brauchte, und erst nach einigen traurigen Erfahrungen kam ich zu dem Schluss, dass es etwas gab, auf das ich keinesfalls verzichten konnte, und zwar Gesellschaft. Nach vielen Versuchen und Fehlschlägen gelang es mir schließlich, ein hervorragendes System aufzubauen, das – wie ich fand – Fairness gegenüber anderen mit dem größtmöglichen Nutzen für mich selbst verband.

Mein System funktionierte ungefähr ein Jahr lang, und solange es funktionierte, war es sehr befriedigend. Noch jetzt kommt mir diese Zeit vor wie eine weit entfernte, romantische Idylle. Ihr Geheimnis war Folgendes: Ich ging mit zwei Männern gleichzeitig aus, mit Joe Hurt und Roger Anderson. Joe dachte, ich würde mit Roger schlafen, und Roger dachte, ich schliefe mit Joe. Auf diese Weise gelang es mir, von beiden genau so viel Aufmerksamkeit zu erhalten, wie ich ertragen konnte – gelegentliches Händchenhalten im Kino zum Beispiel –, ohne mich ihrem ritterlichen, sexuellen Eifer aussetzen zu müssen, der sie – hätten sie die Wahrheit gekannt – schon um der Ehre willen dazu getrieben hätte, mich zu verführen und in die wahren Freuden des Lebens einzuweihen. Offensichtlich hatte keiner von ihnen besonders großes Interesse an mir, sonst hätten sie sich mit diesem Arrangement gar nicht erst zufrieden gegeben. Alles, was ich zu opfern hatte, war also Interesse und Liebe. Auf diese Dinge konnte ich gut verzichten.

Sowohl Joe als auch Roger schliefen mit anderen Mädchen, nehme ich an. Von Joe sagte man, dass er bereits irgendwo eine Frau habe. Roger aber hat wahrscheinlich, wenn ich es mir recht überlege, eher seine sexuellen von seinen sozialen Interessen getrennt. Roger war in mancher Hinsicht ein ziemlich scheußlicher junger Mann. Er verkörperte alles, was meine Eltern mich zu verachten und zu verurteilen gelehrt hatten. Er war ein reicher Tory, ein Buchhalter aus guter Familie, und ganz der Typ, der eindeutig eine Karriere vor sich hatte, die er allerdings eher seiner Persönlichkeit als seinen Fähigkeiten verdanken konnte. Er hatte viele Angewohnheiten, die meine Eltern als ›vulgär‹ bezeichnet hätten, die es aber eigentlich nicht waren, es sei denn, man hätte das Wort umgedeutet. In der Öffentlichkeit sprach er zum Beispiel sehr laut, er war unhöflich zu Kellnern, die ihn warten ließen, oder zu Leuten, die ihm erzählen wollten, wie er sein Auto zu parken hatte. Er war nicht unintelligent und hatte die – zweifellos mit seinem Beruf zusammenhängende – Fähigkeit, die wichtigsten Punkte eines Buches oder eines Theaterstückes herauszufiltern, ohne es ganz durchzulesen oder genau zuzuhören. Die Schroffheit seiner Urteile gefiel mir, denn sie war nicht von Unwissenheit, sondern von Ungeduld und Unbefangenheit geprägt. Er mochte mich, glaube ich, weil ich gute Manieren hatte, gesprächig und ein praktisches Mitbringsel war, am meisten jedoch deshalb, weil ich aus einem verwegenen, zwielichtigen literarischen Milieu stammte; das entsprach seinem Wunsch, die Welt gründlich kennenzulernen. Er wiederum sprach natürlich genau den gleichen Wunsch in mir an; es faszinierte mich, dass es solche Leute gab. Ihm gefiel die Vorstellung, dass ich mit Joe Hurt schlief, denn das verlieh mir in seinen Augen einen besonders verwegenen Status. Er hatte ein glattes Gesicht und trug hübsche Anzüge, dieser Roger. Sein Gesicht war wie das eines Kindes, rein und gepflegt, warm durch eine kühle, innere Wärme.

Joe wiederum gefiel merkwürdigerweise die Vorstellung, dass ich mit Roger schlief, obwohl er Roger nicht ausstehen konnte und ihn mir gegenüber häufig mit wortgewandten, brutalen Schmähreden bedachte. Joe war ganz das Gegenteil von Roger, allein schon, was die Beschaffenheit seiner Haut anging: Wo Roger glatt war, war Joe so schrecklich zerfurcht, vernarbt und verfallen, als hätte er die Pocken gehabt. Joe sah fürchterlich aus; er war 1,85 m groß und hatte einen schleppenden Gang – sicherlich ursprünglich Produkt seiner Minderwertigkeitskomplexe, jetzt jedoch ein Zeichen seiner geradezu unverschämten Launenhaftigkeit. Er war auf abstoßende Weise attraktiv: Auf den ersten Blick hielt man ihn für den hässlichsten Mann, den man je gesehen hatte, aber im Handumdrehen ertappte man sich dann bei einer fast schmerzlichen Bewunderung all der Ecken und Kanten seiner außergewöhnlichen Schönheit. Als Junge war er zweifellos mit einer durch nichts gemilderten, erdrückenden Hässlichkeit geschlagen gewesen, und er hatte sich aus jener Epoche einige aggressive Verteidigungsstrategien bewahrt. Zu der Zeit aber, als ich ihn kennenlernte, musste er sich seiner magnetischen Anziehungskraft schon seit Jahren bewusst gewesen sein. So genoss er seine persönlichen Erfolge mit trotzigem Vergnügen. Nach den langen Jahren der Benachteiligung war sein jetziger Vorteil nicht wie der Rogers eine Art Geburtsrecht, ein gegebener Ausgangspunkt, sondern eine Herausforderung, der es gerecht zu werden galt. Er war mit einer Amerikanerin verheiratet, die er auf irgendeiner Universität aufgegabelt haben sollte, als er für ein paar Jahre drüben war, aber niemand hatte sie je gesehen. Er schrieb Romane. Seit seiner Rückkehr nach England hatte er alle Versuche, eine akademische Karriere einzuschlagen, aufgegeben und beschäftigte sich jetzt nebenbei mit Filmen, filmischen Bearbeitungen und so weiter, während er noch immer einen Roman pro Jahr veröffentlichte. Seine Bücher waren fesselnd geschrieben, aber ich sah ihn immer am Rande einer künstlerischen Klippe entlang taumeln: Er hatte das Talent, sehr gut zu schreiben, und behauptete, dass er es eines Tages auch wirklich tun würde; doch je tüchtiger und lesbarer er wurde, desto mehr spotteten seine Freunde und sahen und sagten sein Scheitern voraus. Ich wusste nicht, was ich eigentlich von der Sache halten sollte; seine Schwächen und Stärken schienen eng miteinander verbunden zu sein. Er war natürlicherweise fruchtbar, wie ich natürlicherweise (oder unnatürlicherweise?) keusch war. Jedenfalls nahm er mich ernst, wenn ich (nicht ernst gemeinte) Bemerkungen machte, wie zum Beispiel: »Tja, Henry James jedenfalls war sehr schöpferisch«, oder: »Shakespeare hat mehr Stücke geschrieben als jeder seiner Zeitgenossen.« Seine Wünsche müssen also recht bombastisch gewesen sein. Es war fast rührend, wie man ihn für all seine Erfolge trösten musste. Er und Roger kannten sich offenbar nicht näher; sie hatten ein paar gemeinsame Bekannte – mich zum Beispiel – und trafen sich gelegentlich bei gesellschaftlichen Zusammenkünften anspruchsloserer Art. Einer vermutete beim anderen eine gewisse Weltlichkeit, die er selbst nicht besaß, und so verachteten und verehrten sie sich gleichermaßen. Dabei hatten sie beide recht. Ich glaube, Joe war in vieler Hinsicht derjenige, mit dem ich mich besser verstand. Wir hatten gemeinsame Interessen und genossen unsere Streitgespräche über Bücher, Filme, Leute und Ideen. Wie Roger fand er es praktisch, mehrere Eisen im Feuer zu haben, und ich stimmte da ganz mit ihnen überein. Es war ein hervorragendes System.

Es lag an George, dass das ganze zerbrechliche, unnatürliche System in sich zusammenbrach – an dem lieben, hübschen, liebenswürdigen, weiblichen, bescheidenen George. Selbst jetzt, wo es längst viel zu spät ist, erlaube ich mir, wenn ich an George denke, noch ein wenig Zärtlichkeit.

Ich war mit Joe zusammen, als ich George zum ersten Mal traf. Er arbeitete als Ansager beim Rundfunk. Auf Umwegen lernte ich ihn in der Kantine der BBC kennen, wohin ich Joe begleitet hatte, der dort ein Interview über sein neuestes Buch geben sollte. Joe kannte George nicht, aber ein Freund von Joe, der mit uns am Tisch saß, kannte ihn und stellte ihn uns vor. Auf den ersten Blick wirkte George eher unscheinbar; sein Auftreten war sanft und weich, was ich von meinem Bekanntenkreis her überhaupt nicht gewohnt war. Aber er legte eine gewisse unaufdringliche, zarte Aufmerksamkeit an den Tag, die mir mit der Zeit immer mehr gefiel. Er hatte ein schmales, hübsches Gesicht und eine angenehme BBC-Stimme; seine Kleidung wirkte leicht feminin. Von Zeit zu Zeit veränderte er seine Stimme und machte kleine manierierte Witze. Nicht gerade ein gefährlicher oder bedrohlicher Mann, sollte man meinen – niemand, der große Leidenschaft entfachen könnte. Gegen Joe Hurt zum Beispiel, der an seinen großen, rissigen, gelben Fingernägeln kaute und seine Beine wild um die Stahlrohrfüße des Tisches schlang, während er mit laut hörbarer Stimme zu einem Vortrag über die Langeweile experimenteller Romane ausholte, verblasste er völlig. Vorsichtig und beschämt wanderten die Blicke aller Mädchen im Saal immer wieder zu Joe hinüber. Diese Wirkung hatte er immer auf andere. Auch George hörte Joe zu und schien beeindruckt zu sein, obgleich er, wie ich bereits sagte, ab und zu ein paar witzige Bemerkungen fallen ließ. Ich hatte das deutliche Gefühl, dass ihm Joe als Mann gefiel. Joe zog jeden an – auch diejenigen, die ihre Anziehung durch die Heftigkeit ihrer Angriffe zu verbergen suchten.

Nach jenem ersten Treffen begegnete George mir in unregelmäßigen Abständen immer wieder, im Durchschnitt einmal die Woche. Manchmal trafen wir uns auf der Straße da ich so nah am Sendehaus wohnte, kreuzten sich unsere

Wege oft in der Upper Regent Street oder in der Wigmore Street. Gelegentlich sahen wir uns in einer Kneipe, in der er offenbar Stammgast war und die auch Joe und ich eine Zeit lang gemeinsam besuchten; es war eine nette Kneipe, daher nahm ich auch Roger eines Abends mit dorthin. Einmal trafen George und ich uns zu unserem großen Erstaunen auf einer Party. Mir gefiel das Zusammentreffen mit ihm sehr, denn er schien sich immer darüber zu freuen, mich zu sehen, und machte nette Bemerkungen. »Du siehst heute Abend wunderschön aus, Rosamunda«, sagte er, wenn ich den ›Bear and Baculus‹ betrat, oder: »Wie bist du heute mit ›Astrophel und Stella‹ vorangekommen?« Er schien auf seltsame Weise mit den englischen Dichtern vertraut zu sein. Seine Herkunft und Bildung ließen sich für mich jedoch überhaupt nicht einschätzen, was meine natürliche Neugier erregte. Auch sein Akzent verriet nicht, woher er kam, denn wenn er sein BBC-Englisch fallen ließ, griff er nicht etwa auf seinen ursprünglichen Tonfall zurück, sondern verfiel in die allgemeine Redeweise der Homosexuellen. Etwas an seinen Haaren gab einem aber seltsamerweise das Gefühl, dass er doch nicht ganz so fein war, wie es den Anschein hatte. Es lag nicht flach an wie sonst üblich, sondern stand an der Seite eigenartig winklig ab, was ihn in gewisser Beleuchtung recht verwegen aussehen ließ. Das gefiel mir. Er gefiel mir überhaupt, und nach ein paar Wochen überredete ich Joe und Roger nur noch deswegen dazu, mit mir in seine Kneipe zu gehen, damit ich ein paar Minuten mit ihm plaudern konnte.

Das Joe-Roger-Arrangement amüsierte ihn sehr, und sicher dachte er das Schlimmste – eine Schlussfolgerung, die meinen Stolz zufrieden stellte. Er gab leicht glucksende Laute des Tadels von sich, die wiederum mich amüsierten. Ich genoss das Spiegelbild meiner eigenen, eingebildeten Verwerflichkeit in seinen Augen, denn er sah das, was er zu sehen glaubte, mit schmunzelnder Nachsicht – genau die Reaktion, die ich mir gewünscht hätte, wenn das, was er sah, wahr gewesen wäre.

An einem ziemlich spannungsgeladenen Sommerabend konnte ich Joe wieder einmal dazu bewegen, mit mir in die besagte Kneipe zu gehen. Wir waren allerdings schlecht aufeinander zu sprechen, weil wir uns in einen fruchtlosen Disput verstrickt hatten, in dem es um eine Pfundnote ging, die wir irgendeinem blöden Freund entweder geborgt oder nicht geborgt hatten. Ich war sehr wütend auf Joe, denn ich habe ein gutes Gedächtnis und konnte mich noch sehr deutlich an die ganze Begebenheit erinnern. Als wir in die Kneipe kamen, besserte sich meine Laune auch nicht gerade, da George nicht da war. Als die Zeit, zu der er normalerweise auftauchte, längst verstrichen war, wurde ich immer gereizter. Am Ende geriet Joe in Zorn, verließ das Lokal und ließ mich allein. Mit grimmiger Miene blieb ich noch fünf Minuten sitzen und tat so, als wolle ich mein Glas austrinken, dann stand ich auf, um zu gehen. Ich kann es nicht leiden, allein in einer Kneipe zu sitzen. Am Ausgang traf ich George.

»Ach du je!« sagte er. »Ganz allein heute Abend?«

»Einfach abgehauen«, antwortete ich, »Joe ist einfach abgehauen.«

»Ich weiß«, nickte er, »ich habe ihn am Portland Place getroffen. Komm, trink doch noch etwas.«

»Ich wollte gerade gehen«, erwiderte ich.

»Ach, bleib doch noch eine Weile.«

»Also gut«, sagte ich, »ich bleibe.«

George holte mir einen Drink. Als er von der Bar zurückkam, lächelte er mit sanfter Boshaftigkeit und sagte: »Ruf doch einfach Roger an. Du hast dein Leben doch sehr klug eingerichtet.«

»Ich mag Roger nicht besonders«, lachte ich. »Du auch nicht, oder?«

»Nein, ich muss zugeben, dass mir Joe besser gefällt. Ganz persönlich.« Auch er lachte.

»Wie auch immer«, sagte ich, »Roger macht gerade Sommerurlaub.«

»Wirklich? Erstaunlich, wie viele Leute immer noch im Sommer in Urlaub fahren, findest du nicht? Ich habe mit siebzehn schon damit aufgehört.«

»Und wie alt bist du jetzt?«

»Neunundzwanzig.«

»Genau wie Joe.«

»Und Joe ist einfach weggelaufen und hat dich hier sitzen lassen? Was hast du denn angestellt?«

»Ach, dies und das«, sagte ich und erzählte ihm die Geschichte von der Pfundnote. Wir redeten etwa eine halbe Stunde so weiter, bis mir plötzlich einfiel, dass er vielleicht Besseres zu tun hatte, als sich ausgerechnet mit mir zu unterhalten, dass er nicht deswegen hergekommen war und vielleicht für den Abend noch ganz andere Pläne hatte, und dass er wahrscheinlich nur deshalb so viel Zeit mit mir verbrachte, weil es ihm leid tat, dass ich allein war. Er war ein Mann, der für zarte Gefühle wie Mitleid und Kummer sehr empfänglich war, fürchtete ich. Und nachdem sich diese Befürchtung erst einmal in meine Gedanken eingeschlichen hatte, erschien sie mir als die Wahrheit. Ich schaute auf die Uhr. »Du lieber Himmel, ist das schon spät, ich muss jetzt aber wirklich gehen.«

»Ach nein, noch nicht«, sagte er. »Ich hole dir noch etwas zu trinken.«

»Nein, wirklich«, widersprach ich, »ich muss gehen, ich muss noch arbeiten.«

Mit diesen Worten griff ich nach meiner Tasche und meinem Schal und begann, nach meinen Schuhen zu fischen, die ich unter der Bank verloren hatte.

»Ich bring dich nach Hause«, sagte er.

»Mach dich nicht lächerlich«, erwiderte ich schroff, »ich wohne doch nur um die Ecke.«

»Schon gut, schon gut«, sagte er besänftigend, »ich weiß, wo du wohnst. Ich wollte dich nicht beleidigen. Ich weiß, dass du sehr wohl in der Lage bist, allein nach Hause zu gehen. Lass mich dich trotzdem begleiten.«

»Weshalb?« fragte ich und zwängte meine Füße in die Schuhe. »Willst du denn nicht hier bleiben …«, ich wies mit der Hand geringschätzig auf unsere Umgebung, »… und dich mit all deinen Freunden unterhalten?«

Ich war immer noch nicht überzeugt davon, dass es wirklich sein Wunsch war, mich zu begleiten, aber da ich seine Gesellschaft wünschte, war ich bereit, sein Angebot anzunehmen, auch ohne ganz überzeugt zu sein. Und so gingen wir zusammen die breite, staubige Straße hinunter. Ich trug ein Paar ziemlich hochhackiger Sandalen mit winzigen Riemchen, die beim Laufen ständig herunterrutschten. (Mein wackliger Gang hatte am früheren Abend nicht gerade zu Joes Erheiterung beigetragen.) Als ich zum fünften Mal umknickte, lächelte George mich milde tadelnd an und bot mir seinen Arm. Ich hakte mich bei ihm ein, und während ich seinen Arm umklammerte, war ich erstaunt, dass ich ihn tatsächlich spürte. Ich hatte ihn noch nie berührt und wahrscheinlich immer angenommen, er sei so wenig wesenhaft wie Gras oder ein kleines, zartes Tier. Aber er war tatsächlich da. Ich konnte ihn spüren. Fast erschreckte mich das, und auch er schien erstaunt zu sein, denn er wurde still, und wir gingen schweigend weiter. Vor meiner Haustür blieben wir stehen, und widerwillig zog ich meinen Arm zurück. Dann fragte ich, was ich eigentlich nicht hatte fragen wollen:

»Warum kommst du nicht noch mit hoch? Auf einen Drink, eine Tasse Kaffee oder sonst etwas?«

Er schaute mich an – plötzlich sehr dünn, weltentrückt, fast unerreichbar. Dann sagte er in seinem vorsichtigsten Tonfall: »Nun, ich habe nichts dagegen. Das wäre doch schön, oder?«

»Ja, das wäre schön«, wiederholte ich. Wir gingen zusammen ins Haus, ich hielt ihm die Tür zum Lift auf, und wir fuhren zu meiner Wohnung hinauf. Die überzogene Hochstimmung, in der ich mich befand, verlieh den vertrauten Einzelheiten des Gebäudes einen unerwarteten Charme. George hingegen schien etwas befangen zu sein von der großelterlichen Atmosphäre, von der die Wohnung nie ganz frei war. Mich überkam eine schreckliche Angst: Vielleicht konnte er damit nichts anfangen, vielleicht konnte er mit *mir* nichts anfangen, vielleicht hätte ich gar nicht erst versuchen sollen, länger als fünf Minuten mit ihm zu sprechen, vielleicht würde das unangenehm offenbarende soziale Licht, in dem wir uns jetzt sehen würden, unsere distanziert nette Bekanntschaft für immer zerstören. Um diesen beklemmenden Gedanken zu entfliehen, begann ich, während das Wasser heiß wurde, ihm von meinen Eltern zu erzählen: warum sie mir die Wohnung überlassen hatten und ich mit gutem Gewissen kein Geld aus der Situation schlagen könnte, indem ich ein Zimmer untervermietete, dass ich andererseits aber auch niemanden gern genug hatte, um ihn umsonst hier wohnen zu lassen. »Deshalb muss ich alleine wohnen, verstehst du«, erklärte ich, während ich die Kaffeebohnen in die Mühle füllte, und verachtete mich dabei selbst für mein nervöses Geplapper.

»Du bist nicht gerne allein?« fragte er, und ich lachte viel zu laut und fragte zurück: »Na ja, wer ist das schon?«

»Ja, klar«, sagte er, »klar. Wir sind alle nur Menschen.« Ich blickte zu ihm hinüber und sah, dass ich nichts zu befürchten hatte.

»Du scheinst allein aber auch recht gut zurechtzukommen«, fuhr er fort, als ich das Wasser in die Kanne goss. »Du wirkst sehr beschäftigt.«

»Ich gebe mir alle Mühe.« Wir trugen das Tablett ins Wohnzimmer hinüber. »Und wie ist es mit dir?« fragte ich, als wir uns hinsetzten – ich in einem der Sessel und er auf dem Sofa.

»Was meinst du damit?« fragte er zurück. »Was ist mit mir?«

»Erzähl mir von dir.«

»Was soll ich dir erzählen?« Er lächelte abwehrend und zuckte mit den Schultern; seine entschiedene Zurückhaltung wirkte eher weiblich.

»Alles über dich«, sagte ich begierig. Ich wollte es einfach wissen. Ich wollte alles über ihn wissen – ich war interessiert, ich war gefangen, ich war fest entschlossen. Doch er lächelte nur weiter ausweichend und sagte:

»Was meinst du damit, ›alles‹?«

»Na, woher du kommst, zum Beispiel?«

»Aus Ipswich«, sagte er.

»Ich weiß nichts über Ipswich.«

»Ich wette, du weißt noch nicht einmal, wo es liegt.«

»Oh, doch. Dort irgendwo.« Ich deutete unbestimmt mit der Hand auf eine imaginäre, in die Luft des Wohnzimmers gezeichnete Englandkarte. George ließ sich nicht von seiner Art abbringen und erzählte mir eigentlich gar nichts – das allerdings mit so selbstbewusster Miene, dass ich es ihm nicht übel nahm. Ich wagte nicht, ihn zu fragen, was sein Vater tat, oder ähnliche naheliegende Fragen zu stellen, obwohl ich weiß Gott heute wünsche, ich wäre damals mutiger gewesen und hätte nicht eher lockergelassen, bis ich alles über ihn erfahren hätte. Er widerstand meinem drängenden Interesse mit fachmännischem Geschick. Das allein überraschte mich, denn ich war es gewohnt, von anderen unaufgefordert geradezu überschüttet zu werden mit vertraulichen Mitteilungen, die mich meistens nicht interessierten. Vielleicht war er in meinem Bekanntenkreis der Einzige, der nicht von der Größe seiner Seele oder seiner Karriere völlig eingenommen war. Er war ein zurückhaltender Mensch. Der Verlauf seiner Karriere – das Einzige, von dem er mir ausführlich berichtete – schien dies zu beweisen: Während seiner Militärzeit war er nach Hongkong geschickt worden, wo er mit dem englischen Überseesender in Berührung kam. Danach war er bei der BBC geblieben, war einige Jahre im Mittleren Osten herumgezogen und schließlich nach London zurückgekehrt. Als ich ihn fragte, ob es nicht langweilig sei, tagaus, tagein eintönige Dinge anzusagen, stimmte er zu, meinte aber, er möge Langeweile. Irgendetwas müsse ihn aber doch interessieren, wenn es schon nicht seine Arbeit sei, erwiderte ich, und er sagte, ja, ich würde ihn interessieren, warum wir nicht über mich sprächen.

Ich versuchte, es ihm an Zurückhaltung gleichzutun, was mir natürlich nicht gelang. Er fragte mich nach meinen Eltern – ein Thema, über das es leicht war, wahrheitsgemäß zu berichten: Ich erzählte recht ausführlich von ihrer ungewöhnlichen Mischung aus sozialistischen Prinzipien und bourgeoisen Gewissensbissen, und wie sie gerade die eher peinlichen Eigenschaften ihres nicht konformistischen Erbes zum Bestandteil ihrer eigenen politischen und moralischen Einstellungen gemacht hatten.

»Sie müssen sich selbst ständig bestrafen, weißt du«, erklärte ich. »Immer wenn das Leben bequem wird, müssen sie etwas Neues ersinnen. Nach Afrika zu gehen zum Beispiel. Andere Leute tun so etwas nicht, sie reden nur davon – meine Eltern gehen tatsächlich. Genauso war es auch mit unserer Erziehung. Ziemlich absurd, wie sie ihren Prinzipien treu blieben, uns nie fragten, wo wir gewesen waren, wenn wir um drei Uhr morgens nach Hause kamen, uns auf öffentliche Schulen und grundsätzlich nur zu Kassenärzten schickten, uns schreckliches Cockney sprechen ließen, die Putzfrau zum Essen an unseren Tisch einluden und sie allen Gästen vorstellten … lauter solchen Blödsinn. Mein Gott, sie schufen sich ihre eigenen Leiden. Und dabei waren sie immer so nett, so liebenswürdig, so sanft. Aber die Menschen sind eben nicht nett und liebenswürdig und sanft, sie sind es nun einmal einfach nicht. Die Putzfrau machte sich am Ende mit dem gesamten Silberbesteck aus dem Staub. Sie verachtete meine Eltern – ich konnte sehen, wie sie sie verachtete –, und sie wusste, dass sie nichts gegen sie unternehmen würden. Das Schlimme ist, dass sie noch nicht einmal schockiert waren, als es passierte. Sie hätten es kommen sehen, sagten sie. – Und mein Bruder hat ein grässliches Mädchen geheiratet, die Tochter eines Obersts; er lebt jetzt in Dorking und verbringt seine ganze Zeit damit, absolut nichtswürdige Leute zum Essen einzuladen und Bridge zu spielen. Meine Schwester hat noch nicht ganz aufgegeben. Sie hat einen Naturwissenschaftler geheiratet und wohnt mitten auf dem flachen Land in der Siedlung bei einem Atommeiler. Als ich sie das letzte Mal besuchte, hatte sie gerade ihren Kindern verboten, mit den Nachbarskindern zu spielen, weil sie Ausdrücke wie ›dummes Arschloch‹ benutzten. – Eine ziemliche Katastrophe, ihr Erziehungsversuch! Ja, so kann man es wohl nennen.«

»Abgesehen von dir«, sagte George.

»Was willst du damit sagen, abgesehen von mir? Ich halte mich nicht gerade für ein gutes Beispiel für irgendetwas.«

»Sind deine Eltern nicht froh darüber, dass du dich für die wissenschaftliche Laufbahn entschieden hast?«

»O nein, nicht wirklich. Ich meine, natürlich sind sie irgendwie froh über meinen Erfolg. Abgesehen davon halten sie mich für eine Dilettantin. Elisabethanische Sonette! Romane aus dem neunzehnten Jahrhunden oder etwas ähnlich Würdiges, das ginge ja noch. Eigentlich wollten sie, dass ich in Cambridge Ökonomie studiere, zumindest Geschichte. Sie haben es nie gesagt, gewusst habe ich es aber trotzdem. Elisabethanische Sonettzyklen haben keinen moralischen Wert, verstehst du.«

»Aber deine Unabhängigkeit, die muss ihnen doch gefallen.«

Ich schaute ihn beklommen an. Ich war nicht sicher, ob er das ehrlich oder als Witz gemeint hatte.

»Willst du noch etwas trinken?« fragte ich. »Einen Whisky oder etwas anderes?«

»Sie gefällt ihnen nicht?«

»Ich bin mir gar nicht so sicher, ob ich wirklich unabhängig bin«, sagte ich, stand auf und ging das Radio einschalten. »Aber ich würde es gerne sein, das stimmt. Weil ... wer weiß vielleicht muss man es sein.«

Auf dem Dritten kam etwas von Mozart. Ich ließ es laufen.

»Musst du heute Abend nicht arbeiten?« fragte ich.

»Müsstest du nicht gerade irgendetwas ansagen?«

»Heute Abend nicht. Es ist doch Freitag, oder? Warum fragst du? Willst du, dass ich gehe?«

»Nein, überhaupt nicht. Ich möchte, dass du bleibst. Wenn du bleiben willst.«

Ich stand neben dem Radio und schaute ihn an. Er schaute zurück und schien vage andeuten zu wollen, dass ich zu ihm kommen und mich zu ihm auf das Sofa setzen sollte. Also tat ich es. Er nahm meine Hand und hielt sie und fing dann an, meine Finger zu küssen – einen nach dem anderen. Nach einer Weile fiel mir wieder ein, was ich noch sagen wollte: »Meine Mutter war eine große Feministin, weißt du. Sie hat mich zur Gleichheit erzogen. Daran ließ sie keine Zweifel, es gibt keine Unterschiede. Ich war gleich. Ich bin gleich. Weißt du, was ihr Glaubensbekenntnis war? Dieser Ausspruch von Königin Elisabeth, dass sie Gott dafür danke, sie mit solchen Eigenschaften ausgestattet zu haben, dass sie – würde man sie im Unterrock in irgendeinem Teil der christlichen Welt aussetzen – doch das Gleiche tun würde, was sie ohnehin machen wollte. Das zitierte sie immer, wenn wir Angst vor Prüfungen oder Bällen hatten. Ich muss ihr gerecht werden, verstehst du?«

Dann hob ich seine Hand an meine Lippen. Sie war so schön, so kühl und schmal, und ich küsste sie mit einem Gefühl der Trauer. George nahm mich in seine Arme und küsste mein Gesicht, und schließlich sanken wir sanft ineinander und lagen ganz ruhig da. Ich wusste, dass er schwul war, und fürchtete mich nicht vor ihm, weil ich dachte, mehr würde er von mir nicht erwarten. Ich war so bewegt und froh bei dem Gedanken, dass er mich vielleicht wirklich gern hatte, sich wirklich für mich interessierte. Ich war sehr glücklich während jener Stunde, die wir dort zusammenlagen; und ich muss ihn wahrhaftig mit den Augen der Liebe gesehen haben, so über alle Maßen kostbar erschien er mir. Heute erinnere ich mich nur unter Qualen an jeden Blick und jede einzelne Berührung unserer Körper, Köpfe und Hände. So lange Zeit habe ich täglich in Gedanken alles noch einmal durchlebt, dass ich in Gefahr bin, die Wirklichkeit zu vergessen; denn jedes Mal, wenn ich daran denke, wünsche ich mir, ich hätte hier und da ein bisschen mehr gegeben oder doch wenigstens gesagt, was in mir vorging, sodass George gewusst hätte, wie viel es mir bedeutete. Aber selbst im Glück war ich nicht in der Lage, mich so weit zu entblößen.

Nach einer Weile war im Radio Sendeschluss. Nur noch das Summen der Maschine war zu hören, sonst war es ganz still. Ich sagte: »Ich muss das Ding ausstellen, ich kann das Geräusch nicht ertragen« und wollte mich aufsetzen, aber er hielt mich fest. »Nein, geh nicht«, bat er. Ich wollte mich entziehen und darauf bestehen, doch eh ich mich's versah, ertappte ich mich bei dem Gedanken, dass ich ihn nicht davon abhalten könnte, falls er es wirklich wollte: Ich mochte ihn viel zu sehr, und wenn ich ihn davon abhielt, könnte er denken, dass ich ihn nicht mochte. Wenn überhaupt, dann jetzt, dachte ich. Außerdem wäre es nur gut für mich. Ich schloss meine Augen ganz fest und wartete. Es war ganz einfach, es war Sommer, und ich hatte nicht viel an. George schien genau zu wissen, was er tat – aber schließlich erweckte auch ich diesen Anschein, obwohl ich nicht die geringste Ahnung hatte. Trotz ziemlicher Schmerzen gelang es mir, tapfer zu lächeln; ich wollte ihn nicht kränken und hoffte, die wahre Lage der Dinge verbergen zu können. Ich kann mich noch daran erinnern, wie er kurz vorher mein Haar streichelte und sich in seiner wunderbar höflichen und ritterlichen Art versicherte:

»Ist das auch in Ordnung? Geht es dir gut, ist es dir auch recht?«

Ich wusste, was er meinte, und nickte und lächelte mit geschlossenen Augen, und das war's dann. Es war vorbei. Was beweist, dass die Täuschung ein tückisches Netz ist. Und ich allein war daran schuld. Und doch – als ich meine Augen wieder öffnete, war da nur George. Ich presste seinen Kopf an meine Brust und schluchzte:

»Oh, George, erzähl mir von dir, erzähl mir doch von dir.« Aber jetzt war er es, der die Augen schloss. Mit einem leisen Seufzer verbarg er sein Gesicht an mir, während ich sein Haar und seine schmale, braune Wange streichelte. Nach einer Weile murmelte er etwas, was ich, obgleich ich es kaum hören konnte, als »O Gott, wie sinnlos das ist« verstand. Diese Aussage beunruhigte mich etwas (in dem Moment allerdings noch nicht so sehr wie später). Nach ein paar Minuten stand ich auf, stellte das Radio aus und ging ins Badezimmer, wobei ich ihm genug Zeit ließ, um aufzustehen oder gar zu gehen, falls er das wollte. Einige Zeit später kam ich in meinem Morgenmantel zurück und sah ihn immer noch an der gleichen Stelle sitzen, allerdings mit offenen Augen.

»Hallo«, sagte ich, blieb an der Tür stehen und lächelte fröhlich; alles andere hätte ich eher offenbart als die völlige Unsicherheit, die mich beherrschte.

»Hallo, George, wie wär's mit einem Drink?«

»Gerne«, antwortete er. Ich ging in die Küche, kam mit einer Flasche Whisky zurück – d.h. mit dem, was davon noch übrig war – und goss uns beiden ein volles Glas ein. Ich saß auf dem Boden, den Rücken gegen seine Knie gelehnt – ein Gefühl der Berührung ohne direkten Kontakt, das ich als sehr tröstlich empfand. Auch seine schwere Hand auf meinem Kopf fühlte sich tröstlich an. Ich trank schnell mein Glas aus und fühlte mich danach schon etwas besser. Schließlich, dachte ich, macht man so etwas nicht, bloß weil man meint, man müsse es tun – aus reiner Höflichkeit sozusagen, weil man eine Einladung nicht ausschlagen will. So sind die Menschen nicht, dachte ich. Er muss es selbst ein bisschen gewollt haben, sagte ich mir, sonst hätte er sich gar nicht erst damit abgegeben. Wie höflich er auch immer war – so höflich konnte er in Wirklichkeit nicht sein. Bestimmt war er einer von diesen Bisexuellen, dachte ich. Oder vielleicht war er genauso wenig schwul wie ich promiskuitiv – oder wie auch immer das Wort hieß für das, was ich zu sein vorgab. Vielleicht zogen wir uns gegenseitig an, weil wir beide Meister der Verstellung waren.

Nach einiger Zeit sagte George:

»Rosamund, ich sollte jetzt gehen.«

»Du solltest?« fragte ich.

»Ich glaube, ja.«

Da ich dachte, dass er wahrscheinlich gehen *wollte,* war ich unsicher, ob ich ihm vorschlagen sollte, hier zu bleiben; vielleicht hätten ihn Höflichkeit und Ritterlichkeit dazu genötigt, sogar gegen seinen Willen zu bleiben. Also schwieg ich, fühlte noch einen Moment lang die warme, schützende Schwere seiner Hand, die mich ganz zu umfangen schien. Ich spürte: Es gab keine Möglichkeit, in dieser flüchtigen, illusorischen Sicherheit zu verharren. Ich stand auf und sagte, es sei schon spät, hoffentlich nicht *zu* spät, um dahin zu kommen, wo er hin wollte. Und selbst da, selbst in jenem Moment hatte ich nicht den Mut, ihn nach seiner Adresse oder Telefonnummer zu fragen. Das hätte so ausgesehen, als wollte ich mich ihm aufdrängen, als hätte ich ein Recht darauf gehabt zu wissen, wo er wohnte, als würde es eine Zukunft geben, in der es nützlich sein könnte, so etwas zu wissen. Ich weiß – o ja, ich weiß –, dass meine Zurückhaltung, mein Wunsch, nicht zu verletzen, leicht mit Kühle zu verwechseln ist und als Gleichgültigkeit gedeutet werden kann. Vielleicht ist das sogar beabsichtigt – meinem inneren Gefühl entspricht es aber nicht. Doch ich konnte nicht aus mir herausgehen und sagen: ›Wo wohnst du, gib mir deine Nummer, ruf mich an, kann ich dich anrufen?‹ Vielleicht bin ich nicht erwünscht, vielleicht bin ich uninteressant. Also ließ ich ihn gehen ohne ein Wort über ein späteres Wiedersehen. Und das, obwohl er alles war, was ich wollte: Ich wollte ihn die ganze Nacht bei mir, seinen Kopf auf meinem Kissen, und vielleicht hätte ich ihn sogar bei mir haben können, aber ich sagte nichts. Er schwieg ebenfalls. *Er* hätte es ja tun können, er hätte fragen können: ›Wann kann ich dich wiedersehen?‹ Aber er tat es nicht. Vielleicht hat ihn meine angebliche Fremdheit und Gleichgültigkeit davon abgehalten, vielleicht wollte er es aber auch nicht. Und da die zweite die unangenehmere Schlussfolgerung darstellte, war ich nur allzu bereit, daran zu glauben. Oder vielleicht wollte er – wie ich – einfach keine Rechte einfordern.

Als er gegangen war, legte ich mich ins Bett und dachte über alles nach, was wir gesagt und getan hatten. Ich konnte nicht einschlafen. Zuerst war ich eher glücklich, aber als es immer später wurde und ich immer noch keinen Schlaf finden konnte, wurde ich von Argwohn und Zweifeln gepeinigt. Nicht, dass ich mich schuldig fühlte oder jene nicht wieder rückgängig zu machende Sache bereute, die zwischen uns geschehen war: Darüber fühlte ich nichts als Erleichterung. Aber solche Dinge passieren nicht im Abstrakten, es waren die Umstände, die mir so viel Sorgen bereiteten. Ich überlegte jedes Wort von George noch einmal, und je angestrengter ich mich erinnerte, desto klarer erschien es mir, dass er weder Liebe noch Zuneigung ausgedrückt hatte. Er hatte gesagt, ich interessiere ihn, aber das war nur ein geschickter Schachzug gewesen. Und außerdem: Was für eine Basis war Interesse schon für Dinge, wie sie zwischen uns geschehen waren? Während ich mich hin und her wälzte und auf dem Kopfkissen nach einem kühlen Platz für mein Gesicht suchte, wurde mir immer klarer, dass er keine Annäherungsversuche gemacht hatte. Alle entscheidenden Schritte waren von mir ausgegangen. Ich hatte mich zu ihm auf das Sofa gesetzt, nachdem ich das Radio eingeschaltet hatte. Vielleicht war das, was ich für einen einladenden Blick gehalten hatte, gar nicht so gemeint gewesen. *Ich* hatte mich ihm angeboten. Und nach allem, was er über mich dachte, hatte er das Angebot angenommen – aus Höflichkeit, aus Neugierde oder aus Verlegenheit, auf keinen Fall aber wegen der zärtlichen Gefühle, die mich geleitet hatten. Je mehr ich darüber nachdachte, desto hoffnungsloser erschien mir das Ganze: Wenn er mich wirklich mögen würde, hätte er doch bestimmt irgendeinen Vorschlag gemacht, dass wir uns wiedersähen?

Schließlich war ich – fast – vom Schlimmsten überzeugt. Und doch wusste ich, dass es einfach nicht stimmte. Ich wusste, er würde anrufen; er mochte mich, er würde mich auch weiterhin mögen. Aber ich musste mich auf das Schlimmste gefasst machen. Ich wollte nicht betrogen werden, ich wollte keine Überraschung erleben.

George rief nicht an. Nach einer Woche wusste ich, dass er es auch nicht mehr tun würde, und gab den Gedanken auf. Ich hätte ihn ganz einfach treffen können, indem ich in seiner Stammkneipe vorbeischaute oder auf gut Glück zur richtigen Uhrzeit zum Portland Place oder die Upper Regent Street hinunterlief, doch mein Stolz hielt mich zurück. Wenn er mich nicht sehen will, dachte ich, dann will ich ihn auch nicht sehen. Also mied ich alle Plätze, an denen auch nur die entfernteste Möglichkeit bestand, ihn zu treffen; ich nahm sogar morgens einen anderen Weg ins Britische Museum, und einmal, als ich gezwungen war, einen Freund durch die Wigmore Street zu begleiten, zitterte ich am ganzen Leibe. Aber in London ist es einfach, Leuten aus dem Weg zu gehen, und es gelang mir ohne Schwierigkeiten. Bald nahmen die Straßen Londons jedoch eine schreckliche moralische Bedeutung an: Sie wurden zu Wegweisern meiner Schwächen und Stärken, zu einer Landschaft voller Fallgruben und kleiner Sümpfe – wie die, die Bunyan zu durchqueren hatte. Ich mied die Plätze, an denen wir uns schon einmal begegnet waren, ja selbst die Plätze, die ich ihn je hatte erwähnen hören. Nur einmal ertappte ich mich bei dem Gedanken, ich müsste unbedingt etwas Bestimmtes bei Peter Robinson am Oxford Circus kaufen, merkte es aber gerade noch rechtzeitig. Ich blieb dabei; aus einer Woche wurden vierzehn Tage, aus vierzehn Tagen ein ganzer Monat, und so wurde es natürlich immer unmöglicher, von meiner Philosophie des Rückzugs abzugehen.

Es dauerte eine ganze Weile, bis ich merkte, dass ich schwanger war. Der Gedanke an diese (Un-)Möglichkeit war mir natürlich schon recht früh gekommen. Aber ich hatte ihn als lächerliches, irrationales Symptom meiner Schicksalsgläubigkeit abgetan und ihm keinerlei ernsthafte Aufmerksamkeit geschenkt. Als ich schließlich nicht mehr anders konnte, als meinen Zustand anzuerkennen, war ich zum ersten Mal in meinem Leben völlig hilflos. Ich kann mich noch sehr gut daran erinnern: Ich saß an meinem gewohnten Platz im Britischen Museum und schaute gerade etwas über Sir Walter Raleigh nach, als mich aus heiterem Himmel ein plötzlicher Verdacht befiel, der sich im Handumdrehen in Sicherheit verwandelte. Ich holte meinen Kalender heraus und begann fieberhaft, die Tage zu zählen, was einigermaßen schwierig war, weil ich mir nie über irgendetwas Notizen mache, geschweige denn über die Funktionen meiner Innereien. Am Ende fand ich es nach einiger harter Gedächtnisarbeit dann doch heraus und überzeugte mich davon, dass es auch so sein musste. Ich konnte meine Hand auf dem Tisch zittern sehen. Zum ersten Mal in meinem Leben schien das, was vor mir lag, so entsetzlich zu sein, dass selbst ich – so schicksalsgläubig und schicksalschaffend ich auch immer gewesen sein mag – es mir einfach nicht ausmalen konnte. Anstelle der sonst üppig blühenden Fantasiebilder über das bevorstehende Desaster war in meinem Kopf nur Leere – für mich ein gänzlich unbekanntes Gefühl. In diesem Zustand verharrte ich etwa fünf Minuten lang, bevor sich dann meine Fantasie doch mühsam in Gang setzte. Was sie hervorbrachte, war scheußlich: Gin, Psychiater, Krankenhäuser, Unfälle, ertrunkene Dorfmädchen in Ententeichen, Tränen, Schmerz, Erniedrigungen. Nichts davon sah in diesem Stadium nach einem Baby aus. Eine halbe Stunde lang quälten mich diese bösen Vorahnungen, bis ich meinte, dass ich aufstehen und gehen oder zumindest eine Tasse Kaffee oder sonst irgendetwas trinken sollte. Es war aber noch eine Stunde vor meiner üblichen Zeit, und ich konnte es nicht. Ich war nämlich so oft versucht gewesen, vor meinem vollen Dreistundenpensum aufzuhören, und hatte der Ablenkung und den Verlockungen menschlicher Gesellschaft so oft erfolgreich widerstanden, dass ich mich auch jetzt gezwungen fühlte, sitzen zu bleiben und mit gespielter Aufmerksamkeit auf die Gedichte Sir Walter Raleighs zu starren. Nach einer Weile wurde die Aufmerksamkeit sogar echt: Abgelenkt von der wahren Besessenheit von etwas, das zunächst als unerträgliche Belastung erschienen war, kehrten meine Gedanken wie von selbst zu ihren vertrauteren Beschäftigungen zurück, und gegen Ende des Vormittags hatte ich genau so viel Stoff bearbeitet, wie ich es mir vorgenommen hatte. Diese Tatsache verschaffte mir große Befriedigung. Große Selbstbefriedigung. Und während ich die Straße hinunterlief, um Lydia zum Mittagessen zu treffen, entdeckte ich noch eine andere Quelle der Befriedigung: Jetzt war ich doch wenigstens gezwungen, George wiederzusehen. Ich hatte endlich einen Grund, ihn aufzusuchen.

Noch am Nachmittag des gleichen Tages wurde mir jedoch klar, dass ein Wiedersehen mit George nun weniger wahrscheinlich war als je zuvor. Es verging einige Zeit, bis ich die Kompliziertheit der Situation vollständig begriffen hatte. Die Vortäuschung eines verruchten Lebenswandels hatte zur Folge, dass ich die ganze Sache für mich behalten musste. Die Aussicht auf all die Spekulationen – egal von wem – war mir unerträglich. Also entschloss ich mich, die Sache so gut es ging mit mir selbst auszumachen. Von meinem haarsträubenden Versuch mit dem Gin habe ich ja bereits berichtet. Danach rief ich eine meiner Freundinnen aus Cambridge an, die eine Abtreibung hinter sich hatte, und fragte sie nach der Adresse und weiteren Einzelheiten. Ich wählte die Nummer, die sie mir gab, aber es war besetzt. Weiter unternahm ich nichts. Ich erinnere mich nicht gern an jene ersten Monate, in denen außer mir noch keiner wusste, was vor sich ging. Es war wie ein Albtraum, wie eine Halluzination. Jeden Morgen, wenn ich aufwachte, dachte ich, es müsse ein Traum sein – eine Erfindung meiner nonkonformistischen Schuldgefühle. Ich fragte mich sogar, ob nicht all die Symptome, unter denen ich litt, rein psychischer Natur waren. Es war schließlich die Angst, von meinem eigenen Unterbewusstsein zum Narren gehalten zu werden, die mich dazu trieb, einen Arzt aufzusuchen.

Das war allerdings nicht so einfach, wie man das hätte vermuten können. Zunächst wusste ich nicht einmal, welchen Arzt ich überhaupt konsultieren sollte. Mein letzter Arztbesuch lag schon so lange zurück, dass ich mich nicht mehr erinnern konnte, wie man so etwas am besten anstellt. Seit meiner Kindheit war ich nicht mehr krank gewesen, zum

Arzt hatte ich nie allein gehen müssen, und der einzige, den ich kannte, war unser alter Hausarzt in Putney, der natürlich nicht infrage kam. Wahrscheinlich wäre es am besten, dachte ich, einfach zum nächsten praktischen Arzt zu gehen. Aber woher sollte ich wissen, wie er hieß und wo er praktizierte? Da ich nur zwei Minuten von der Harley Street entfernt wohnte, hatte ich Angst, per Zufall in irgendeine Privatpraxis zu geraten, wo man mir fünfzig Guineen für etwas abknöpfte, was ich eigentlich umsonst bekommen könnte und sollte. Als Tochter meiner Eltern entrüstete mich dieser Gedanke sowohl moralisch als auch finanziell. Andererseits schien es auch keine gute Idee zu sein, eine Praxis zu wählen, die so heruntergekommen aussah, dass sie wirklich nur zum staatlichen Gesundheitsdienst gehören konnte – obwohl ich letztendlich genau das tat. In einer kleinen Nebenstraße der George Street kam ich eines Tages auf dem Weg von einer Ausstellung eines entfernten Freundes an einem Messingschild mit dem Namen Dr. H. E. Moffat vorbei. Über der Tür war eine kugelförmige Lampe angebracht, auf der in schwarzen Buchstaben ›Sprechstunde‹ stand. Es war nicht die Art von Tür, hinter der man Patienten fünfzig Guineen abknöpfen konnte. Ich schrieb mir die Sprechzeiten auf und entschloss mich, am nächsten Abend um halb sechs wiederzukommen.

Dieser Arztbesuch am nächsten Tag war eine Offenbarung: Er war eine Einführung in eine neue Art des Lebens, die von nun an und auf ewig die meine sein sollte – eine Einführung in die Wirklichkeit, wenn man so will. Die Sprechstunde begann um halb sechs, und ich hatte mich beeilt, pünktlich zu sein. Als ich zwei Minuten nach halb ankam, meinte ich, damit reichlich Zeit zu haben und kaum warten zu müssen. Doch hinter der schäbig lackierten Tür der Praxis stieß ich auf ein von geduldig wartenden Patienten förmlich überquellendes Wartezimmer. Etwa zwanzig Personen waren schon vor mir eingetroffen, und ich geriet ins Wanken. Ich überlegte, ob ich meinen Entschluss doch noch ändern sollte, als eine Frau im weißen Nylonkittel hereinkam und mich gereizt anfuhr:

»Nun kommen Sie schon herein und lassen Sie die Tür nicht schrillen. Sie ist an die Klingel angeschlossen und macht hinten einen Heidenlärm.« Widerspruchslos trat ich ein und schloss die Tür hinter mir. Ich hatte keine Ahnung, was ich als Nächstes tun sollte: mich hinsetzen oder jemandem meinen Namen angeben – oder was auch immer. Ich fühlte mich völlig entblößt, den schweigend starrenden Augenpaaren hilflos ausgeliefert. Ratlos stand ich da, bis die Frau in Weiß ihr Gespräch mit einem sehr alten Mann beendet hatte und zu mir herüberkam. Mit gekünstelter Gelassenheit fragte sie mich:

»Sie wollen zu Dr. Moffat? Sie sind neu bei uns, nicht wahr?«

»Ja«, sagte ich.

»Haben Sie Ihre Versicherungskarte dabei?«

»O nein, die habe ich vergessen, es tut mir schrecklich leid«, gab ich beschämt zu. Ich hatte gewusst, dass ich irgendetwas falsch machen würde. Ich kannte die Spielregeln nicht.

»Oje.« Sie seufzte tief. »Bitte, denken Sie nächstes Mal daran, sie mitzubringen. Wie heißen Sie?«

»Stacey«, sagte ich. »Rosamund Stacey.«

»Mrs. oder Miss?«

»Miss.«

»In Ordnung. Nehmen Sie Platz.«

»Allerdings ...«, sagte ich, »ich kann die *Nummer* auf meiner Versicherungskarte auswendig, wenn Ihnen das weiterhilft.«

»Ach, wirklich?« Ihre Miene hellte sich bei der Nachricht über diese außergewöhnliche Gedächtnisleistung sichtlich auf. Ich rasselte die Nummer herunter, froh, dass ich ihr geholfen hatte, aber verwirrt über meine eigene Exzentrizität. Eine grimmige Matrone an der Schule hatte mich gezwungen, die Nummer auswendig zu lernen, als ich einmal vergessen hatte, meine Karte zu einer dieser ›Knieklopf-Untersuchungen‹ mitzubringen, denen man als Schüler regelmäßig unterzogen wird. Seitdem hatte es allerdings nie eine Gelegenheit gegeben, mein Wissen anzubringen. Alles hat eines Tages mal seinen Nutzen, wie man sieht. Sie schrieb sich die Nummer auf, sagte noch einmal: »Setzen Sie sich« und verschwand dann hinter einer Sperrholzwand in der Ecke. Ich versuchte, ihrer Aufforderung nachzukommen, aber es war kein Platz mehr frei. Ich wollte mich an die Wand neben der Tür lehnen, als zwei Frauen auf der Bank zur Seite rutschten und mir widerwillig Platz machten. Ich setzte mich hin und bereitete mich auf eine längere Wartezeit vor.

Ich wartete genau eine Stunde und vierzehn Minuten, ich habe auf die Uhr geschaut. Während dieser Zeit hatte ich reichlich Muße, meine Leidensgenossen zu betrachten. Die Leute, mit denen ich sonst zu tun hatte, waren ja schon ziemlich gemischt, aber es war eine gepflegte, edle Mischung – abgesehen vielleicht von dem einen oder anderen ausgeflippten Typen, Bettler oder Straßenarbeiter. Doch hier in diesem Raum waren Vertreter einer Bevölkerung versammelt, deren Existenz ich vorher kaum wahrgenommen hatte. Unter ihnen waren einige Ausländer: ein Westinder, ein Pakistani, zwei Griechen. Es gab aber auch mehrere alte Leute, die meisten von ihnen sehr heruntergekommen. Eine Frau mehr als das: Sie war ungeheuer dick, ihre Kleider waren nur mit Sicherheitsnadeln an ihr befestigt. Ihr grotesker, schäbiger Pelzmantel stand offen und gab den Blick auf mehrere Lagen ausgefranster, großmaschiger, handgestrickter Jacken in Rotbraun, Dunkelblau und Khaki frei. Ihre Beine, die in dicken Baumwollstrümpfen steckten, waren schmerzvoll aufgedunsen und quollen an den Knöcheln über ihre weichen, löchrigen, flachen Schuhe. Sie führte die ganze Zeit über Selbstgespräche – einen leisen, bemitleidenswerten Monolog belangloser Verfolgung. Niemand hörte ihr zu. In einer Ecke saßen ein paar junge Sekretärinnen oder Kellnerinnen und schauten sich kichernd die Bilder in den Zeitschriften an. Meine Blicke wanderten immer wieder zu ihnen zurück, denn sie waren die Einzigen im Wartezimmer, die keinen deprimierten und resignierten Eindruck machten. Am schlimmsten von allen wirkten – Unheil verkündend genug – die vier Mütter mit ihren Kindern. Sie sahen alle gleich erschöpft aus. Eine hielt ein kleines Baby auf dem Schoß, das sie von Zeit zu Zeit mit müder Zuneigung und Besorgnis anlächelte. Die anderen hatten etwas größere Kinder, von denen zwei im Wartezimmer herumtobten. Sie richteten keinen Schaden an, brachten höchstens die Zeitschriften durcheinander, und niemand machte sich etwas daraus – außer ihren Müttern, die sie immer wieder zu packen versuchten, sie schlugen und anschrien in dem vergeblichen und ärgerlichen Bemühen, sie zum Hinsetzen und Stillsein zu bewegen. Es war ein trauriger Anblick. Wo waren nur all die anderen geblieben: die strahlenden, jungen Frauen in ihren smaragdgrünen, pelzbesetzten Mänteln? Die jungen Männer in ihren Lederjacken, die älteren Frauen mit angeleinten Hunden, die fröhlichen Mütter mit ihren Christopher-Robin-Kindern, die Männer mit ihren Regenschirmen? In den Wartezimmern der Harley Street bestimmt, keine hundert Schritte entfernt.

Als ich endlich zum Arzt gerufen wurde, schien mir mein Anliegen im Vergleich zu den Sorgen und Nöten des Alters und der Armut so belanglos, dass ich Zweifel bekam, ob ich es überhaupt vorbringen sollte. Meine Vernunft sagte mir jedoch, dass ich es tun müsste. Die Frau in Weiß führte mich ins Sprechzimmer. Dr. Moffat war ein gestresster, eifriger junger Mann mit blassrötlichem, schütteren Haar. Er tat mir leid: Die letzten Eineinviertelstunden mussten für ihn sehr viel unangenehmer gewesen sein als für mich. Er bat mich, Platz zu nehmen, und fragte mich, was er für mich tun könne. Ich sagte, dass ich glaubte, schwanger zu sein. Daraufhin fragte er mich, wie lange ich schon verheiratet sei, und ich antwortete, dass ich überhaupt nicht verheiratet sei. Es war ganz einfach. Er schüttelte den Kopf – mehr aus Kummer als aus Ärger – und fragte mich, ob meine Eltern davon wüssten. Ich sagte ja, da ich dachte, es wäre einfacher, ja zu sagen, als zu einer Erklärung über ihren Afrikaaufenthalt auszuholen. Er fragte mich ob sie Verständnis für meine Lage hätten, und ich lächelte mein strahlendes, bedeutungsloses Lächeln und sagte: »So ziemlich.« Dann gingen wir die Daten durch, und er sagte, das Kind sei im März fällig. Er würde versuchen, mir einen Platz im Krankenhaus zu besorgen, aber ich müsste verstehen, dass Krankenhausbetten sehr knapp seien, und dies und das, und ob er meine Adresse hätte. Ich gab sie ihm, und er fragte mich, ob ich bei meiner Familie wohnte, und ich sagte: »Nein, allein.« Dann fragte er mich, ob ich schon von der Beratungsstelle für ledige Mütter in Kentish Town gehört hätte, und ich sagte ja. Sie wären sehr nett und hilfsbereit, was Adoptionen anginge, meinte er, und auf jeden Fall würde er mich wissen lassen, ob es mit dem Krankenhausbett geklappt hätte, in vierzehn Tagen sollte ich wiederkommen. Und das war's.

Ich ging hinaus in die kalte Abendluft und wanderte ziellos in Richtung Marylebone Road. Ich machte mir keine Sorgen darüber, dass es ganz so aussah, als würde ich tatsächlich dieses Baby bekommen, sondern darüber, dass ich so überrascht und verärgert gewesen war, so lange warten zu müssen. Alle anderen dort schienen sich damit abgefunden zu haben; sie hatten es erwartet, sie hatten gewusst, dass sie warten müssten. Ich fragte mich, in wie vielen anderen wichtigen Punkten ich mich noch als unwissend erweisen würde. Es gab Dinge, die ich bisher nie hatte wissen müssen. Und jetzt waren sie plötzlich wichtig geworden. Ich kam an der Marylebone Road heraus und lief auf den herrlich beleuchteten, glänzenden Turm des Castrol House zu. Ich fühlte mich bedroht. Meine Unabhängigkeit war in Gefahr: Ich wusste nicht, wie ich es allein schaffen sollte.

Nachdem ich mich also einmal dafür entschieden hatte, das Baby zu bekommen – oder besser: es nicht geschafft hatte, mich dagegen zu entscheiden –, stand ich vor dem Problem der Bekanntmachung dieser Entscheidung. Es war keine Sache, die man ewig verheimlichen kann, und ich war bereits im dritten Monat. Die Abwesenheit meiner Eltern war in dieser Hinsicht sicherlich recht praktisch. Und sonst sah ich aus der Familie sowieso niemanden regelmäßig. Meinen Bruder in Dorking besuchte ich anstandshalber etwa alle vier Monate, aber ihm konnte ich leicht aus dem Weg gehen. Meiner Schwester wiederum, so dachte ich, könnte ich es eines Tages erzählen, denn sie hatte selbst drei Kinder und würde Verständnis für mich haben. Wir kamen gut miteinander aus, wie Schwestern eben miteinander auskommen. Trotzdem schob ich es hinaus, ihr zu schreiben; ich konnte den Gedanken an den ganzen Wirbel nicht ertragen. Ich hasse es, Ärger zu machen.

Mit meinen eigenen Freunden war das etwas anderes. Ich konnte mich einfach nicht entscheiden, was ich mit Joe und Roger anfangen sollte. Ich konnte mir nicht vorstellen, mit ihnen auszugehen, während ich das Kind eines anderen erwartete, und ich glaubte auch nicht, dass sie es sich vorstellen konnten, obgleich man das nie wissen kann. Andererseits gefiel mir der Gedanke an all die freien Abende, die ich allein verbringen müsste, wenn ich mit ihnen Schluss machte, auch nicht besonders. Es war schon jetzt schwierig genug, nicht in Depressionen zu verfallen, ohne zusätzliche einsame Stunden. Ich hatte auch keine Ahnung, wie man so eine Neuigkeit mitteilt. Sollte ich warten, bis es jeder sehen konnte? Bestimmt nicht. Deshalb musste ich es ihnen wohl oder übel erzählen, bevor es augenscheinlich wurde, und das ließ mir nicht mehr viel Zeit. Schon jetzt konnte ich meine Röcke nicht mehr zumachen, und auch meine BHs passten nicht mehr. Ich spielte alles bestimmt hundertmal in Gedanken durch, konnte mir aber, selbst mit großer Fantasie, nicht vorstellen, die Tatsachen so hinzubiegen, dass Würde, Geschick, Takt und Ansehen meiner Person gewahrt blieben. Joe hielt ich für den einfacheren Fall, da er mir vertrauter war. Eines Abends, als wir gerade die Park Lane entlangliefen, schnitt ich fast unbeabsichtigt das bewusste Thema an. Den Anlass lieferte eine eher zufällige Bemerkung von ihm:

»Kennst du eigentlich den Bergman-Film über die Entbindungsstation?« fragte er. »Wo immer die falschen Frauen die Fehlgeburten kriegen?«

»Bitte, erzähl mir nichts von Entbindungsstationen«, entfuhr es mir, ohne dass ich darüber nachdachte.

»Warum denn nicht?« fragte er. »Regt dich das auf? Du magst wohl solche Sachen nicht, oder? Dann bist du aber eine ziemlich unweibliche Frau.«

»Blödsinn«, sagte ich. »Ich will jetzt bloß nichts von Entbindungsstationen hören, das ist alles. Ich werde bald genug selbst auf einer liegen.«

»Was?« fragte Joe.

»Ich bin schwanger«, versetzte ich trotzig.

»Oh«, sagte Joe und ging weiter. Nach einigen Metern fügte er hinzu: »Aber du willst es doch nicht austragen, oder?«

»Doch«, sagte ich.

»Warum denn?«

»Warum nicht? Ich sehe keinen Grund, warum ich es nicht tun sollte. Du etwa?«

»Ich sehe hunderte von Gründen, warum du es nicht tun solltest. Ich halte das für eine durch und durch lächerliche, romantische, dumme, unsinnige Idee. Ich glaube, du bist nicht recht bei Verstand.«

»Ich sehe keinen Grund«, wiederholte ich störrisch.

»Und was sagt er dazu?« fuhr Joe fort. »Es ist seine Schuld, also muss er dich da auch wieder rausholen. Er hat doch genug Geld, oder nicht? Warum lässt du dir nicht von ihm welches geben, verschwindest für eine Weile und lässt es in aller Ruhe machen?«

»Roger, meinst du?« fragte ich schwach.

»Ja, Roger natürlich. Warum heiratest du ihn nicht? Nein, um Gottes willen, du brauchst es mir nicht zu erklären. Ich kann mir niemanden vorstellen, der diesen selbstsüchtigen, gutangezogenen Mistkerl gerne heiraten würde. Aber wenn du ihn schon nicht heiraten willst, könntest du doch erst recht etwas dagegen unternehmen.«

»Ich will nichts dagegen unternehmen.«

»Erzähl mir bloß nicht, du *wolltest* ein Baby haben.«

»Es macht mir nichts aus.«

»Was denkt er eigentlich darüber? Falls er überhaupt jemals etwas denkt.«

»Ich habe es ihm noch nicht gesagt«, antwortete ich wahrheitsgemäß.

»Du hast es ihm nicht gesagt? Du musst wirklich den Verstand verloren haben. Warum denn bloß nicht?«

»Ich hatte noch keine Gelegenheit dazu.«

»Oh, Christus! Ich gebe auf. Was hast du bisher unter nommen?«

»Ich bin beim Arzt gewesen«, sagte ich, nicht ohne Stolz. »Er besorgt mir einen Platz im Krankenhaus.«

»Gott«, sagte er zu sich selbst und starrte durch die neonerleuchteten Bäume in den schwarzen Himmel, »Sie meint es ernst, sie will es bekommen!« Es hatte ihm einen Schock versetzt; ich konnte förmlich spüren, wie sehr es ihn aus der Fassung gebracht hatte. Ihm gefiel der Gedanke ganz und gar nicht.

»Das kannst du nicht«, sagte er nach einigem Schweigen. »Das kannst du nicht tun. Ich verbiete es dir. Es wird dein Leben ruinieren. Wenn du Geld brauchst, leihe ich dir welches. Wie viel willst du haben? Einhundert? Zweihundert? Wie viel brauchst du?«

»Vielen Dank, Joe«, sagte ich gerührt, »aber ich brauche nichts. Dazu ist es jetzt sowieso schon zu spät.«

Ich sagte das im Tonfall einer Sachkenntnis, die ich nicht besaß – genauso wie ich mich mit Gin und überfüllten Wartezimmern nicht ausgekannt hatte. Doch er wusste ebenso wenig Bescheid wie ich und schien mir zu glauben.

»Na gut«, sagte er, »wenn du dich unbedingt lächerlich machen willst … Aber erzähl mir nicht, du hättest dich wahrscheinlich schon dein ganzes Leben lang danach gesehnt, ein Baby zu haben. Du wirst es sowieso nicht behalten können, sie werden es dir nicht lassen. Du wirst dich ganz umsonst aufregen – eine einzige Zeitverschwendung, und eine Verschwendung von Gefühlen obendrein.«

Darauf wusste ich so schnell keine Antwort, da mich beide Unterstellungen kränkten: erstens, dass ich zu den Frauen gehören sollte, die eine ewige, heimliche Sehnsucht nach mütterlicher Erfüllung hegen, und zweitens, dass irgendeine unbekannte Autorität sich in meine Entscheidungen einmischen sollte, indem sie mir mein noch gar nicht vorhandenes Kind wegnahm. Ich entschloss mich, zunächst das erste Thema anzugehen.

»Natürlich habe ich mich nicht schon immer nach einem Baby gesehnt«, sagte ich. »Nichts hätte mir ferner gelegen. Der Gedanke an ein Baby lässt mich völlig kalt.«

»Blödsinn«, sagte Joe. »Alle Frauen wollen Babys. Um sich nützlich zu fühlen.«

»Was für ein völliger Schwachsinn!« erwiderte ich mit wachsendem Zorn. »Was für ein vollkommen blöder, reaktionärer, kindischer Schwachsinn! Du kannst mir doch nicht erzählen, dass jemals ein menschliches Wesen all diese körperlichen Anstrengungen nur deshalb auf sich genommen hätte, um so etwas Vages und sowieso Sinnloses wie das Gefühl von Nützlichkeit zu empfinden.«

»Wie fühlt es sich an?« fragte Joe, einen Augenblick lang abgelenkt.

»Nicht besonders. Man bemerkt kaum einen Unterschied«, antwortete ich unwahrheitsgemäß, »noch nicht.«

»Wie auch immer«, sagte Joe, »ich glaube dir, dass du nicht oft darüber nachgedacht hast, Kinder zu kriegen. Aber trotzdem: Ich wette, du wärst ziemlich aufgebracht, wenn dir jemand sagen würde, du könntest überhaupt keine kriegen – oder etwa nicht?«

»Nicht im Geringsten«, erwiderte ich standhaft, »im Gegenteil, ich wäre erleichtert. Es gibt nichts, was ich lieber hören würde.« Dabei wusste ich, dass er in Wirklichkeit recht hatte: Auf perverse, schmerzliche Weise war ich stolz auf meine offenkundige Fruchtbarkeit.

»In diesem Fall«, sagte Joe, »verstehe ich nicht, warum du nichts dagegen unternommen hast.«

Ich schwieg, denn ich wusste es selbst nicht. Inzwischen waren wir am Marble Arch angekommen, wo Joe die U-Bahn nach Hause nehmen wollte. Am Eingang blieben wir stehen, und ich sagte: »Jedenfalls, ich glaube, wir sollten nicht mehr zusammen ausgehen, oder wie auch immer man das nennen soll, was wir zusammen tun.«

»Warum?« fragte Joe.

Völliges Schweigen entstand, und ich fühlte mich plötzlich von Schwäche und Kummer überwältigt. In diesem Moment konnte ich mir überhaupt keine Zukunft mehr vorstellen, und angesichts des völligen Mangels an Übersicht und meiner eigenen Richtungslosigkeit wurde mir angst und bange. Ich wusste nur, dass ich Joe loswerden musste, bevor er meine Bedrängnis erkannte, denn selbst Joe war zu Menschlichkeit und Mitleid fähig.

»Ich weiß nicht, warum«, sagte ich fröhlich. »Ich glaube nur, dass ich zum Ausgehen sowieso nicht mehr allzu viel Lust haben werde. Stell dir außerdem doch nur mal vor, wie peinlich das wäre, mit einer schwangeren Frau auszugehen. Alle würden denken, es wäre dein Kind, und würden dauernd entsprechende Bemerkungen machen. Du weißt doch, wie unsensibel die Leute sind, was die feineren Nuancen zwischenmenschlicher Beziehungen angeht.«

»Du solltest es Roger sagen.« Joe starrte verdrossen auf den Boden.

»Ja, schon«, entgegnete ich, da ich diesem Missverständnis – so bequem es auch war – keine Nahrung geben durfte, »aber es ist nicht von Roger.«

»Nicht von Roger?«

»Nein, nicht von Roger.«

»Oh.«

»Du siehst also, die Dinge sind nicht ganz so, wie man sie sich vorstellen könnte.« Diese Bemerkung klang nach einer Fülle unwahrer, tieferer Bedeutungen. Ich muss ihn damit völlig überzeugt haben, denn er sagte nur noch: »Ach ja, ich verstehe«, was er der Natur der Sache nach gar nicht tun konnte. Auf der Grundlage dieser vollkommen inhaltslosen Verständigung nahm er meine Hand und drückte sie väterlich.

»Pass gut auf dich auf, Rosamund.«

»Oh, das werde ich«, sagte ich.

»Wir werden uns ja wohl sowieso öfter über den Weg laufen, denke ich.«

»Ja, das denke ich auch.«

Und so trennten wir uns. Während ich nach Hause ging, fragte ich mich, wie er sich wohl die wirkliche Situation erklärte. Die Wahrheit selbst war viel zu unwahrscheinlich und lag viel zu tief verschüttet unter all meinen Täuschungsmanövern, als dass er sie ahnen konnte. Wahrscheinlich dachte er, ich hätte noch einen anderen Freund, den ich nicht heiraten und über den ich mit ihm wegen irgendwelcher launischer Prinzipien nicht sprechen wollte. Ich hoffte, dass er das dachte. Das wäre für meine Eitelkeit die angenehmste Schlussfolgerung gewesen – und für seine ebenfalls.

Nachdem ich Joe so erfolgreich losgeworden war, war mir klar, dass ich als Nächstes mit Roger sprechen musste. Dieser Aufgabe sah ich noch weniger gern entgegen als der ersten, denn während Joe und ich wenigstens noch einen gewissen moralischen Hintergrund teilten, hatten Roger und ich überhaupt keine Gemeinsamkeiten. Wie sich jedoch herausstellte, war der Abend, an dem ich ihn über meinen Zustand aufklärte, wesentlich angenehmer als der mit Joe, der mit einem langen Fußmarsch in frostiger Nachtluft verbunden gewesen war. Roger hielt nichts davon, zu Fuß zu gehen. Lieber umkreiste er stundenlang seinen Bestimmungsort mit dem Auto, als dass er fünf Minuten entfernt parken und zu Fuß weitergehen musste. Ich konnte es zwar nicht gutheißen, da ich selbst aus härterem Holz geschnitzt war, aber ich genoss es trotzdem.

An dem fraglichen Abend waren wir bei Rogers geschäftstüchtigen Freunden zu einer Cocktailparty in Earls Court eingeladen. Die Drinks waren viel zu stark für mich, und schon nach ein paar Gläsern fühlte ich mich recht schwach auf den Beinen. Meine Blässe und der gläserne Blick, mit dem ich einen jungen Mann anstarrte, der mich in aller Ausführlichkeit über die Freuden der Buchhaltung informieren wollte, waren Roger, einem geborenen Gentleman, nicht entgangen.

Er erschien als Retter an meiner Seite und brachte mich zu seinem Auto, das gleich vor der Haustür stand. Es tat mir gut, ein paar Minuten stillzusitzen. Wie immer stimmte mich der Alkohol recht heiter, und sobald meine Ohren zu brummen aufhörten, ging es mir wieder blendend.

»Fühlst du dich besser?« fragte Roger, als er merkte, dass ich munterer wurde.

»Viel besser«, nickte ich.

»Was ist los mit dir?«

»Nichts«, sagte ich, »wahrscheinlich bloß Hunger, ich habe nicht viel zu Mittag gegessen.«

»Dann lass uns etwas essen gehen«, schlug Roger vor.

»In Ordnung«, sagte ich, obgleich mir allein bei dem Gedanken schon wieder leicht übel wurde: Roger hatte eine Vorliebe für teure Restaurants und opulente, schwer verdauliche Mahlzeiten. Normalerweise überstand ich das körperlich ganz gut – obgleich ich da an diesem Abend so meine Zweifel hatte –, aber ich hatte immer moralische Skrupel. Meine Bedenken wurden noch größer, als er sagte: »Es gibt ein neues Restaurant in der Frith Street, von dem mir neulich jemand erzählt hat. Das könnten wir doch mal ausprobieren.«

Ich nickte und versuchte, ein erfreutes Gesicht zu machen. Als wir an den hellerleuchteten Fenstern von Harrods vorbeifuhren, nahm ich meinen Mut zusammen und fragte:

»Welche Nationalität?«

»Wie, welche Nationalität?« Roger war gerade mit dem Versuch beschäftigt, bis zur nächsten Ampel ein Auto gleicher Marke einzuholen, was ihm, Gott sei Dank, auch gelang.

»Ich meine das Restaurant«, sagte ich.

»Ich weiß es nicht genau«, antwortete er, »aber sie meinten, es sei recht sauber – dafür, dass es Ausländer sind.«

Diese Antwort gab er mit unbewegter Miene. Ich wusste nie, ob er solche Bemerkungen ernst meinte oder als Witz – oder gar als Angriff auf meine lächerlichen liberalen Vorstellungen über menschliche Gleichheit. Solche zweideutigen Bemerkungen über Schwarze, Geld, moderne Kunst und so weiter ließ er ständig fallen. Wahrscheinlich wollte er mich damit provozieren, aber ich protestierte nie – ich war immer viel zu verblüfft, um überhaupt reagieren zu können. Außer ihm kannte ich niemanden, der solche Sachen von sich gab. Ich war immer aufs Neue erstaunt darüber, dass er so etwas sagen und mich doch gleichzeitig mögen und für mein Abendessen bezahlen konnte.

Es war ein französisches Restaurant – ziemlich aufgemotzt, die Tische viel zu eng beieinander. Roger bestellte Muscheln und irgendein undefinierbares Steakgericht. Ich aß Gemüsesuppe und gegrillte Seezunge mit Kartoffelpüree, fühlte mich danach aber nicht besonders gut. Dann kam Roger auf die Idee, Crêpes Suzettes zu bestellen, und versuchte, mich dazu zu überreden, eine Portion für zwei mit ihm zu teilen, aber ich konnte es einfach nicht über mich bringen. Dieses wackelige Körpergefühl war recht neu für mich; bis dahin hatte ich immer eine eiserne Kondition an den Tag gelegt, und auch bei den seltenen Gelegenheiten, wo ich gelitten hatte, war ich standhaft geblieben. Doch Roger beharrte hartnäckig auf seinen Crêpes Suzettes. Plötzlich bekam ich eine Art Einsicht in die traurige Lage all der Menschen, die ich früher wegen ihrer angegriffenen Gesundheit und ihres schwachen Appetits immer ausgelacht hatte. Schließlich sagte ich: »Es hat keinen Zweck, Roger, ich fühle mich nicht wohl.«

Er rief den Kellner, um Crêpes für eine Person zu bestellen. Dann wandte er sich zu mir und fragte: »Was ist denn los mit dir?«

»Ich bin schwanger«, erklärte ich und hoffte, dass die amerikanische Dame am Nebentisch unserem Gespräch zur Abwechslung gerade einmal nicht lauschte.

»Ich habe schon so etwas vermutet«, sagte Roger und goss sich von dem roten Bordeaux nach.

»Wie?« Ich war ehrlich verblüfft.

»Nun, ich meine, und ich hoffe, es ist nicht unhöflich, wenn ich so etwas sage, Liebes, aber du fängst an, ein bisschen so auszusehen … dieses Kleid, zum Beispiel.«

»Daran habe ich auch gedacht, als ich es angezogen habe. Aber es ist das Einzige, das zu deinen schrecklichen Freunden passt.«

»Sag nichts gegen meine Freunde«, erwiderte Roger gelassen. »Schau dir lieber an, was *deine* schrecklichen Freunde getan haben – und das mit einem so netten Mädchen wie dir. Das kommt davon, wenn man sich mit diesen Künstlertypen einlässt.«

»Man sieht es doch noch nicht sehr, oder?« erkundigte ich mich besorgt.

»Oh, nein. Ich habe es selbst erst heute Abend bemerkt. Und dann auch nur, weil du dich plötzlich unwohl gefühlt hast. Bestell dir einen Drink. Ich glaube, du kannst ihn gebrauchen.«

»Nein, danke«, lehnte ich ab. »Ich kann ihn zwar gebrauchen, aber hinterher geht's mir dann nur noch schlechter.«

»Oh, schau nur«, sagte Roger, »da kommen meine Crêpes. Lass uns einen Moment still sein und die Flammen anschauen.«

Also waren wir still und schauten die Flammen an. Als Roger mit großer Genugtuung seinen Nachtisch verzehrt hatte, wandte er seine ganze Aufmerksamkeit wieder mir zu:

»Und, was willst du nun unternehmen, wenn das keine zu lästige Frage ist?«

»Nichts«, sagte ich.

»Überhaupt nichts?«

»Überhaupt nichts.«

»Du willst der Natur ihren Lauf lassen?«

»Genau.«

»So was! Was für ein tapferes Mädchen du bist.«

»Es könnte doch ganz schön sein, ein Baby zu haben«, erwiderte ich und dachte dabei: Wenn ich das in den nächsten sechs Monaten jedem erzähle, könnte ich vielleicht alle davon überzeugen – und mich auch.

»Mein liebes Mädchen«, sagte Roger, »das ist beileibe nicht so einfach, weißt du. Ein Baby zu bekommen, das ist eine ziemliche Aktion. Und dann: Was willst du tun, wenn es erst einmal da ist?«

»Es behalten«, sagte ich.

»Wovon willst du leben? Wird er dich unterstützen? Ich glaube keinen Moment lang daran! Und du kannst unmöglich von dem, was du hast, ein Kind ernähren.«

»Es gibt vierköpfige Familien, die mit zehn Pfund pro Woche auskommen müssen.«

»Blödsinn«, sagte Roger. Obwohl das kein Blödsinn war.

Wir verstummten für eine Weile, als unser Kaffee kam. Roger rührte in seiner Tasse und fragte plötzlich: »Du hast nicht zufällig Lust zu heiraten, oder?«

»Keine große«, antwortete ich. »Ehrlich gesagt, überhaupt keine.«

»Wie schade. Ich habe nämlich gehofft, du hättest vielleicht Lust, mich zu heiraten.«

»Ach, Roger«, sagte ich, gerührt und beeindruckt, »wie außerordentlich nobel von dir. Du hast Glück, dass ich schon abgelehnt hatte, bevor du es mir angeboten hast.«

»Wir könnten uns ja gleich wieder scheiden lassen.«

»Ich glaube nicht, dass irgendjemand etwas davon hätte«, sagte ich. »Denk bloß mal an deine Karriere.«

»Das stimmt«, nickte Roger. »Aber trotzdem, es hätte auch seine guten Seiten.«

»Das glaube ich nicht. Eine lächerliche Vorstellung. Aber trotzdem nett von dir.«

»Schön«, sagte er. »Ich bin froh, dass es dir gefallen hat.«

An diesem Punkt schien sich unser Gespräch festzufahren; mir fiel nichts mehr ein. Die Vorstellung, Roger zu heiraten, war angenehm aufregend und äußerst unattraktiv zugleich. Mit einem gewissen Entsetzen blickte ich auf seine glatten Hände. Seine Wangen fühlten sich immer fest und straff an, wie die eines Kindes, und seine Zähne waren sehr gepflegt und ebenmäßig. Schweigend tranken wir unseren Kaffee, und meine Blicke wanderten zu den Leuten an den anderen Tischen. Auf mich, die ich völlig nüchtern war und ein leicht mulmiges Gefühl im Magen hatte, wirkten sie alle ekelhaft, wie sie dort tief in ihre Sitze versunken vor ihren vollen Tellern hockten, von denen ein Kind eine Woche lang satt geworden wäre. Kein Wunder, dachte ich, dass Kellner ihre Gäste verachten, wenn sie sie in so ernüchternden Momenten beobachten. Ich meinerseits hatte eine besondere Abneigung gegen das Paar am Nachbartisch gefasst: fette Amerikaner, die beide fast aus ihren geschmacklosen Kleidern platzten. Die Frau war die ganze Zeit über nur unangenehm aufgefallen, hatte Dinge zurückgeschickt, ständig ihre Bestellungen geändert und nach Gerichten gefragt, die gar nicht auf der Speisekarte standen. Als Vorspeise hatte sie Melone gegessen und war fast an dem Ingwerpulver erstickt, das sie mit grotesker Großzügigkeit auf der Frucht verteilt hatte. Ihrem von großen Unterbrechungen gekennzeichneten Gespräch konnte ich entnehmen, dass sie ihren Aufenthalt in Europa damit verbrachten, sich überall durchzufressen. Ich dachte an die Frau beim Arzt, die eine ganz ähnliche Figur gehabt hatte – allerdings aus anderen Gründen.

Ihr Kaffee wurde serviert, als wir unseren schon ausgetrunken hatten. Ich sah der Frau zu, wie sie ihn mit ihren fetten, beringten Händen eingoss und nach dem Zucker griff – nur dass es in Wirklichkeit nicht Zucker, sondern Ingwerpulver war, das in einer kleinen Glasschüssel die ganze Zeit über auf ihrem Tisch gestanden hatte. Ich wusste, dass es Ingwer war, denn ich war durch ihren Erstickungsanfall darauf aufmerksam geworden. Außerdem war das Pulver viel zu fein und hell für braunen Zucker. Fasziniert beobachtete ich, wie sie einen gehäuften Teelöffel davon in ihrer Tasse verrührte. Es löste sich in dem Kaffee nicht ganz auf, und ich befürchtete schon, sie würde ihren Irrtum noch rechtzeitig bemerken. Eine ganze Weile lang fasste sie ihre Tasse nicht an, und als sie sie schließlich zum Mund führte, stürzte sie den Inhalt fast mit einem Schluck hinunter. Ich beobachtete ihr Gesicht genau: ihr Ausdruck veränderte sich, ihre Augen zuckten, und sie stellte die Tasse schnell wieder zurück. Sie musste es bemerkt haben, aber sie sagte nichts. Sie trank sogar noch den Rest des Kaffees aus. Ich bin mir nie ganz schlüssig geworden, ob sie zu betrunken war, um zu erkennen, was sie getan hatte, oder einfach einen zu unempfindlichen Gaumen hatte – oder ob sie ihren Fehler genau erkannt hatte, ihn aber nicht zugeben wollte. Nur Kellner machen Fehler.

Roger fuhr mich, wie immer, nach Hause. Wir verabschiedeten uns im Auto. Es war nicht nötig, unseren Vertrag förmlich aufzukündigen, denn mir war sehr wohl klar, dass Roger mich nicht mehr anrufen oder sich mit mir treffen würde. Er sagte, dass ich mich an ihn wenden sollte, wenn ich Hilfe brauchte, aber ich würde ja sowieso keine Hilfe annehmen, oder? Ich stimmte ihm zu. »Wirst du eine Anzeige in die *Times* setzen, wenn es soweit ist?« fragte er, und ich sagte: »Sicher, warum nicht?« Dabei hielt ich solche Anzeigen für die reinste Geldverschwendung.

So viel zu Joe und Roger. Ich kannte natürlich noch ein paar andere Leute, aber besonders gute Freunde waren das nicht. Die Einzigen, um die ich mir wirklich Sorgen machte, waren meine Schüler. Meine Vorgesetzten in der akademischen Welt sah ich so gut wie nie, und soweit ich wusste, gab es bei meinen Stipendien oder Stiftungsgeldern auch keinerlei Einschränkungen hinsichtlich unehelicher Kinder. Bei einem gab es eine Bestimmung, dass man nicht verheiratet sein dürfte, aber in diesem Punkt fühlte ich mich sicher. Ich sah keinen Grund, warum ich meine Absicht, nach Fertigstellung meiner Doktorarbeit die Hochschullaufbahn einzuschlagen, aufgeben sollte. Ich sah ein paar Nicht-Gründe, wie ich zugeben muss, aber in meinen lichteren Momenten wusste ich, dass sie meine Begabungen nicht aufwiegen konnten. Doch über die Leute, die ich unterrichtete, machte ich mir größere Sorgen. Es war ein merkwürdiger Haufen, den ich aus ebenso merkwürdigen Gründen angenommen hatte. Viele Doktoranden, die nicht regelmäßig unterrichteten, gaben Privatstunden, um Geld zu verdienen und ein wenig Praxis zu bekommen. Zu mir kamen damals vier verschiedene Leute jeweils eine Stunde pro Woche, und ich verwendete so viel Zeit für die Vorbereitung, wie ich nur erübrigen konnte. Anstatt mich lieber an mein eigenes Spezialgebiet zu halten, hatte ich mich nämlich dummerweise darauf eingelassen, ein breit gestreutes Spektrum von Themen zu unterrichten. Meine Gründe, diese Arbeit anzunehmen, können sowieso nicht rein finanzieller Natur gewesen sein. Ich verlangte viel zu wenig Geld dafür, weil ich den Wert der Ware, die ich anbot, ernsthaft infrage stellte. Man hatte mir einmal gesagt, dass ich als gute Sozialistin einen schweren Fehler beginge, den Preis meiner Arbeit zu niedrig anzusetzen, wo er weiß Gott schon gering genug war. Das war zweifellos richtig, aber es kam zu spät, und ich war menschlich nicht mehr in der Lage, den einmal festgesetzten Preis zu erhöhen.

Tatsache ist, dass ich einerseits den Wert meines eigenen Unterrichts anzweifelte, andererseits aber Stolz und Zuversicht daraus zog, diesem seltsamen Quartett ein weitaus höheres Niveau an Information und Wissen bieten zu können, als sie es anderswo bekommen hätten – schon gar nicht in dem Bildungsinstitut, das sie anfangs zu mir geschickt hatte. Trotzdem stellte sich bei mir, selbst während ich ihnen meine Theorien darlegte, immer ein Gefühl der Unzulänglichkeit ein, für das ich mit einem Stundenlohn von sieben Pfund bezahlt wurde.

Wahrscheinlich war es mein soziales Gewissen, das mich zum Unterrichten trieb. Mir war stets bewusst, dass mein Leben, das ich mit der Befriedigung meiner eigenen Neugier und seltsamer ästhetischer Bedürfnisse verbrachte, eigentlich viel zu bequem war. Nichts gegen die originelle Erforschung unbekannterer Autoren – doch ich bin die Tochter meiner Eltern, sosehr ich auch dagegen ankämpfen mag. Ich wurde mit der Vorstellung geboren, dass man etwas – vorzugsweise etwas Unangenehmes – für andere tun sollte. Also unterrichtete ich. Die Auswahl meiner Schüler kann diese Interpretation meines Verhaltens sicher bestätigen, denn es war, wie ich schon sagte, ein merkwürdiger Haufen, und mindestens drei von ihnen wären sicherlich von anderen als reine Zeitverschwendung abgelehnt worden. Nur ein einziger einigermaßen normaler Fall war darunter: ein siebzehnjähriges Mädchen, das in Unehren aus dem Internat entlassen worden war und nun von mir auf die Aufnahmeprüfung an der Universität vorbereitet werden wollte. Sie war intelligent und leicht zu unterrichten. Ein angesehener Universitätsdozent hatte sie mir vermittelt; sie kam also nicht durch dieselben zweifelhaften Empfehlungen wie der Rest.

Die anderen drei waren schwieriger: ein Inder, ein Grieche und ein Methodistenpfarrer. Die ersten beiden hofften – recht vergeblich, wie ich glaubte –, an einer Universität aufgenommen zu werden; der Methodistenpfarrer wollte nur seine Kenntnisse der englischen Literatur auffrischen und belegte daher Kurse für Fortgeschrittene. Der Inder war, wie ich leider sagen muss, ein hoffnungsloser Fall, was mir schon in dem Moment klar wurde, als ich ihn zum ersten Mal sah: Er war weit über dreißig, hatte goldene Zähne und trug einen dunkelbraunen Anzug. Es war wohl die anfängliche Verzweiflung bei seinem Anblick zusammen mit seiner Beharrlichkeit, die mich ihn schließlich annehmen ließen. Ich konnte den Gedanken nicht ertragen, ihm mit meiner Einschätzung vielleicht unrecht zu tun. Er kam eines Morgens vorbei, um die Möglichkeiten des Unterrichts mit mir zu besprechen. Ich versuchte, vernünftige Fragen zu stellen: Wo er seine Aufnahmeprüfung machen wolle, an welchem College er sich bewerben wolle, und wie es um seine Kenntnisse der englischen Literatur bestellt sei. Daraufhin gab er mir einen Mitleid erregenden, völlig verworrenen Bericht über seine bisherige Laufbahn, gespickt mit Anspielungen auf die Universität Bombay, was mir überhaupt nichts sagte. Dann gab er seiner Hoffnung Ausdruck, das Jesus Christ's College in Cambridge besuchen zu können, weil der berühmte Dichter Wordsworth dort studiert hätte. Zufälligerweise wusste ich, dass Wordsworth auf dem John's College gewesen war. Ich wünschte, ich hätte es nicht gewusst – es brachte mich ganz aus der Fassung. Dann fragte ich, mit welchen englischen Autoren er sich bisher beschäftigt hatte. »Mit dem berühmten Dichter Harrison«, antwortete er, und es dauerte eine Weile, bis ich kapierte, dass er wohl Henryson meinte. Ich beeilte mich, ihm klarzumachen, dass ich von Henryson nicht die geringste Ahnung hätte und er sich lieber jemanden suchen sollte, der mehr über diese Epoche wusste als ich, woraufhin er mit wehleidiger Stimme erwiderte, er wäre doch schon überall gewesen. Das glaubte ich nur zu gern. Und trotzdem – fast zum ersten Mal in meinem Leben schaffte ich es, Nein zu sagen. Aber er ließ nicht locker und rief mich ständig an, sodass ich schließlich dachte, ich müsste die ganze Geschichte im Zweifel zu seinen Gunsten auslegen. Immerhin hatte er schon einmal etwas über Henryson gehört, was an sich recht ungewöhnlich war; wenn er *irgendetwas* über Henryson wusste, dann wusste er mehr über ihn als ich. Und wer weiß: Vielleicht war das ganze Geschwätz über die Universität Bombay ja sogar wahr, so mancher Goldzahn glitzert über einem goldenen Herzen, und so weiter. Also sagte ich zu. Es war ein Fehler, ein hoffnungsloses Unterfangen: Wir ackerten uns durch das Programm für die Aufnahmeprüfung, und ich bekam ihn sogar so weit, bei Bursars die Aufnahmepapiere anzufordern. Aber er hatte genauso viele Chancen wie ein zehnjähriges Kind. Ich war mir nicht ganz schlüssig, ob es besser für ihn wäre, bei der Prüfung durchzufallen und so mit der Wirklichkeit konfrontiert zu werden, oder auf ewig mit der Überzeugung zu leben, dass er es bestimmt geschafft hätte, wenn er nur endlich einen Tutor gefunden hätte. Nicht, dass das meine Entscheidung gewesen wäre, die Wahl lag nicht bei mir. Aber ich gab mein Bestes und fühlte mich für ihn verantwortlich.

Der Grieche war ein ganz anderer Fall: ein junger Bursche namens Spiro, der nach Oxford oder Cambridge gehen wollte. Er war erst achtzehn, was seine Chancen gegenüber dem Inder zunächst einmal erhöhte. Er stammte offenbar aus einer wohlhabenden Familie, die er irgendwo auf dem Kontinent hinter sich gelassen hatte. Ein Elternteil lebte überwiegend in Rom, der andere in Spanien, obgleich sie von Zeit zu Zeit den Wohnort wechselten. Spiro fing drei Wochen nach dem Inder bei mir an, und ich hatte eigentlich eine ähnlich verzweifelte Lage erwartet, doch er konnte mich schnell davon überzeugen, dass er zumindest oberflächliche Schläue und Intelligenz besaß. Sein Englisch war hervorragend, was eine große Hilfe war. Dennoch dauerte es Monate, bevor ich die Wahrheit über ihn erkannte. Es beunruhigt mich, wie stark Vorurteile sein können und wie sehr man (oder besser: ich) davon überzeugt sein kann, dass Ausländer nie das gleiche Niveau erreichen können wie die Produkte unseres einheimischen Erziehungssystems. Ich meine damit nicht, dass ich Ausländer generell für dumm halte; nur, dass ich immer bezweifele, dass sie es auf demselben Terrain schaffen. Doch schon bald erkannte ich, dass Spiro sehr wohl dazu in der Lage war. Er war außerordentlich begabt – sogar so begabt, dass er das englische Prüfungssystem und achtzehn Jahre wenig hilfreichen Erbes wettmachen konnte. Von Anfang an hatte er mir erzählt, was für ein fantastisches Wunderkind er sei, aber je öfter er es sagte, desto misstrauischer wurde ich, bis er mit wenig Übung und Anleitung allwöchentlich die besten Essays literarischer Standardkritik hervorbrachte, die einem Studenten in den Anfangssemestern Ehre gemacht hätten. Ich war überrascht, erfreut – und ein wenig traurig darüber, in welch engen Bahnen sich meine Urteilskraft bewegte. Ich versuchte, Spiro nicht zu zeigen, wie sehr sich meine Meinung über seine Chancen gebessert hatte, aber ich wusste, dass er es ahnte. Er war ein schockierend selbstbewusster, eingebildeter Junge, andererseits war er erst achtzehn und hatte allen Grund dazu.

Der Methodistenpfarrer dagegen war ein stiller, zurückhaltender und charmanter Mann, dessen einzige Angst darin bestand, dass er mir seine religiösen Überzeugungen aufdrängen und mich damit beschämen könnte. Er sah es als seine Pflicht an, sich mit traditionellen Autoren wie Milton und T. S. Eliot zu beschäftigen, aber sein Herz schlug für Wordsworth, den er – aus mir höchst suspekten Gründen – sehr bewunderte. Er hätte sicherlich mit Leichtigkeit den A-Level bestanden, da er belesener war als die meisten Schüler.

Doch seine Essays waren nicht gut aufgebaut; er war aus der Übung gekommen und kannte zu wenig literaturkritisches Vokabular. Da er den Kurs nur aus Vergnügen machte und die Prüfungen sowieso bestanden hätte, wusste ich nicht, ob ich ihn wegen seiner Schwächen unter Druck setzen sollte oder nicht. Ich wollte sein Vergnügen nicht durch technische Details verderben – obgleich das vielleicht genau das war, wofür er mich bezahlte. Also blieben meine Korrekturen genauso unverbindlich wie seine Anspielungen auf Gott, die zwangsläufig in jede unserer Diskussionen über Milton einflossen.

Als der dritte Monat meiner Schwangerschaft zu Ende ging, fing ich an, mir fürchterliche Sorgen um meine vier Gefolgsleute zu machen. Mein Instinkt riet mir, ihnen einfach zu erklären, ich sei krank und nicht in der Lage, den Kurs weiterzuführen. Andererseits hatte ich ein schlechtes Gewissen, sie mitten in den Vorbereitungen auf die Prüfung im Stich zu lassen, wo es besonders schwierig für sie gewesen wäre, einen Ersatz zu finden – geschweige denn einen so billigen und guten. Ich sagte mir, dass es schließlich keinen etwas anginge, ob ich ein Baby bekomme oder nicht. Aber schon im nächsten Moment trieb mir der bloße Gedanke an die Peinlichkeit und Absurdität der ganzen Situation, für die ich einfach nicht genug Durchhaltevermögen besaß, die Tränen in die Augen. Mir war klar, dass ich zu irgendeiner Entscheidung kommen musste; die Zeit verging wie im Fluge, mein Bauch wurde immer dicker. Es soll Frauen geben, die ihren Zustand sechs Monate lang oder sogar noch länger verheimlicht haben – zu solchen Maßnahmen wollte ich nun doch nicht Zuflucht nehmen müssen. Aber wie sollte ich die Sache bloß in Worte kleiden?

Am Ende sagte ich es nur Spiro, die anderen ließ ich ihre eigenen Schlussfolgerungen ziehen. Meine Schülerin, Sally Hitchins, bemerkte es bestimmt, traute sich aber nicht nachzufragen: Sie schien mich eher zu bewundern, und das war auch nicht erstaunlich, wenn man an die Andeutungen über ihre eigene stürmische Vorgeschichte und die Gründe ihres Schulabgangs denkt. Der Inder bemerkte es gar nicht. Entweder war ihm wirklich nichts aufgefallen, oder es war für ihn einfach ohne Belang. Nur für meinen Methodistenpfarrer fing ich an, einen Ehering zu tragen – keinen richtigen Ehering natürlich, sondern denselben Gardinenring, den ich schon vor Jahren in dem anrüchigen Hotel mit Hamish zum Einsatz gebracht hatte. Er war die einzige Person, für die ich mich jemals zu solchen Maßnahmen herabließ; ich sagte mir, dass ich es für ihn tat, nicht für mich. Ich habe keine Ahnung, was er darüber dachte. Er wird wohl geschlossen haben, dass ich eine übereilte Mussheirat eingegangen war, da der Ehering erst so spät zum Vorschein kam, aber vielleicht war er auch viel zu gütig und christlich für solche Mutmaßungen. In einer Situation wie meiner wird klar, wie wenig wir gegenseitig von unseren Unkenntnissen und Erleuchtungen wissen.

Spiro sagte ich es – oder besser: Spiro sagte es mir. Es war etwa vierzehn Tage nach meinem letzten Treffen mit Roger. Über einem Rock, den ich mit einer Kordel weiter gemacht hatte, trug ich einen großen, grauen Männerpullover. Es sah nicht allzu schlecht aus, obgleich die Sache für ein scharfes Auge wohl offensichtlich war. Spiros Augen waren scharf. Nach seiner Ankunft war ich rasch in die Küche gegangen, um uns eine Tasse Kaffee zu machen. Als ich mit dem Tablett zurückkam, es auf das Bücherregal stellte und das Tischchen holen ging, das ich zwischen unsere beiden Sessel stellen wollte, kam Spiro herbeigestürzt, riss mir den

Tisch aus der Hand und sagte: »Nein, nein, Sie dürfen keine schweren Sachen mehr tragen, erlauben Sie, erlauben Sie.«

»Was soll das heißen?« fragte ich und zog entschlossen den Tisch wieder an mich. Er war ganz leicht, nur etwa sechzig Zentimeter hoch und wie ein Gartenstuhl aus hässlichem Rohr geflochten. Ich stellte das Ding hin, wo ich es haben wollte, und wandte mich dann wieder Spiro zu. Er lachte. Mir war klar, dass er es wusste, und ich war wütend, weil er mich auslachte.

»Da gibt es gar nichts zu lachen«, fuhr ich ihn ärgerlich an.

Er setzte ein albernes, vorgeblich ernstes Gesicht auf und sagte: »Nein, nein, Sie haben recht, Sie haben recht.«

»Setzen Sie sich«, erwiderte ich, »und lesen Sie mir Ihr Essay über Donne vor. Das heißt, falls Sie es geschrieben haben.«

»Aber sicher, natürlich.« Er warf mir einen dreisten, komplizenhaften Blick der Entschuldigung zu, kramte das Essay aus seiner Aktentasche hervor und fing an, laut zu lesen. Es war sehr gut, doch die Art, wie er vorlas, ließ das Ganze leicht spöttisch klingen – so als hätte er genauso gut irgendetwas anderes über dieses Thema schreiben können. Er war erst achtzehn und hatte einen so scharfen Verstand, das er sich, wie man so sagt, eines Tages selbst an ihm schneiden würde. Mir war es egal, dass er wusste, dass ich wusste, dass er es wusste. Er lachte und hatte kein Mitleid. Er bot mir an, Tische für mich zu tragen; und das nicht, um mir sein Mitgefühl zu zeigen, sondern nur, um mich zu provozieren. Auch vor ihm musste ich meine Bedrängnis verbergen.

Als ich das nächste Mal zum Arzt ging, sagte er mir, dass er einen Platz für mich bekommen habe, und zwar im St. Andrew's Hospital, das – wie ich sicherlich wüsste – in der Marylebone Road lag. Die Art und Weise, wie er mir das erzählte, zeigte mir deutlich, dass er Dankbarkeit erwartete und meinte, mehr für mich getan zu haben, als man von ihm erwarten konnte. Ich war dankbar, wie es sich gehörte, obwohl ich eigentlich nicht wusste, wofür. Später erst fielen mir drei mögliche Gründe dafür ein, warum er das Reservieren eines Krankenhausbettes als eine so große Errungenschaft ausgegeben hatte: Angesichts der Knappheit von Betten für werdende Mütter war es eine große Leistung von ihm gewesen, überhaupt eines für mich aufzutreiben; dann lag das Krankenhaus noch ganz in der Nähe; und schließlich war es ein Ausbildungskrankenhaus mit ausgezeichnetem Ruf. Nachdem er mich über die Reservierung unterrichtet hatte, zeigte er unverhüllt seine Erleichterung darüber, mich losgeworden zu sein. »Melden Sie sich dort bei der Ambulanz«, sagte er, »dort wird man sich um Sie kümmern.«

»Ja, natürlich«, antwortete ich, als würde ich das ganze Verfahren verstehen, obgleich ich ihm am liebsten hunderte von Fragen gestellt hätte: wann ich dort hingehen sollte, wohin genau und an wen ich mich wenden müsste. Aber er war ein beschäftigter Mann, sein Wartezimmer war wie immer überfüllt, also stand ich auf, um mich zu verabschieden.

»Vielen Dank«, sagte ich zum zehnten Mal und ging zur Tür, doch er rief mich zurück und sagte: »Sie wollen doch nicht etwa ohne Ihren Empfehlungsbrief gehen?«

»O nein, natürlich nicht«, sagte ich, als hätte ich es nur einen Moment lang vergessen, und er überreichte mir einen Briefumschlag, der an die Ambulanz für werdende Mütter am St. Andrew's Hospital adressiert war. Der Umschlag war versiegelt; zu gern hätte ich gewusst, was darin stand.

Mit dem Brief in der Tasche fühlte ich mich schon etwas besser, denn nun wusste ich zumindest den Namen der Abteilung, an die ich mich wenden sollte. Damals war ich noch so unbedarft, dass ich noch nicht einmal wusste, was eine Ambulanz war.

Mein erster Besuch dort ist mir eine unvergessliche Erfahrung geblieben. Ich hatte mich telefonisch nach den Sprechstunden erkundigt – ein Beweis von Vorsorge, auf den ich einigermaßen stolz war – und kam, wie man es mir gesagt hatte, an einem Mittwochnachmittag vorbei. Das Krankenhaus war leicht zu finden; es war ein riesiges Gebäude, das sich über ein großes Gelände an der nördlichen Seite der Marylebone Road erstreckte, nicht weit von dem eleganten Castrol House entfernt, das ich so gern hatte. Mit dessen architektonischer Vornehmheit konnte es St. Andrew's allerdings nicht aufnehmen. Der mittlere Teil des Krankenhauses schien aus dem frühen achtzehnten Jahrhundert zu stammen und war immerhin einheitlich gebaut, doch war er geradezu überwuchert von einem grauenhaften Gemisch aus scheinbar wahllos hinzugefügten neugotischen Anbauten und Auswüchsen aus den dreißiger und sechziger Jahren unseres Jahrhunderts. Das beunruhigte mich. Weniger, weil das Gebäude eine Beleidigung für das Auge darstellte (denn in dieser Hinsicht ist mein Geschmack nur schwach ausgeprägt), sondern weil ich nicht wusste, wie ich hineinkommen sollte. Es gab unzählige Türen und Eingänge, und ich hatte das Gefühl, dass der Haupteingang sicherlich nicht der Richtige war. Schließlich entschied ich mich dann aber doch dafür, da ich hoffte, dort zumindest auf eine Art Empfangsschalter zu stoßen. Zum Glück war es auch so. Ich stellte mich vor und zeigte meinen viel sagenden Briefumschlag, woraufhin man mir sagte, ich müsse wieder hinausgehen und den Eingang zur Ambulanz suchen, der in einer Seitenstraße lag. Ich ging hinaus, suchte den besagten Eingang und betrat das Gebäude ein zweites Mal. Hier gab es, wie befürchtet, weder einen Schalter noch irgendeinen Wegweiser, nur eine Tür, auf der ›Hämatologie‹ stand, und jede Menge dunkle, glänzend beige lackierte Flure. Unentschlossen stand ich da und schämte mich heftig über mein eigenes Unvermögen. Dieses Gefühl kannte ich zur Genüge, von meinem ersten Schultag zum Beispiel, oder meinem ersten Tag in Cambridge. Doch damals war es immer mit einer angenehmen Vorfreude vermischt gewesen – jetzt hatte ich nur ungute Vorahnungen.

Durch die Ankunft einer anderen, offensichtlich ebenfalls schwangeren Frau wurde ich aus meiner Unbeweglichkeit erlöst. Sie schritt forsch durch die Tür und bog eilig und zielstrebig in einen der beigen Korridore ein. Ich zählte zwei und zwei zusammen und folgte ihr. Tatsächlich führte sie mich zur Ambulanz für werdende Mütter, einen großen Saal mit vielen Türen und langen Stuhlreihen, auf denen schwangere Frauen saßen und warteten. Ich war diesmal fünf Minuten vor dem offiziellen Beginn der Sprechstunde gekommen (zumindest, was das unvermeidliche Warten anging, war ich inzwischen klüger geworden), aber der Raum war schon jetzt fast voll; es waren nur noch drei oder vier unbesetzte Stühle übrig. Ich setzte mich hin und wartete, und währenddessen sah ich mir die Frauen an, die mit mir warteten.

Eines hatten sie natürlich alle gemeinsam, obgleich der Zustand ihrer Bäuche von flach bis zu ungeheuer aufgebläht reichte. Wie damals beim Arzt, trieb mir auch hier das Spektrum menschlichen Elends, das sich vor mir auftat, fast die Tränen in die Augen. Vielleicht war ich bloß nicht in der Stimmung, meine Mitmenschen als heiter, attraktiv oder ermutigend zu empfinden – jedenfalls wirkten sie auf mich wie eine ungeheuer deprimierte und traurige Versammlung. Man hört viel – vor allem von den betreffenden Männern natürlich – von der Schönheit einer Frau ›in guter Hoffnung‹, einem ›Schiff mit vollen Segeln‹ und was es sonst noch so an metaphorischen Beschönigungen geben mag. Von Zeit zu Zeit meinte selbst ich, auf den Gesichtern wohl genährter, wohlerzogener junger Damen ein gewisses friedliches Leuchten zu sehen. Aber die Last der Beweise legt das erschütternde Übergewicht der anderen Seite nahe: Blutarmut und Erschöpfung standen auf den meisten Gesichtern geschrieben; die Kleider waren schrecklich, die Beine angeschwollen, die Körper schwer und unproportioniert. Es gab einige Fälle erschreckenden körperlichen Verschleißes: eine enorm dicke Frau mittleren Alters, die nur noch am Stock gehen konnte; ein blasses, dünnes Geschöpf mit Krampfadern und einem zweijährigen Kind im Schlepptau; eine Schwarze, die nichts von der Ergebenheit der Armen in die Vorgänge der Natur zeigte, von der man immer reden hört, sondern mit weit aufgerissenen, von panischer Angst erfüllten Augen um sich blickte. Sie stöhnte und murmelte leise vor sich hin – als liege sie bereits in den Wehen. Vielleicht fürchtete sie sich, wie ich, vor dem Krankenhaus mehr als vor allem anderen. Selbst diejenigen, die keine offensichtlichen Beschwerden hatten und von denen man eigentlich erwarten konnte, dass sie von herkömmlicher Freude erfüllt waren, sahen entnervt und müde aus – möglicherweise von der Aussicht auf einen vergeudeten Nachmittag. In der Reihe vor mir saßen ein paar junge Mädchen – die Art von Mädchen, die sonst in Bussen und Cafés plaudern und fröhlich kichern. Aber sie kicherten nicht: Sie klagten sich gegenseitig ihr Leid über Rückenschmerzen, Übelkeit und ihre auf immer verloren gegangene gute Figur. Es war eine Schande. Und während wir dort alle saßen, fiel mir auf, dass ich nicht das Gefühl hatte, mit einer dieser Frauen etwas gemeinsam zu haben, dass mir ihr Anblick unangenehm war, dass ich mich unter ihnen wie eine Fremde fühlte – und doch zu ihnen gehörte. Ich war wie sie, zum ersten Mal in meinem Leben war ich gefangen in den Grenzen menschlichen Daseins, und ich musste lernen, innerhalb dieser Grenzen zu leben.

Nach einiger Zeit kamen die Schwestern, der Saal geriet in Bewegung, und die Schlange rückte langsam vorwärts. In völlig rätselhafter Reihenfolge verschwanden die Frauen, um sich den Blutdruck messen und sich wiegen zu lassen, um Doktor Soundso oder die Hebamme zu sehen. Eine Weile lang saß ich einfach da und fragte mich, ob wohl irgendwann jemand zu mir kommen und mich nach meiner Karte fragen würde. Als niemand kam, entschloss ich mich, jemanden zu suchen, dem ich sie geben konnte. Vorsichtig, da ich nicht den Eindruck erwecken wollte, mich vorzudrängeln, stand ich auf und suchte nach einer Amtsperson. Ich fand eine Schwester, die meinen Umschlag entgegennahm und meinte, ich solle mich wieder hinsetzen. Ich hatte mich innerlich schon auf eine endlose Wartezeit vorbereitet, als nach wenigen Minuten auf geheimnisvolle Weise mein Name ertönte. »Mrs. Stacey«, rief eine mechanische Stimme, »Mrs. Rosamund Stacey.« Ich stand wieder auf und ging zu der Schwester, die meinen Brief an sich genommen hatte. Sie drehte sich zu mir um und fragte, was ich wollte. Ich erklärte ihr, dass man gerade meinen Namen aufgerufen hätte und ich nicht wüsste, was ich als Nächstes tun sollte. »Gehen Sie zur Hebamme«, antwortete die Schwester. »Und wo ist die?« fragte ich, fast schon ein wenig spitz, denn ich sah nicht ein, woher ich oder irgendjemand instinktiv wissen sollte, wo man die Hebammen findet. »Oh, das wissen Sie nicht?« fragte sie und deutete auf eine Tür in der rechten hinteren Ecke des Saales. Ich ging darauf zu, klopfte und trat ein.

Die Hebamme war eine hübsche Dame mit gepflegten roten Haaren, feinen Gesichtszügen und blauen Augen.

»Guten Tag, Mrs. Stacey«, sagte sie herzlich und streckte mir über den Tisch ihre Hand entgegen, »ich bin Schwester Hammond.«

»Guten Tag«, erwiderte ich. Ich hatte das Gefühl, doch endlich in der Zivilisation angekommen zu sein, fühlte mich aber dennoch genötigt fortzufahren: »Aber ich bin nicht Mrs. Stacey, ich bin *Miss* Stacey.«

»Ja, ja.« Sie lächelte kalt und süßlich. »Wir nennen hier jede Frau ›Mrs.‹. Das ist ein Gebot der Höflichkeit, finden Sie nicht?«

Sie war eine zivilisierte Dame, und sie erkannte sofort, dass auch ich zivilisiert war, also lächelte ich ebenfalls frostig, obwohl ich nicht viel von dieser Idee hielt. Dann unterhielten wir uns über ihre Abneigung gegen die natürliche Geburt und über die chronische Überbelegung der Entbindungsstationen. Danach ließ sie mich eine endlose Flut von Formularen und Dokumenten ausfüllen, in denen ich detaillierte Informationen über alle meine Krankheiten und jetzigen Wohnverhältnisse machen musste. Als ich sagte, dass ich eine Wohnung mit fünf Zimmern, Küche und Bad ganz für mich allein hätte, wurde ihr Lächeln noch höflicher und kälter; Ich wusste genau, dass sie in mir – ohne dabei ganz falsch zu liegen – nur eins dieser reichen, zügellosen jungen Mädchen sah, wie sie jetzt überall in der Stadt herumliefen. Ich war erleichtert, dass ihr Beruf es ihr verbat, mich zu fragen, warum ich nicht das Vernünftige und von mir Erwartete getan und eine teure Abtreibung hatte machen lassen. Ich mochte sie nicht besonders, aber ich fühlte mich mit ihr auf sicherem Terrain – anders als mit all diesen aufgeblähten menschlichen

Wesen dort draußen. Es war ein sicheres, verbrieftes, berufliches, klar abgegrenztes Terrain.

Als sie ihre Befragung beendet hatte, sagte sie: »Nun, Mrs. Stacey, das wär's für heute, wir sehen uns in einem Monat wieder.«

»Sie meinen, das war wirklich alles?« fragte ich und stand erleichtert auf, doch sie antwortete:

»O nein, noch nicht ganz, fürchte ich. Sie müssen noch zu Dr. Esmond.«

»Ah, ich verstehe. Ich kenne mich mit der ganzen Routine hier noch nicht so aus.«

»Oh«, sagte sie und stand auf, sauber, gestärkt und kühl wie ihre weiße Schürze, »Sie werden sich schnell daran gewöhnen. Das dauert bei keiner lange.«

Ich ging hinaus und wartete auf Dr. Esmond. Ich wartete bis zum bitteren Ende. Als schon alle anderen gegangen waren, wurde ich endlich zu ihm gerufen. Es war das erste Mal, dass ich untersucht wurde, und Dr. Esmond, einen grauhaarigen alten Mann mit randloser Brille, hätte ich ja gerade noch verkraften können – aber nacheinander von fünf Medizinstudenten untersucht zu werden, darauf war ich nicht gefasst gewesen. Mit geschlossenen Augen lag ich da und lächelte still, um meine Entrüstung zu verbergen. Ich wusste; so etwas muss sein, junge Ärzte müssen ausgebildet werden, und Medizinstudenten müssen ihre Prüfungen bestehen. Er stellte ihnen Fragen über die Größe der Gebärmutter, ließ sie die Länge der Schwangerschaft schätzen und fragte sie, was sie von meinem Becken hielten. Sie sagten alle, dass ich ein schmales Becken hätte. Ich lag da, hörte ihnen zu und spürte sie an mir herumtasten, ohne dabei mehr Widerstand zu leisten als eine Leiche, die von angehenden Pathologen auf die Todesursache untersucht wird. Aber ich war nicht tot, ich war lebendig – sogar für zwei.

Wie Schwester Hammond es vorausgesagt hatte, gewöhnte ich mich daran. Ich lernte, um welche Zeit ich am besten ankam und an welche Stelle des Stapels ich meine Karte stecken musste, um möglichst früh aufgerufen zu werden. Sie waren so durch und durch unsystematisch, dass man ihr System nie grundsätzlich besiegen, höchstens gelegentlich einmal überlisten konnte. Ich lernte, wie man die Schrift auf der Akte ›Nicht zur Einsicht durch den Patienten‹ auf dem Kopf liest, wie man sich vor der Untersuchung so anzog, dass man am wenigsten wieder ausziehen musste, und dass man sie wegen der Eisen- und Vitamintabletten ständig unter Druck setzen musste, weil sie nie von selbst daran dachten. Trotzdem war es immer noch eine Tortur, kaum gemildert von gelegentlichen Zeichen der Freundlichkeit. Mein einziges Ziel war es immer, so schnell wie möglich, wieder herauszukommen. Am meisten hasste ich das ganze Gerede über Geburten. Ständig erzählte irgendeine Frau von ihren eigenen früheren Erfahrungen und von denen ihrer Schwestern und Mütter und Tanten und Freundinnen und Großmütter, und alle anderen – ich eingeschlossen – lauschten gebannt. Es war die beschämende Wahrheit, dass es für uns in diesem Zustand überhaupt nur wenige Themen gab – und keins, das uns so fasziniert hätte wie dieses. Geburt, Schmerz, Angst und Hoffnung, das waren die Themen, die uns in finsterer Ehrfurcht miteinander verstrickten. Und so stark waren diese Bande, dass selbst ich – die ich eine doppelte, ja dreifache Außenseiterin war, durch mein Unverheiratetsein, meine Ausbildung und meine soziale Klasse – von Zeit zu Zeit mit ins Gespräch gezogen wurde und eigene Anekdoten zum Besten geben musste, wie zum Beispiel die außergewöhnliche Geschichte meiner Schwester, die ihr zweites Kind während eines Schneesturms im Krankenwagen zur Welt gebracht hatte. Am Ende der sechs Monate, in denen ich regelmäßig ins Krankenhaus ging, waren die Kräfte der Natur in der Tat so stark geworden, dass ich das Gefühl hatte, mit den Frauen dort mehr gemeinsam zu haben als mit meinen eigenen Bekannten.

Durch die Schwangerschaft wurden mir verschiedene interessante Punkte klar, die mir vorher nicht so bewusst gewesen waren. Zum Beispiel war es recht erstaunlich, wie viele schwangere Frauen es auf einmal auf der Welt gab. Auf den Straßen wimmelte es nur so von ihnen, und ich konnte mich nicht erinnern, sie vorher auch nur bemerkt zu haben. Selbst das Britische Museum – ganz besonders das Britische Museum, wenn ich es mir recht überlege – war voll von ernsten, intellektuellen Frauen wie mir, die sich mit dicken Bäuchen gegen ihre Arbeitstische lehnten. (Mit Babys machte ich später übrigens genau die gleiche Entdeckung.) Ebenfalls erst jetzt erkannte ich, wie sehr ich auf gelegentliche Flirts angewiesen war; sie waren immer meine einzige Quelle sexueller Befriedigung gewesen. Jetzt musste ich lernen, ohne sie auszukommen, denn die Männer lehnen sich nun einmal nicht aus ihren Autofenstern, um hinter werdenden Müttern herzupfeifen, sie starren sie nicht in der U-Bahn an und machen keine anzüglichen Bemerkungen in Cafés und Geschäften. Früher hatte ich oft diese Art von Aufmerksamkeit erhalten, denn ich bin groß und gut gebaut und sehe irgendwie bemerkenswert aus, und es hat mir immer viel Vergnügen bereitet. Je flüchtiger die Begegnung, desto größer das Vergnügen, wie ich nicht länger leugnen kann: Auch meine Affäre mit George musste wohl so flüchtig sein, wie eine Affäre nur sein kann, um zu so einem Ergebnis zu führen. George, George … Ich dachte an George, und manchmal schaltete ich das Radio ein, um seine Stimme zu hören. Ich konnte immer noch nicht ganz glauben, dass ich das alles durchmachen würde, ohne es ihm zu erzählen; aber mir vorstellen, es ihm doch zu erzählen, konnte ich ebenso wenig. Ich war sehr traurig, wenn ich an ihn dachte, und solcher Kummer, solche Reue und Liebe durchströmten mich in diesen Momenten, dass ich versuchte, lieber gar nicht mehr zu denken.

Meine Bekannten nahmen es im Großen und Ganzen so auf, wie man es hätte erwarten können: mit einer Mischung aus Neugierde, Bewunderung, Mitleid und Gleichgültigkeit. Es muss einige Spekulationen darüber gegeben haben, wer der Vater meines Kindes war, aber ich kannte niemanden gut genug, um direkt gefragt zu werden – außer in ganz leichtfertiger, leicht zu parierender Form. Ohne es zu sagen, versuchte ich den Eindruck zu vermitteln, dass es irgendwo einen Mann gab, von dem keiner von ihnen etwas wusste, und dass alles seine Ordnung habe. Die Einzige, die wirklich von dem Ereignis fasziniert war, war Lydia Reynolds, die Romanschreiberin. Da sie in der Nähe des Britischen Museums in einer auf Wasserfarben spezialisierten Kunstgalerie arbeitete, verabredeten wir uns ab und zu zum Mittagessen. Manchmal kam sie auch ins Museum, um dort im Schreibmaschinenraum zu tippen, das war jedoch seit einiger Zeit nicht mehr der Fall gewesen – ein Zeichen dafür, dass es mit ihrer Arbeit nicht gut voranging. Als sie etwa am Ende meines vierten Schwangerschaftsmonats zum ersten Mal davon hörte, sagte sie nur:

»Es ist nicht von Joe, nicht wahr? Ich bete zu Gott, dass es nicht von Joe ist. Ich kann mir nicht vorstellen, wie ein Kind von Joe aussehen würde. Außerdem ist er sowieso schon fruchtbar genug, oder nicht?«

Ich versicherte ihr, dass es nicht Joes Kind sei. Darüber schien sie recht glücklich zu sein. Dann fragte ich sie, wie es mit ihrem eigenen schöpferischen Leben bestellt sei. Ihre Miene verfinsterte sich, sie schaute vor sich auf den Tisch, begann mit ihrem linken Auge ihr gewohntes nervöses Zucken und sagte bitter:

»Oh, sehr, sehr schlimm. Ich bringe überhaupt nichts mehr zu Papier, es wird immer schlimmer. Ich habe nichts zu sagen, ich habe einfach nichts mehr zu sagen.«

»Wenn du nichts zu sagen hast«, fragte ich, »warum versuchst du es dann trotzdem? Warum ruhst du dich nicht einfach ein bisschen aus?«

»Ich *kann* mich nicht ausruhen«, erwiderte sie heftig, »Ich kann mich nicht einfach ausruhen. Wenn ich nicht arbeite, geht es mir schlecht; ich bin unglücklich, ich existiere gar nicht mehr, ich kann nichts mehr machen, ich kann nichts mehr genießen.«

»Das geht vorbei«, wollte ich sie besänftigen.

»Ich weiß nicht, warum«, sagte sie. »Vielleicht bin ich am Ende.«

»Wenn du das wirklich denken würdest, würdest du es nicht sagen.«

»Meinst du? Vielleicht. Aber was ist mit Leuten wie Joe? Wie halten die das durch: einen Roman pro Jahr, jahrein, jahraus? Wo nehmen die das her?«

»Ich dachte, dir gefielen Joes Werke nicht.«

»Das tun sie auch nicht.«

»Warum machst du dir dann so viele Gedanken darüber?«

»Es ist eben so. Ich würde lieber ein schlechtes Buch schreiben als gar keins.«

»Und warum schreibst du dann keins?«

»Das kann ich nicht«, klagte sie. »Ich kann es einfach nicht. Ich habe es versucht. Ich fange sie an, aber ich bringe sie nicht zu Ende. Wie ich dich beneide, Rosamund! Deine Arbeit ist immer da. Du weißt jederzeit, was als Nächstes zu tun ist. Es ist alles schon da, außerhalb von dir, es wartet nur darauf, dass du kommst, die Sache in Ordnung bringst und die Teilchen zusammenfügst. Das ist fast wie ein Job – wie ein Job, den man eben erledigen muss. Ich wünschte, ich könnte auch ein Buch *über etwas* schreiben, nicht bloß ein Buch. Dann brauchte ich nicht länger alles aus mir selbst herausziehen wie eine dicke, dreckige Spinne. Ich wünschte, ich könnte auch ein Buch über elisabethanische Sonette schreiben.«

»Was sollte dich daran hindern?« entgegnete ich, aber sie seufzte schwer, kaute wild an dem Fleisch unter ihren abgenagten Fingernägeln und sagte schließlich:

»Ich bin eben nicht so gebildet wie du.«

Als ich sie das nächste Mal sah, erzählte sie mir von ihrer Fehlgeburt. Sie fing damit an, dass sie es für verrückt halte, das Baby zu bekommen, dass ich damit mein Leben ruiniere, und ähnliche alte Kamellen, die sie allerdings nicht ernst meinte; sie brauchte bloß eine Überleitung zu dem, was sie eigentlich sagen wollte. »Wahrscheinlich«, schloss sie, »musst du es in Wirklichkeit irgendwie wollen, meinst du nicht?«

Ich zuckte mit den Schultern, weil ich darauf keine Antwort wusste. Dann fuhr sie fort:

»Es ist witzig, weißt du, aber ich war auch schon mal schwanger. Es war scheußlich. Kurz nachdem ich meinen ersten Roman veröffentlicht hatte, kam ich zum ersten Mal nach London und habe mich mit einem ganzen Haufen Idioten abgegeben und mich überall durchgeschlafen. Es hat riesig Spaß gemacht, besonders nach der ganzen Zeit in Doncaster. Aber ich war damals schrecklich naiv. Theoretisch wusste ich alles, aber die Praxis war natürlich eine ganz andere Sache. Jedenfalls, nach einer Weile bemerkte ich, was los war. Ich wollte es nicht haben, da war ich mir ganz sicher. Andererseits konnte ich den Gedanken nicht ertragen, an irgendeinen schäbigen Kurpfuscher zu geraten. Ich war so neurotisch und dachte, das würde mich alles nur noch mehr aufregen. Also ließ ich mir von jemandem diesen echt teuren Typen empfehlen, der alles legal abwickeln sollte, aus psychologischen Gründen und so weiter – du weißt schon, was ich meine, Privatklinik, so was alles. Ich ließ mir einen Termin geben und ging hin, um diesen Mann davon zu überzeugen, dass mich Schwangerschaft und Geburt zu einem seelischen und körperlichen Wrack machen würden, wie das in solchen Fällen heißt – du weißt schon. Er war alt und dick und ziemlich nett. Er wohnte in der Bayswater Road. Jedenfalls fragte er mich nach meiner Lebensgeschichte, und ich erzählte ihm alles: böse Mutter, Vater hat sich selbst um die Ecke gebracht, weil sie ihn tyrannisierte, Vierzimmerwohnung, erbärmliche Verhältnisse, mit sechzehn zum Geldverdienen geschickt – alles. Es hat mir richtig Spaß gemacht, und ich habe alles so reißerisch verpackt, wie ich nur konnte. Die ganze Zeit über habe ich versucht, so neurotisch wie möglich zu wirken, was bei mir gar nicht so schwer ist. Am Ende meines Vortrags tat ich mir selbst so leid, dass ich fast in Tränen ausbrach. Auch er schien gerührt zu sein, und ich dachte schon, ich hätte es geschafft. Dann sagte er, es täte ihm zwar sehr leid, aber in meinem Fall könne er leider keinesfalls einen Schwangerschaftsabbruch empfehlen. Er meinte, ich sei zu sensibel, beeindruckbar und gewissenhaft. In solchen Fällen führe eher eine Abtreibung als das Austragen des Kindes zu einem Zusammenbruch. Ich versuchte, ihm zu erklären, dass ich bestimmt nicht zusammenbrechen würde, aber er sagte: ›Wenn Sie sowieso keinen Zusammenbruch befürchten, wieso sind Sie dann hier?‹ Es war zwecklos: Er würde einen Abbruch nur bei Frauen empfehlen, die so unsensibel waren, dass sie deswegen nicht zusammenbrechen würden, doch wenn sie tatsächlich so unsensibel waren, würden sie gar nicht erst zu ihm kommen! Die ganze Sache war die reinste Zeitverschwendung, bei ihm war ich in jeder Hinsicht an der falschen Adresse – keine Ahnung, warum mein Bekannter ihn mir empfohlen hatte. Am Ende wusste ich nicht, ob ich ihn davon überzeugen sollte, dass ich vollkommen ausgeglichen war und auf alle moralischen Werte pfiff, oder dass ich schon so weit vorne an der Klippe stand, dass er mich retten müsse, bevor es zu spät war.«

»Was um alles in der Welt hast du getan?« fragte ich, innerlich erleichtert, dass ich mich nicht auch auf dieses Glatteis begeben hatte.

»Oh, schließlich bin ich einfach gegangen; es hatte sowieso keinen Zweck. Er war der Falsche – ein absolut seriöser Psychiater, der zufällig einen Artikel über die Abtreibungsreform geschrieben hatte, was dieser Freund von mir offensichtlich völlig missgedeutet hatte.«

»Und was hast du dann getan?«

»Tja, jetzt kommt der Witz. Ich kam aus seinem Haus und war ziemlich wütend und mit meinen eigenen Gedanken beschäftigt: was ich jetzt tun sollte, ob ich tatsächlich zu irgendeinem schrecklichen Schlächter gehen müsste, und wie ich Lawrence die Hölle heiß machen wollte, wenn ich ihn das nächste Mal sehen würde – kurz und gut, ich war so aufgeregt, dass ich direkt über die Bayswater Road spazierte und von einem Bus überfahren wurde. Ich war nicht ernsthaft verletzt, aber der Schreck machte es, ohne dass ich etwas dazutun musste. Direkt vor seiner Haustür. Ich hätte schwören können, er hat von seinem Fenster heruntergeschaut, als der Krankenwagen mich abholen kam.«

»Du hast Glück gehabt«, sagte ich.

»Ja, nicht wahr? Und niemand hat je vermutet, ich hätte es mit Absicht getan. Es war nicht die Art von Unfall, die man vorausplanen kann; die Wahrscheinlichkeit, dabei umzukommen, war größer als die, eine Fehlgeburt zu haben. Ich hatte das Gefühl, die Vorsehung war auf meiner Seite. Es war das Außergewöhnlichste, was mir je passiert ist, glaube ich.«

»Warum machst du kein Buch daraus?« fragte ich. »Das würde dir doch Stoff zum Schreiben geben.«

»Nein, das könnte ich nicht«, widersprach Lydia.

»Es ist nicht überzeugend genug. Viel zu unrealistisch für meine Art von Romanen. Es hört sich an wie eine Geschichte aus Hardys *Bosheiten des Schicksals.*«

»Ich habe Hardys Buch immer für ziemlich tiefgründig gehalten«, sagte ich ehrlich.

»Wirklich?« fragte Lydia. »Ich finde es überhaupt nicht tiefgründig. Es ist so mechanisch, nicht realistisch.«

»Aber diese Geschichte ist realistisch. Sie ist dir tatsächlich passiert.«

»Ja«, räumte Lydia ein, »aber es gibt einen Unterschied zwischen dem, was einem im realen Leben passiert, und dem, was man in der Kunst realistisch darstellen kann. Es ist mir passiert, da hast du recht. Es ist mir tatsächlich passiert. Aber ich bin trotzdem nicht überzeugt davon, es trägt für mich nicht den Stempel der Realität. Über solche Dinge schreibe ich nicht, ich könnte es auch gar nicht. Und außerdem: Ich mag keine Zufälle in Büchern. Wer war das noch mal, der gesagt hat: ›Der bewegende Zufall ist nicht mein Fall?‹ Meiner ist es auch nicht.«

»Wordsworth.«

»Wirklich? Ich wusste gar nicht, dass ich etwas von Wordsworth kenne.«

»Also glaubst du nicht, dass die Tatsache, dass etwas geschieht, das Geschehnis wahr macht?« fragte ich.

»Nein, nicht im Geringsten«, sagte Lydia. »Und du, glaubst du es?«

»Ich glaube, ich muss«, antwortete ich.

An jenem Abend dachte ich vorm Einschlafen noch lange über die ›Bosheiten des Schicksals‹ nach, die mich – wie ich Lydia gesagt hatte – ungeachtet ihrer geringen Bedeutung in irgendeinem seriösen, philosophischen System schon immer sehr bewegt hatten. Zeitungsmeldungen wie ›Beim Anlegen des Sicherheitsgurtes ermordet‹ oder ›In der Nacht vor der Hochzeit zusammengebrochen‹ rührten mein Herz, und ich hatte mein Interesse an solchen Fällen immer auf einen absurden Glauben an eine boshafte Gottheit zurückgeführt. Doch nun, als ich in meinem Bett lag und meine Hände über meinem strampelnden, unbekannten Baby faltete, kam es mir in den Sinn, dass mein Interesse nichts Anderes als die ungute Vorausahnung einer anderen, irrationalen Ordnung aller Dinge gewesen war. Mein augenblickliches Dilemma zum Beispiel konnte sicherlich als eine ›Bosheit des Schicksals‹ gelten, obwohl hier weder purer Zufall noch göttliche Niedertracht gewaltet zu haben schien. Hätte das Baby zum Reich des Zufalls gehört, wäre ich es sicherlich auch wieder losgeworden, obwohl ich ein Feigling bin, was Operationen und Krankenhäuser angeht. Doch schon damals war mir klar geworden, dass ich mir durch die Fortsetzung der Schwangerschaft mehr Unannehmlichkeiten dieser Art aufgehalst hatte, als mit einem Abbruch verbunden gewesen wären. Ein Baby aber kann man nicht so einfach entfernen wie eine Warze oder ein Hühnerauge. Es schien eine Bedeutung zu haben, etwas, zu dem man – so zufällig es auch immer entstanden sein mochte – nicht Nein sagen konnte.

Gleichzeitig schien es aber auch nicht nur das Werk von Boshaftigkeit zu sein. Ich fühlte nicht so, wie Hardy für Tess, dass die Ereignisse sich boshaft gegen meine Unschuld verschworen hatten. Vielleicht wollte ich es nicht fühlen, denn dieser Blickwinkel bedeutete Gefahr für meine Würde, und es wäre nicht leicht gewesen, die nächsten Jahre damit zu leben. Je mehr ich darüber nachdachte, desto überzeugter war ich davon, dass mein Zustand irgendeine Bedeutung hatte, dass er – wie willkürlich, unerwartet und unerbeten auch immer – mit irgendeiner Logik, irgendeiner bedeutungsvollen Entwicklung in meinem Leben verknüpft war. All diese Dinge schwirrten mir natürlich vor der Geburt durch den Kopf; wenn ein Kind erst einmal da ist, ist es in sich schon bedeutungsvoll genug. Aber vor der Geburt wusste ich das noch nicht, und die Andeutungen und Warnungen in Bezug auf das, was noch kommen sollte, verwirrten mich. Ich befand mich in einem sonderbaren Zustand: Es war, als wartete ich auf die Offenbarung einer Verbindung, die das Bild entwirren konnte, obgleich ich keinerlei Beweis dafür hatte dass diese Verbindung überhaupt existierte. Manchmal hatte ich die vage, unerklärliche Ahnung, diese Schwangerschaft sei mir beschieden worden, um mir einen Plan der Dinge zu enthüllen, der von meinen bisherigen Vorstellungen völlig verschieden war – weit entfernt von akademischer Begeisterung, sozialem Bewusstsein, faden, undefinierten, emotionalen Verbindungen und der Ausübung des freien Willens. Es war, als hätte ich schon viel zu lang nur in einer Richtung gelebt, auf einer Ebene, als sei der Weg, den ich bisher ignoriert hatte, mir jetzt so abrupt und mit Gewalt aufgezwungen worden, damit er überhaupt zu seinem Recht kam. Dabei war es wirklich nur eine Frage des freien Willens. Bis dahin hatte ich immer die Illusion gehegt, wenigstens die Wahl zu haben, und nun wurde mir zum ersten Mal die Macht von Kräften bewusst, die nicht restlos erklärbar und dennoch nicht unbedingt blinder, kleiner, schlechter oder unwissender waren als ich selbst.

Über diese Kräfte hatte ich immer gelacht, wenn andere sie erwähnt hatten; ›irrationale Selbstrechtfertigungen‹ hatte ich sie genannt. Sie standen ausnahmslos in Verbindung mit solchen Schicksalsthemen wie Ehe und Mutterschaft, bei denen Glück oder blinder Zufall eine große Rolle spielen. Besonders meine Schwester hatte dazu geneigt, solche Kommentare abzugeben. Alle ihre drei Schwangerschaften waren, wie man so sagt, ›Unfälle‹ gewesen, und das hatte sie so kommentiert: »Man entscheidet sich nicht dafür, Kinder zu bekommen. Sie entscheiden sich dafür, geboren zu werden.«

Als sie ihr drittes Kind erwartete, hatte sie Bemerkungen gemacht, die zwar weniger bombastisch klangen, jedoch alle aus dem Hinterland ungewollter Konsequenzen und verworrener Werte zu stammen schienen.

»Ehrlich«, hatte sie einmal voller Ernst, ohne die geringste Ironie gesagt, »ich freue mich sehr. Jetzt kann ich all meine Babysachen aufbrauchen. Ich habe noch so viele und hatte schon befürchtet, sie zusammenzupacken und an

Oxfam schicken zu müssen – und dabei hasse ich es, Pakete zu packen.«

Und zu einem anderen Zeitpunkt hatte sie mir erzählt: »Weißt du, letzte Woche, als ich noch überhaupt nichts von dem Baby wissen *konnte,* bin ich zu Marks gegangen, um mir neue Unterwäsche zu kaufen. *Ganz aus Versehen* habe ich mir ein paar Hosen in Extragröße gekauft. Sie müssen irgendwie zwischen die Sachen am gewöhnlichen Tresen geraten sein. Und als ich nach Hause kam, habe ich doch *tatsächlich gedacht:* ›Die kann ich tragen, falls ich noch mal schwanger werde‹, was ich natürlich gar nicht vorhatte, obwohl ich es tatsächlich schon *war.«* Im Vergleich mit dem Leben eines Kindes schienen diese Dinge völlig belanglos zu sein, und ich konnte mir auch beim besten Willen keine noch so obskure Gottheit vorstellen, die Unterwäsche in einem Kaufhaus vertauscht – und doch, jetzt begann ich irgendwie zu verstehen, was sie damals gemeint hatte.

Ich möchte nicht den Eindruck erwecken, dass das Irrationale seine bekanntlich weibliche Herrschaft über mich gewann. Bei dem Gedanken, Windeln kaufen zu müssen sanken meine elisabethanischen Dichter nicht zur Bedeutungslosigkeit herab. Im Gegenteil, ich konnte in jener Zeit ausgesprochen gut arbeiten, mit großer Konzentration und Klarheit. Ständig und mit großer Erleichterung dachte ich daran, dass mir die elisabethanischen Dichter so sicher waren wie die Tatsache, dass ich gebackene Pellkartoffeln mochte. Ich wechselte nicht vom Lager der Logik über ins Lager der Intuition. Und doch wurden mir bestimmte Tatsachen bewusst, die ich vorher nicht erkannt oder gar nicht wahrgenommen hatte: Unwissenheit hat nichts mit Logik zu tun. Ich bin sicher, dass meine Entdeckungen ganz gewöhnlicher Natur waren; wenn sie es nicht gewesen wären, wäre es nicht wert, sie zu erzählen. Das einzig Merkwürdige daran ist, dass die Dinge, die ich jetzt entdeckte, ganz genau die Gleichen waren, die meine bewundernswerten Eltern uns als Kindern immer so fest vor Augen gehalten hatten: Tatsachen der Ungleichheit, der Begrenzung, der Trennung, des schrecklichen, herzzerreißenden, ungleich verteilten Elends der Menschheit. Bisher hatte ich für andere immer nur theoretisch gefühlt und die Schicksalsschläge und die Umstände, unter denen sie litten, bedauert. Doch jetzt, wo ich selbst nicht mehr frei war, wo ich selbst leiden musste, konnte ich es wirklich im Herzen fühlen.

Bis dahin hatte ich es immer geschafft, die Bande zwischen Mensch und Mensch erfolgreich zu vermeiden, denen ich nur Lippenbekenntnisse gezollt habe. Meine engsten und ernsthaftesten Bindungen waren die zu Leuten wie Joe, Roger und auch George gewesen – Bindungen, die in der Erzählung belanglos wirken mögen, denen ich aber viel Aufmerksamkeit geschenkt hatte, wie müßige, kultivierte, gebildete Mädchen das eben tun. Naiv wie ich war, glaubte ich, so sei das Leben. Ich war zwar nie so naiv zu glauben, man könne etwas bekommen, ohne dafür etwas zu geben; ich wusste, dass man für alles bezahlen musste, und dachte, ich hätte meinen Preis durch geistreiche Konversation, ein gewisses ererbtes Prestige, eine hübsche, für Partys geeignete Wohnung und ein Paar schöne Beine schon bezahlt. Doch all dies war nichts im Vergleich zu den Bindungen zwischen

Eltern und Kind, Mann und Frau, Kind und alten Eltern, wo nur Geld und Verantwortlichkeit zählen – was ich allerdings erst sehr viel später herausfinden sollte. Es fiel mir jedoch schon recht früh auf, dass ich das Prinzip des Zahlens zwar erkannt hatte, aber eine grundlegende Schwäche an den Tag legte, wenn es darum ging, angemessene Waren im Tausch zu verlangen.

Das wurde mir eines Tages im Krankenhaus klar. Ich war damals im fünften Monat und fühlte mich recht wohl, wie es in diesem Stadium ja oft der Fall ist. Ich hatte erst später kommen können, saß geduldig da und blätterte in Rosemond Tuve, als sich eine Frau auf den Stuhl neben mir setzte. Der Stuhl ächzte unter ihrem Gewicht, ich schaute nicht sofort auf, da ich gerade eine interessante Stelle über George Herbert gefunden hatte. Nach etwa einer Minute merkte ich jedoch, dass ein kleines Kind auf meinem Fuß stand, und ich blickte auf, um es zu vertreiben. Es war ein kleiner Junge von ungefähr zwei Jahren in schmutzigen, schäbigen Cordhosen, einer braunen Jacke und einer grauen Strickmütze. Er sah müde und bedauernswert aus. Ich wandte mich neugierig zu seiner Mutter um – einer dicken, kleinen Frau mit dunklen Haaren, die einen alten grünen Mantel trug. Sie sah irgendwie fremdländisch aus; vielleicht war sie Italienerin oder Halbitalienerin. Ihr Gesicht hatte eine ausdruckslose, starre Unbeweglichkeit, als wenn sie keinen ihrer Gesichtsmuskel je bewegen könnte. Auf ihren Knien schlief ein Baby. Es war groß und dick und, meiner laienhaften Einschätzung nach, etwa neun Monate alt. Den kleinen Jungen schien sie überhaupt nicht zu beachten. Als ich ihn von meinen Füßen verscheucht hatte, schlenderte er zum anderen Ende des Saales hinüber, kletterte auf den leeren Stühlen herum, spielte mit den Türklinken der Umkleidekabinen und traktierte die Heizkörper mit Fußtritten. Dabei blieb sein Gesicht genauso ausdruckslos wie das seiner Mutter, die unverwandt vor sich hin starrte; zähes Erdulden lag in ihren Zügen.

Nach einer Weile kam die Schwester und rief ihren Namen auf. »Mrs. Sullivan«, rief sie mit dünner, flacher Stimme. Die Frau neben mir rührte sich, stand aber nicht auf. Sie schaute sich nach dem Jungen um, wandte sich dann zu mir und sagte matt: »Könnten Sie wohl den Kleinen für mich halten? Ich will ihn ja nicht aufwecken. Wenn er seinen Schlaf nicht kriegt, spielt er nur verrückt. Halten Sie ihn ein paar Sekunden für mich, Kleine?«

Ich hatte unmöglich Nein sagen können, obwohl ich Angst vor meiner Aufgabe hatte. Sie reichte mir das große, schlafende Kind herüber und stand auf. Voller Schrecken sah ich, dass sie mindestens im sechsten Monat sein musste – auch wenn man den natürlichen körperlichen Verschleiß von zwei kurz hintereinanderfolgenden Geburten berücksichtigte. Ihr riesiges, schweres Kind warm und schlaff auf den Knien, sah ich, wie sie im Zimmer der Hebamme verschwand. Die Nase des Kleinen lief ein wenig, und er atmete mit leicht geöffneten Lippen. Ich war verblüfft über sein Gewicht, das auf meinen Beinen lastete. Ich stellte auch fest, dass er nicht nur warm, sondern auch feucht war: von seinen gestrickten Höschen tropfte es bereits auf mein Knie. Ich drehte ihn um, traute mich aber nicht, ihn zu sehr zu bewegen, denn ich hatte Angst, dass er aufwachte und ›verrückt spielte‹. Ich machte mir Sorgen, ob man wohl den feuchten Fleck auf meinem Mantel sehen könnte, und hoffte inständig, das würde nicht der Fall sein. Gute zehn Minuten saß ich mit diesem Kind auf dem Schoß. Es war das erste Mal, dass ich ein Baby hielt, und erst nach einer Weile, als ich in Gedanken noch mit der Feuchtigkeit auf meinem Mantel beschäftigt war, nahm ich die Nähe des Kindes richtig wahr, seine Wärme, seine weichen Wangen – und vor allem seinen ruhigen, schniefenden Atem. Ich hielt ihn fester und schloss beide Arme um ihn.

Bevor seine Mutter und sein Bruder zurück waren, wurde auch mein Name aufgerufen. Ich musste diesmal den Gynäkologen aufsuchen, nicht die Hebamme. »Mrs. Stacey«, rief die Schwester, und noch einmal: »Mrs. Stacey«. Und da saß ich nun, gefangen mit diesem Kind auf meinen Knien – voller Angst, mich zu bewegen, voller Angst, meinen Aufruf zu verpassen, voller Angst, die Schwester zu verärgern. Schließlich konnte ich das Kind ja nicht wie ein Paket einfach in der Reihe weitergeben. Ich war schon dabei, in Panik zu geraten, als ich die Frau aus dem Büro der Hebamme kommen sah und ihr ohne große Verzögerung das Kind in die Arme drücken konnte.

Der Gynäkologe war schnell mit mir fertig; offenbar war ich als Fall zu normal, um die Aufmerksamkeit seiner Studenten zu verdienen. Wie immer verließ ich das Krankenhaus mit großer Erleichterung und ging, noch relativ leichtfüßig die Marylebone Road Richtung Ulster Place hinunter, wo ich mich mit ein paar Freundinnen vom College zum Tee verabredet hatte. Auf dem Weg überholte ich nur einige Häuserblocks weiter die Frau mit ihren beiden Kindern. Sie bewegten sich in einem entsetzlich langsamen Tempo auf der anderen Seite der Straße voran. Der ältere Sohn hielt alle paar Meter an, um in alle Mülltonnen zu schauen und die Stufen zu allen Gebäuden hinauf- und wieder herunterzulaufen. Sie trieb ihn nicht an, sondern blieb stehen, um auf ihn zu warten. Dabei schien sie kaum zu sehen, was er tat, sondern stand still, die Augen starr nach vorn gerichtet, das kleinere Kind mit gespreizten Beinen in einem Tuch über der Schwellung des nächsten festgebunden. Über ihrem kaum merklichen Vorwärtsschreiten lag ein feierlicher Ernst, der mich zutiefst beeindruckte: Geduldig wartend stand sie da – wie ein Mahnmal, wie ein Omen, eine Figur aus einer anderen Welt. Fünf Monate vorher wäre ich an ihr vorbeigeeilt, ohne sie eines weiteren Blickes zu würdigen, doch jetzt konnte ich noch das Gewicht ihres Kindes in meinen Armen und seine Nässe auf meinem Mantel spüren. Ich weiß nicht, wie sie es jemals die Straße hinauf geschafft hat. Genauso wie ich das Gewicht eines Kindes nicht ermessen konnte, bevor ich es nicht in den eigenen Armen gefühlt hatte.

Als ich bei meinen Freundinnen ankam, wollte ich ihnen davon erzählen, wie ich das Kind gehalten hatte, um mir die ganze Sache von der Seele lachen zu können. Es waren drei nette Mädchen, die sich eine Wohnung teilten, von denen eine als Schauspielerin, die andere im Öffentlichen Dienst und die dritte, wie ich, an der Uni arbeitete. In Cambridge hatten wir uns bei befreiendem Gelächter unsere intimsten Niederlagen gestanden. Ich fing an, von der Frau in Grün zu berichten, und sie lauschten mit liebevollem Interesse. Doch ich verlor schnell die Lust am Erzählen. Kaum hatte ich mit der Geschichte angefangen, merkte ich, dass ich die ganze Sache selbst noch gar nicht verdaut hatte; ich hatte das alles noch nicht in einen Zustand gebracht, in dem ich eine Anekdote daraus machen konnte – so wie Lydia aus ihrer Fehlgeburt keinen Roman machen konnte. Bis zur Geburt meines eigenen Kindes kam ich nicht ganz dahinter, was dieses Erlebnis für mich bedeutet hatte, obgleich ich es zum Teil schon damals verstand, als ich die Wohnung meiner Freundinnen verließ: Von nun an würde ich, genau wie diese Frau, andere um Hilfe bitten müssen, auch Fremde – ich, die noch nicht einmal in der Lage war, um Liebe oder Freundschaft zu bitten.

Auf dem Nachhauseweg dachte ich zum ersten Mal ernsthaft darüber nach, was ich mit einem Kind auf dem Arm und einem Stapel unerledigter Arbeit auf dem Schreibtisch anfangen sollte. Es war mir so zuwider, irgendeine Art von Hilfe anzunehmen, dass ich den Gedanken an eine Haushaltshilfe nicht ertragen konnte. Ich konnte niemanden dafür bezahlen, dreckige Arbeit zu tun, die ich auch selbst erledigen könnte. Diese Einstellung hatte ich meiner Erziehung zu verdanken, obwohl ich weiß, dass das genau genommen kein guter Sozialismus ist – und selbst meine Eltern nicht so lächerlich halsstarrig waren, was solche Einzelheiten anging. Zu viele Skrupel zu haben, das ist schon immer mein Fehler gewesen. Das ist weder Tugend noch Ethik: Durch meine Skrupel verweigerte ich irgendeiner Frau vier Schilling pro Stunde für die Arbeit, die nötig gewesen wäre, um die große Wohnung vor dem endgültigen Versinken in Schmutz und Dreck zu bewahren. Mit einem Baby würde ich mir solche

Skrupel sowieso nicht mehr leisten können. Ich musste ja auch in die Bibliothek gehen und arbeiten, und Babys lassen sich nun mal schlecht mit in Bibliotheken schleppen. Irgendetwas musste ich unternehmen, ich musste einen Plan ins Auge fassen. Ich spürte, wie meine persönliche Moral in Gefahr geriet: Ich würde Dinge tun müssen, die ich nicht tun wollte. Nichts, was falsch war – so dramatisch war es nicht. Aber Dinge, die sich gegen den Kern meines Wesens richteten.

Als ich nach Hause kam, setzte ich mich hin und schlug die entsprechenden Anzeigen in der *Times* auf. Ich war verblüfft von den sozialen Nebenbedeutungen, die Begriffe wie ›Tagesmutter‹, ›Au-pair-Mädchen‹, ›Kindermädchen‹, ›Haushälterin‹ usw. in sich bergen. So etwas wollte ich nicht, und ich konnte es mir auch gar nicht leisten. Immerhin hatte ich mich dazu gebracht, das Problem anzugehen, und war gerade bei der Schlussfolgerung angekommen, dass ich zur Not jemanden ertragen könnte, der für eine feste Anzahl von Stunden in der Woche auf das Kind aufpasst, als es an der Tür klingelte. Ich stand auf. Wegen des beklommenen Gefühls, mit dem ich damals immer aufstand, um einem unerwarteten Gast zu öffnen, fragte ich mich manchmal, ob ich wirklich alle Hoffnungen aufgegeben hatte, George jemals wiederzusehen. Selbst heute noch male ich mir gelegentlich Szenen aus, in denen er auf meiner Türschwelle erscheint und mich mit Sätzen begrüßt wie: »Rosamund, ich habe versucht, ohne dich zu leben, aber ich kann es nicht«, oder: »Rosamund, ich habe dich immer geliebt, vom allerersten Moment an.« Voller Scham spiele ich das ganze romantische Brimborium durch – Begegnungen am Ende langer Korridore, Umarmungen auf der letzten Stufe einer riesigen Treppe, leidenschaftliche Wiedersehensszenen am Oxford Circus. Dann tadele ich mich selbst und sage mir, dass diese Bilder der Angst, nicht der Liebe entspringen – zweifellos die Wahrheit. Als ich diesmal die Tür öffnete, war es Lydia Reynolds.

»Es tut mir so leid, wenn ich dich störe«, sagte sie, als ich sie hereinließ, »aber ich habe gerade eine Reihe kleinerer Katastrophen hinter mir, und am Ende von allem steht, dass ich dich fragen muss, ob du mich für heute Nacht bei dir unterbringen kannst. Sei ganz ehrlich und sag Nein, wenn es dir zu viel Umstände macht, ja?«

»Es macht mir überhaupt keine Umstände«, antwortete ich, während wir ins Wohnzimmer gingen und uns hinsetzten. »Erzähl mir von den Katastrophen.«

»Ich kann gar nicht anders, als dir von den Katastrophen zu erzählen«, erklärte sie und kam ohne Umschweife zum Kern der Sache. Offensichtlich war der Ehemann der Frau, mit der sie eine Wohnung teilte, nach monatelanger Abwesenheit plötzlich zurückgekehrt und hatte sein Recht auf seine Wohnung geltend gemacht. Seine Frau wollte aber auf Lydia und deren Mietanteil nicht verzichten, da sie in die Beständigkeit ihres Gatten kein Vertrauen hatte. So hatten sie es ein paar Tage zu dritt in zwei Zimmern und einer Küche versucht; Lydia hatte nachts auf dem Sofa geschlafen. Lydias ständige Anwesenheit reizte den Mann aber immer mehr, bis er sie schließlich aufgefordert hatte, die Wohnung zu verlassen, woraufhin seine Frau am Frühstückstisch in Tränen ausgebrochen war. Lieber würde sie mit Lydia zusammenwohnen als mit ihm, und am besten wäre es, er würde auf der Stelle verschwinden. Lydia war klar gewesen, dass sie an diesem Punkt am besten das Feld geräumt hätte, um sich nicht noch tiefer in den Ehezwist anderer zu verstricken. »Aber«, erzählte sie, »ich wollte einfach nicht einsehen, dass ich mir ein neues Zimmer suchen und meine ganzen Sachen woandershin bringen sollte, wo doch jedem klar war, dass sie es sowieso nicht länger als ein paar Wochen miteinander aushalten. Also blieb ich da und hätte es auch durchgestanden, wenn nicht gestern Nacht, als ich spät nach Hause kam und mich gerade leise auszog, plötzlich dieser Mistkerl aus dem Badezimmer gekommen wäre und nach mir gegrabscht hätte. Ich fühlte mich in jeder Hinsicht als *persona non grata* und bin gleich heute Morgen abgehauen.«

»Na, ja«, sagte ich, »bis er wieder verschwunden ist, kannst du ja erst mal hier bleiben.«

»Vielleicht verschwindet er auch nicht wieder«, erklärte Lydia. »Aus reiner Gehässigkeit – nach allem, was ich ihm gestern Nacht gesagt habe. Das Schreckliche ist, dass er ziemlich gut aussieht. Die einzige Rechtfertigung für seine Existenz, nehme ich an. Früher bin ich auf solche ausgekochten Schweine reingefallen, aber seit einiger Zeit passiert mir das nicht mehr. Nette, schüchterne, anständige kleine Männer wie Alex – das sind Typen, mit denen ich mich gut verstehe.«

»Und sie, steht sie auf ihn?«

»Ich fürchte, ja. Oder wenigstens hat sie es früher getan. Ich bin mir nicht so sicher, ob sie wirklich mit ihm fertig ist. – Und da ist noch etwas: Ich habe meinen Job verloren.«

»Ach, du liebe Güte«, seufzte ich. »Warum denn?«

»Ich bin mehrmals nicht erschienen«, klagte Lydia, »und schließlich sagten sie, es wäre einmal zu viel gewesen. Ich nehme es ihnen nicht übel. Aber das Ergebnis der ganzen Sache ist, dass ich pleite bin.«

»Oh«, sagte ich, »vielleicht kann ich dir etwas borgen ...«

»O nein«, erwiderte sie, »nicht so etwas. Ich habe noch ein paar Reserven. Nur ... ich wollte dich um einen Gefallen bitten, und da du es selbst vorgeschlagen hast, ich meine, es ist nicht so, als würde ich ... wie auch immer, wie wär's, wenn ich bei dir einziehen würde? Ich könnte für dich Babysitter spielen und so was alles. Ich würde dir natürlich Miete bezahlen; sehr viel kann ich mir zwar nicht leisten, aber du weißt schon, was ich meine. Ich könnte dir doch sehr nützlich sein, meinst du nicht? Ich könnte Sachen für dich abholen, deinen Einkaufskorb tragen. Aber nur, wenn es dir nicht zu viel Umstände macht. Ich meine, du wohnst doch nicht schon mit jemandem zusammen, oder?«

Offenbar spielte sie damit auf den schwer fassbaren Vater meines zukünftigen Kindes an. Ich schüttelte den Kopf und verneinte die Existenz weiterer Mitbewohner. Je mehr ich über ihren Vorschlag nachdachte, desto besser gefiel er mir. Platz gab es genug, und der Gedanke daran, allein den Krankenwagen anrufen zu müssen, verfolgte mich bereits seit einiger Zeit. Der wichtigste Punkt war jedoch, dass es *ihr* Vorschlag gewesen war, dass sie mich um einen Gefallen gebeten hatte und ich sie nicht zu bitten brauchte. Um mich selbst in eine ganz klare und souveräne Position zu versetzen, bestand ich darauf, dass sie keine Miete zahlte. Ich erklärte ihr, dass ich selbst auch keine bezahlte, und da meine Eltern mich umsonst in der Wohnung wohnen ließen, würde ich nicht im Traum daran denken, Geld von ihr anzunehmen, aber wir könnten ja die Stromrechnungen teilen. Sie stieß einen erleichterten Seufzer aus und schien von dieser Aussicht begeistert zu sein.

»Die ganze Gegend ist so nobel hier«, schwärmte sie, »und du bist so nobel. Ich habe ja ein Faible für noble Sachen.«

»Ich wette, du ziehst wieder aus, wenn das Baby erst einmal da ist. Babys sind überhaupt nicht nobel, weißt du.«

»Blödsinn«, sagte sie. »Babys sind zwar nicht gerade ein Statussymbol, aber uneheliche Kinder, das ist der letzte Schrei.«

Wir feierten unsere Abmachung mit dem Rest einer Flasche sehr sauren Weines und einer Portion Speck und Eier. Dann rief Lydia alle ihre Freunde an, um ihnen mitzuteilen, wo sie war, was gleich zu einer Diskussion über die Telefonrechnung führte. Dann fragte sie, wo der Fernseher sei, und ich sagte ihr, dass ich keinen habe und auch keinen haben wolle; dazu hätte ich viel zu viel zu tun. Sie schien nichts davon zu halten und fragte, ob sie ein Nachthemd von mir borgen könne, sie wolle ins Bett gehen. Also suchte ich ihr ein Nachthemd heraus, und wir machten ihr Bett. Dann hatten wir noch ein langes Gespräch über Joe Hurt, den Lydia vor einer Woche getroffen hatte. Schließlich ging ich ebenfalls ins Bett und schlief so glücklich ein wie seit Monaten nicht mehr – erleichtert und befreit von dem Gefühl der Schwäche und Einsamkeit, das mich in letzter Zeit so oft bedrückt hatte. Ich mochte Lydia: sie war ein intelligenter, selbstständiger und interessanter Mensch – und sie war von sich aus zu mir gekommen, sie hatte bei mir einziehen wollen. In der nächsten Woche mietete sie sich einen Fernseher, den sie auf meine Bitte hin in ihr Zimmer stellte. Wir saßen manchmal auf ihrem Bett und sahen gemeinsam fern. Sie hatte einen neuen Roman angefangen und tippte lautstark bei allen Sendungen, also sagte ich, sie solle ihn zurück ins Wohnzimmer stellen. Aber dann kam sie ins Wohnzimmer und tippte dort weiter, weil das Geräusch des Gerätes, wie sie sagte, ihr beim Konzentrieren half.

Das Zusammenleben mit Lydia klappte ganz gut, und nach zwei Wochen dachte ich, nun könnte ich noch ein paar andere Schritte unternehmen, um meine Angelegenheiten in Ordnung zu bringen. Seit einiger Zeit schon hatte ich vorgehabt, meiner Schwester zu schreiben und ihr von meiner Situation zu berichten. Meinen Bruder wollte ich gar nicht benachrichtigen; er wäre über mein Verhalten sowieso nur entrüstet gewesen. Meine Eltern wollte ich, wie gesagt, auch nicht unnötig aufregen. Bei meiner Schwester jedoch war ich mir sicher, auf Mitgefühl zu stoßen, sie hatte immer ein so großes Loblied auf Mutterschaft und Häuslichkeit gesungen. Dabei hatte ich dahinter eher ein umgekehrtes Prinzip der sauren Trauben vermutet, den Wunsch, andere in die gleiche Falle zu locken, indem sie die Freuden der Selbstbeschränkung anpries, denn es konnte keinen Zweifel darüber geben, dass sie unter ihrer Wahl litt. Wie ich, war sie ganz die Tochter unserer Eltern: dazu erzogen, unabhängig zu sein und sich jedem gegenüber ebenbürtig zu fühlen, legte sie in praktischen Dingen eine Ernsthaftigkeit an den Tag, die mich sehr an meine Mutter erinnerte. Sie war auf der Universität gewesen – in Oxford, nicht in Cambridge wie ich – und hatte sich dort in solideren intellektuellen und engagierten Kreisen bewegt, als ich sie jemals gefunden hatte. Dort hatte sie auch ihren zukünftigen Ehemann kennengelernt, einen jungen Naturwissenschaftler namens Hallam. Sie selbst hatte Wirtschaftswissenschaften studiert, also gab es einige Berührungspunkte. Kurz nach Abschluss ihres Studiums hatten sie geheiratet. Sehr bald darauf hat Hallam eine Stelle in einem atomaren Forschungszentrum angenommen und ist mit ihr in ein völlig verlassenes Nest in den Midlands gezogen, wo es nur noch andere Atomwissenschaftler, deren Frauen, ein paar Geschäftsleute und Ingenieure gab. Beatrice hat dann kurz hintereinander drei Kinder bekommen und aus der Not eine Tugend gemacht. Trotzdem hatte ich oft das Gefühl, dass sie sehr darunter litt, nicht mehr aus ihrem Studienabschluss gemacht zu haben. Ihr Gewissen wurde zweifellos durch die Unerquicklichkeit ihres sozialen Lebens und die Widrigkeiten der Kindererziehung besänftigt: Immerhin hatte sie die Wissenschaft nicht an den Nagel gehängt, um müßig bei irgendwelchen Friseuren herumzuhocken.

Ideologisch gesehen befand sich die arme Beatrice in einer misslichen Lage. Anders als der Rest der Familie war sie eine überzeugte Pazifistin – oder war es zumindest in Oxford gewesen. Direkt neben einem atomaren Forschungszentrum zu wohnen, das musste für sie ziemlich schlimm sein. Zum Glück teilte Hallam ihre politischen Ansichten und versicherte ihr ständig, dass Wissen der einzige Weg zur Sicherheit sei und er nach besten Kräften den Weltfrieden fördere. Damit mag er vielleicht recht gehabt haben; der Grund, warum er dort arbeitete, war das aber ganz sicherlich nicht. Nachdem sie das jedoch erst einmal geschluckt hatte, schlug Beatrice nun in jeder Hinsicht den Weg des realistischen Kompromisses ein und konnte über die Engstirnigkeit meiner Eltern nur noch den Kopf schütteln. Nur die Frage des Pazifismus sollte sie nie loslassen. Einmal schrieb sie mir, dass ihr ältester Sohn Nicholas in das gewalttätige Alter gekommen sei und nur noch mit Waffen, Soldaten, Cowboys und – am schlimmsten von allem – Bomben spielen wolle. »Immer, wenn ich ihm sage, er soll seinen Nachtisch aufessen«, beklagte sie sich, »zielt er auf mich, macht ein schreckliches Geräusch und sagt: ›Bum, du bist tot.‹« Eines Tages sei ihr angesichts dieser unausweichlichen Unsitte der Geduldsfaden gerissen, und sie habe ihm eine schallende Ohrfeige verpasst, »was«, wie sie schrieb, *»total* gegen meine Prinzipien verstößt und die Idee des passiven Widerstandes ad absurdum führt, findest du nicht? Es war wie ein Weltkrieg im Kleinformat, wenn du verstehst, was ich meine.« Später habe der Unglückswurm auch noch behauptet, aufgrund des ungewohnten Übergriffs Ohrenschmerzen bekommen zu haben, sodass meine Schwester Qualen der Reue ausstehen musste, bis sich endlich herausstellte, dass seine Ohren völlig in Ordnung waren und nichts dahinter steckte als pure Gehässigkeit.

Wie auch immer, als ich Beatrice von meiner Schwangerschaft schrieb, tat ich es in der Erwartung, Wohlwollen und Mitgefühl zu erhalten. Deshalb freute ich mich auf ihre Antwort; ich hatte schon lange genug ohne Mitgefühl leben müssen. Ich war stolz darauf, wie gut ich die Situation bisher gemeistert hatte, und vielleicht hatte ich sogar eine Art Glückwunsch zu meiner beherrschten Haltung erwartet. Doch der Brief, den ich bekam, lautete folgendermaßen:

Meine liebe Rosamund, (schrieb sie)
ich kann Dir gar nicht sagen, wie sehr uns Dein Brief besorgt und aufgeregt hat. Ich bin erstaunt, dass Du uns nicht früher informiert hast. Aus allem, was Du sagst, schließe ich, dass das Baby schon in vier Monaten fällig ist. Ich finde, Du hättest uns schon längst benachrichtigen sollen. Du schreibst, wir sollten den Eltern nichts davon sagen. Aber Dir muss doch klar sein, dass sie es früher oder später sowieso herausfinden werden, und Du kannst doch nicht ernsthaft vorhaben, weiter in ihrer Wohnung zu bleiben, ohne ihnen etwas davon zu sagen. Bestimmt werden sie sich schrecklich aufregen, aber Du weißt ja, wie sie sind: Sie würden Dir nie Vorhaltungen machen. Da Du schreibst, wir sollten es nicht sagen, werden wir das auch nicht tun. Trotzdem wünschte ich, Du würdest es ihnen sagen. Und wie ist es mit Andrew? Ich weiß, dass Du ihn nur selten siehst (und kann es Dir nicht verübeln), aber was, wenn Du ihm oder einem seiner Freunde nun zufällig auf der Straße begegnest? Es wäre doch schrecklich, wenn sie es von ihm erfahren würden. Er würde es sich doch nicht zweimal überlegen.
Denk nicht, dass ich nicht mit Dir fühle, das tue ich wirklich; ich glaube, es muss schrecklich für Dich sein, und ich weiß gar nicht, wie Du das überhaupt aushältst. Jedenfalls bin ich froh, dass Deine Arbeit nicht darunter leidet.

Leider hast Du Dich nicht gerade in Einzelheiten ergangen, aber aus dem, was Du geschrieben hast, kann ich nur schließen, dass Du vorhast, das Kind zu behalten. Ich muss Dir ehrlich sagen, ich halte das für den größten Fehler, den Du überhaupt machen kannst. Es wäre schrecklich, sowohl für Dich wie auch für das Kind. Überleg doch mal, es zur Adoption freizugeben. Dann kannst Du die ganze Sache in sechs Monaten vergessen und wieder da anfangen, wo Du aufgehört hast. Das wäre doch sehr viel besser für Dich, meinst Du nicht? Du hast ja keine Vorstellung davon, was es heißt, ein Kind zu haben. Die ganze Verantwortung und die Sorgen und die finanzielle Unsicherheit, und man kann nirgendwo mehr hingehen, ohne vorher alles genau geplant zu haben. Glaub mir, ich weiß, wovon ich rede. Ich kann mir nicht vorstellen, wie Du Dich diesen ganzen Forderungen anpassen willst. Du bist immer so auf Deine Unabhängigkeit bedacht gewesen und wolltest Deine eigenen Wege gehen. Du hast keine Ahnung, was das heißt, immer an jemand anderen denken zu müssen – und das vierundzwanzig Stunden am Tag, und nicht nur ein Jahr oder zwei, sondern mehr oder weniger das ganze Leben lang. Aber ich denke dabei nicht nur an Dich. Für Dich wäre das schon schlimm genug, aber für das Kind wäre es noch sehr viel schlimmer. Ohne selbst Schuld daran zu tragen, wäre es sein ganzes Leben lang mit dem Makel behaftet, ein uneheliches Kind zu sein, und ich kann Dir gar nicht sagen, wie abscheulich grausam und boshaft Kinder zueinander sein können, wenn sie erst einmal so einen Punkt gefunden haben. Ein Kind kann man nicht einfach bekommen, weil man meint, so etwas tu man. So etwas tut man eben nicht! Es ist Deine Pflicht, es einem Paar zur Adoption zu überlassen, das sich wirklich ein Kind wünscht und wahrscheinlich weitaus günstigere Voraussetzungen hat, ein Kind aufzuziehen, als Du. Ich weiß, idealerweise sollte in einer vernünftigen Gesellschaft kein Kind wegen so etwas leiden müssen, aber wir leben nun einmal nicht in einer vernünftigen Gesellschaft, und ich kann den Gedanken an das, was Dein Kind einmal durchmachen müsste, nicht ertragen – und an das, was Du wegen ihm durchmachen müsstest. Bitte, denk darüber nach und versuch, die Sache längerfristig zu sehen. Und noch einen Ratschlag möchte ich Dir geben: Wenn Du Dich zur Adoption entschließt, dann beschäftige Dich um Himmels willen nicht zu sehr mit dem Kind. Eine gewisse Zeit muss man es doch noch behalten, glaube ich, oder? Aber lass Dich um Gottes willen nicht zu sehr darauf ein. Für die Kleinen ist es in dem Alter sowieso noch ziemlich bedeutungslos, und die Einzige, die darunter leiden würde, wärst Du selber. In Deinem Brief erwähnst Du noch nicht einmal den Vater des Kindes, also nehme ich an, es ist jemand, mit dem Du Dich nicht einlassen willst oder kannst. Wahrscheinlich wirst Du ihn auch nicht um finanzielle Hilfe bitten wollen, oder? Wenn Du Geld brauchst, lass es uns wissen; wir werden sehen, was wir tun können. Aber stell Dir doch nur einmal vor, wie schrecklich das wäre, im eigenen Haus ein Kind von jemandem aufwachsen zu sehen, den man nicht mag. Es ist schon schlimm genug, wenn es das Kind von jemandem ist, den man mag. Arme Rosamund, wie schrecklich das alles für Dich sein muss. Ich wünschte, ich könnte kommen und

Dir ein wenig zur Seite stehen, aber ich bin im Moment so erschöpft, und die Kinder haben alle eine dicke Erkältung. Du scheinst ein gutes Krankenhaus gefunden zu haben, das ist wenigstens etwas. Es ist schon schrecklich, wie man dort herumgeschubst wird, aber man muss eben die Zähne zusammenbeißen. Wie auch immer, wir beide wünschen Dir alles Gute. Melde Dich wieder. Und pass gut auf Dich auf. Hetze um Himmels willen nicht durch die Gegend, ja? In Liebe, Beatrice.

Wie man sich vorstellen kann, las ich diesen Brief mit ziemlicher Bestürzung. Ich wusste, sie hatte ihn aus reiner Besorgnis geschrieben, und trotzdem war ich enttäuscht und verärgert. Ich sah nicht ein, wieso jemand auch nur das leiseste Recht haben sollte, mir in Bezug auf mein eigenes Kind irgendwelche Ratschläge zu erteilen. Ich hatte nicht um Rat gefragt, ich konnte mein eigener Ratgeber sein. Einen Zweck erfüllte ihr Brief allerdings: Er enthüllte mir die Tiefe meiner Entschlossenheit, das Kind zu behalten. Damals konnte diese Entschlossenheit noch nicht, wie später, auf Liebe beruhen, denn ich empfand keine Liebe und hatte auch wenig Hoffnung, sie je zu empfinden. Sie beruhte eher auf einem außergewöhnlichen Vertrauen in mich selbst, auf der recht irrationalen Überzeugung, dass kein Adoptivelternpaar jemals so gut für mein Kind sorgen könnte wie ich selbst. Gleichzeitig machte mir die Aussicht auf meine Mutterschaft Angst. Ich plagte mich mit den üblichen Zweifeln: ob mein Kind mich auch mögen würde, ob ich mein Kind mögen würde und so weiter. Und trotzdem spürte ich in einem Punkt absolute Sicherheit: Ich wusste, dieses Kind war mein Kind, und ich würde es behalten. Was auch immer Beatrice sagte, für mich wäre es nichts als feiger Betrug gewesen, mein Kind der unbekannten, wohlmeinenden Unwissenheit irgendeines fremden Menschen zu überlassen.

Auch das zweite Ergebnis ihres Briefes hatte Beatrice nicht voraussehen können: Ihre Anspielung darauf, mit dem Kind eines Mannes leben zu müssen, den man nicht mag, rief zum ersten Mal Bilder von Georges Kind in mir wach. Es waren unheimlich lebhafte Bilder, und ich verspürte den gefährlichen Impuls, George auf der Stelle anzurufen und ihm alles zu erzählen. Natürlich tat ich es nicht, aber ich stellte an jenem Abend das Radio an – ein Luxus, den ich mir seit einiger Zeit nicht mehr gegönnt hatte – und hörte seiner Stimme zu. Er klang so höflich und unschuldig, dass ich mir einmal mehr nicht vorstellen konnte, jemals auch nur im Traum daran gedacht zu haben, ihn mit Beschämung und Angst zu beladen. Ich rief mir alles, was er je zu mir gesagt hatte, noch einmal ins Gedächtnis, und ich hätte viel darum gegeben, ihn noch ein einziges Mal mit sanfter, affektierter Stimme sagen zu hören: »Meine Güte, Rosamund, sehen wir heute Abend aber wieder hübsch aus!« Obgleich wir heute Abend zugegebenermaßen überhaupt nicht hübsch aussahen.

In meiner Jugend bin ich immer so gutmütig gewesen. Ich sah in jedem nur das Beste, entschuldigte alle Fehler, führte alle Boshaftigkeiten und Mängel auf die Umwelt zurück: Kurz, ich nahm alle Schuld auf mich. Hätte es das Kind nicht gegeben, wäre ich vielleicht immer so geblieben – und wer weiß, in meiner liebenswürdigen Unschuld vielleicht sogar besser dran und auch netter gewesen. Ich wiederhole: Ich war nicht blind, ich sah die Fehler – aber ich entschuldigte sie. Jetzt hatte ich immer weniger Lust, Entschuldigungen zu finden. Zwar wich ich immer noch höflich lächelnd zurück, wenn man mir die Tür vor der Nase zuschlug, aber in meinem Herzen fühlte ich Zorn. Als ich im fünften Monat war – was man zugegebenermaßen in meinem Wintermantel nicht so leicht erkennen konnte –, saß ich zum Beispiel einmal gerade in der U-Bahn, als zwei Frauen mittleren Alters einstiegen. Es waren keine Sitzplätze mehr frei, und so stellten sie sich vor mich, hielten sich an den Gummischlaufen fest und fingen an, heftig über die schlechten Manieren der jungen Leute zu schimpfen. Da ich zufällig im Abteil die Jüngste war, konnte ich das nur persönlich nehmen. Offenbar wollten sie, dass ihnen jeder zuhörte, denn sie machten mit ihrem gemeinen, schrillen Gezeter einfach weiter. Rückblickend denke ich, dass sie Spinner waren, arme Spinner, aber damals empfand ich bei jedem ihrer Worte glühenden Zorn. Ich bin dazu erzogen worden, in öffentlichen Transportmitteln meinen Sitzplatz für ältere Leute frei zu machen, und nach einer Weile konnte ich es nicht mehr länger ertragen, erhob mich mühsam und bot einer von ihnen meinen Platz an. Diese Geste machte ich extrem widerwillig, ja, in boshafter Absicht, aber die Frau setzte sich, ohne ein Wort des Dankes zu finden, und schürzte vorwurfsvoll die Lippen. Sie hatte meinen Zustand nicht erkannt. Das war das einzige Mal, dass ich mir wünschte, so dick wie ein Haus zu sein. Dabei ist die Größe in Wirklichkeit völlig belanglos: In den ersten drei Monaten, wo man noch überhaupt nichts sehen kann, fühlt man sich am schlimmsten. Wütend stand ich nun da und sah, wie sie auf meinem Platz saß. Ich war voller Hass. Ich wollte ohnmächtig umfallen, um es ihr zu zeigen. Aber wer weiß, wahrscheinlich hatte auch sie ihre Gebrechen.

Auch für meinen Bruder und seine Frau hatte ich immer Entschuldigungen gefunden. Ich hatte versucht, ihre Situation sachlich zu sehen, nicht sie selbst zu betrachten, sondern das, was sie geformt hatte. Wahrscheinlich schämte ich mich für ein so irrationales Gefühl wie schlichte Abneigung. Ich sah sie nicht sehr häufig, vielleicht zweimal im Jahr, und das auch nur aus reinem Pflichtgefühl. Ich hatte es mir ganz einfach vorgestellt, ihnen aus dem Weg gehen zu können, und – anders als Beatrice – keine Angst gehabt, dass wir uns bei einem Stadtbummel in die Arme laufen könnten. Bis dann schließlich genau das passierte: Ich traf Andrews Frau, und zwar in Selfridge's Food Market, wo ich eine Packung Vollkornmehl kaufen wollte (Lydia und ich machten nämlich gerade eine vorübergehende Phase durch, in der wir unser Brot selbst backten). Dort stand sie und starrte mit ernsthafter Miene auf die köstlichen Reihen gefüllter und gespickter Fasane – wahrscheinlich kaufte sie wieder einmal für eins ihrer abscheulichen Abendessen ein. Sobald ich sie bemerkte, drehte ich mich auf der Ferse um und steuerte die entgegengesetzte Richtung an, aber sie muss genau in dem Moment aufgeschaut haben, denn ich hörte sie mit ihrem durchdringenden Kensington-Akzent hinter mir her rufen: »Rosamund, Rosamund.« Ich drehte mich um und ging langsam zu ihr zurück. Ihre Augen saugten sich förmlich an meinem Bauch fest.

»Hallo, Clare«, sagte ich, als ich bei ihr ankam. »Bist wohl auf Fasanenjagd?«

Sie war reichlich verwirrt, was ihr wohl niemand übel nehmen konnte, und murmelte, um etwas Zeit zu gewinnen: »Ich wollte nur ein paar Sachen für das Essen morgen kaufen.« Sie trug einen pelzbesetzten Mantel in Altrosa und einen Hut, der sie doppelt so alt machte, als sie tatsächlich war. Obwohl sie kaum älter als achtundzwanzig gewesen sein konnte, sah sie manchmal schon aus wie Mitte vierzig – sagen wir, eine jung gebliebene Vierzigerin, durch sorgfältige Pflege und Schutz vor dem Wetter gut erhalten. Clare ist weder schön noch hässlich und hat einen Reinlichkeitsfimmel. Bei einem unserer ersten Treffen, als sie noch dachte, ich könnte ihre Freundin werden, erzählte sie mir, wie oft sie ihre Kleider zur Reinigung brachte. »Wenn es etwas gibt, was ich *nicht ausstehen* kann«, eröffnete sie mir mit heftigem Schaudern, »dann sind das dreckige Kleider. Geht es dir nicht auch so?« Ihre

Bemerkung verblüffte mich, denn ich hatte an diese Frage bis dahin kaum einen Gedanken verschwendet und konnte auf keinen Fall genug Überzeugungskraft zusammenraffen, um sie in ihrer Meinung zu unterstützen. »O doch, ja«, murmelte ich nur, während ich insgeheim auf meinen eigenen, lange nicht gewaschenen Pullover hinunterschielte. Seit dem Zeitpunkt haben wir es aufgegeben, so zu tun, als könnte es außer Familienangelegenheiten für uns irgendeine gemeinsame Basis geben. Ich nehme an, die arme Clare hatte einen Minderwertigkeitskomplex – wozu sie auch allen Grund hatte, denn sie war geistig ziemlich beschränkt. Andrew war nicht ganz so beschränkt wie sie, aber auch längst nicht so schlau wie seine beiden Schwestern oder seine Eltern. Vielleicht war das einer der Gründe für seine merkwürdige soziale Revolte. Normalerweise hätte ich ihr die Führung überlassen, wozu sie auch – minderwertig oder nicht – stets gern bereit gewesen war, aber diesmal war mir klar, dass ich die Initiative ergreifen müsste.

»Habt ihr ein paar Freunde eingeladen?« fragte ich forsch. »Du kaufst doch sonst nicht oft in der Stadt ein, oder?«

»Nicht sehr oft«, antwortete sie. »Aber ich war heute sowieso hier, ich habe meine Haare machen lassen.«

»Ach, wirklich? Ich würde dir gern sagen, wie gut sie aussehen, aber unter dem Hut kann ich leider gar nichts erkennen. Bei welchem Friseur warst du?«

»Romain's. Und wo gehst du immer hin?«

»Nirgendwohin«, sagte ich. »Es dauert mir zu lange. Außerdem lasse ich lieber der Natur ihren Lauf. Ich mag Dauerwellen nicht. – Es ist schon lange her, dass wir uns gesehen haben. Wie geht es Andrew? Beschäftigt wie immer?«

»O ja.«

»Spielt er immer noch Bridge?«

»Ja«, lächelte sie kühl. Aber sie wollte nett sein und fügte tapfer hinzu: »Du musst uns mal besuchen kommen. Letztes Mal, als ich dich angerufen habe, konntest du nicht, wenn ich mich nicht irre. Das war letzte Weihnachten, nicht wahr?«

»Oh«, sagte ich, »ich fürchte, ich bin im Moment sehr beschäftigt. Vor dem Herbst werde ich wohl kaum Zeit dazu finden.« Es war Mitte Februar.

Sie sah nervös und peinlich berührt zur Seite. Auch mir war es peinlich, aber das wollte ich ihr nicht zeigen.

»Dann werde ich jetzt wohl mal weiter einkaufen«, sagte sie. »Diese Abendessen sind furchtbar langweilig.«

»Das glaube ich gerne«, stimmte ich ihr zu. »Ich verstehe nicht, warum ihr sie überhaupt veranstaltet. Es war schön, dich zu sehen, Clare. Bestell Andrew schöne Grüße. Erzähl ihm bitte, dass du mich getroffen hast, ja?«

Während ich das sagte, schaute ich sie scharf an und fragte mich, ob sie ihm wohl sagen würde, was sie gesehen hatte; sie errötete leicht und wich meinem Blick aus. Ich vermutete, sie würde es ihm nicht erzählen, und erfuhr später, dass ich mit dieser Vermutung richtig gelegen hatte. Dabei bin ich sicher, dass sie sich nicht etwa deshalb zurückhielt, weil sie mich schützen wollte, sondern nur, um zu vermeiden, irgendetwas für mich tun zu müssen. Sie mochte meine Familie nicht (mit gutem Grund), und je weniger sie mit uns zu tun hatte, desto zufriedener war sie. Als ich wegging, beugte sie sich gerade über die Theke und zeigte auf einen kochfertigen Fasan. Ich dachte an ihre Abendgesellschaften, ihre unzähligen Besuche in chemischen Reinigungen und ihre Sitzungen unter dem Haartrockner. Ich habe mich des Eindrucks nie erwehren können, dass Leute, die ihre Zeit beim Friseur verbringen, das deshalb tun, weil sie nichts Besseres zu tun haben und nicht wissen, wie sie sonst ihr Geld loswerden sollen – bemitleidenswert, o ja, aber ich war es satt, Mitleid zu haben, und gönnte mir den Luxus heftiger Abneigung. ›Ein müßiger Parasit ist sie, weiter nichts‹, dachte ich bitter, als ich mit meiner Dreipfundpackung Mehl nach Hause ging. Ich dachte an meine Mutter, wie sie, den Mund voller Haarnadeln, ihr langes, dickes Haar zu einem unverwüstlichen Knoten zusammensteckte und gleichzeitig den Tagesbericht des Bewährungszentrums durchging. Meine Mutter, Beatrice und ich, wir waren alle drei hübscher als dieses Mädchen, und klüger dazu. ›Aber lieber Gott‹, dachte ich, als ich beim Lift ankam und auf den Knopf drückte, ›wessen Schuld ist das schon? Wessen Schuld, wessen Verdienst?‹ Und meine Abneigung verebbte und ließ mich, wie immer, an der harten, feuchten Küste sozialen Mitleids zurück.

Reichtümer sind eine furchtbare Plage, und die arme Clare hatte noch nicht einmal das. Alles, was sie hatte, war Vornehmheit und einen geerbten Akzent. ›Arme Clare‹ sage ich deshalb so oft, weil sie eine unglückliche Frau ist; aber auch ich bin eine unglückliche Frau, sie könnte ebenso gut ›arme Rosamund‹ sagen. Manchmal frage ich mich, ob nicht meine Eltern daran schuld sind, ob sie nicht die alleinige Schuld tragen an meiner Unfähigkeit, die Dinge unter dem Aspekt menschlicher Empfindungen wie Sympathie und Antipathie, Liebe und Hass zu betrachten, nicht unter dem

Gesichtspunkt von Gerechtigkeit, Schuld und Unschuld. Das Leben ist ungerecht – das ist die Lektion, die ich zusammen mit den Kellogg's Cornflakes in unserem Haus in Putney heruntergeschluckt habe. Es ist in jedem Fall, in jeder Hinsicht und in jedem einzelnen Punkt ungerecht. Und wer, wie meine Eltern, versucht, das auszugleichen, ist zum Scheitern verurteilt. Doch wenn ich das zu ihnen sagte – voller Zorn, voller Streitlust, voller Tragik, über meinen Cornflakes manchmal zu Tränen getrieben von ihrer unverbesserlichen Unschuld und Hoffnung –, lächelten sie nur friedfertig und sagten: »Ja, Liebes, gegen die Ungleichheit bei Intelligenz und Schönheit kann man wahrlich nichts tun, aber das ist doch noch lange kein Grund, nichts gegen ökonomische Unterschiede zu unternehmen, oder?«

Vernünftig gesehen, waren wir natürlich reich. Zwar hatten wir nicht das große Geld – verglichen mit dem, was ich später in Cambridge oder bei Roger und selbst bei dem Selfmademan Joe erlebte –, aber es ging uns ganz gut. Meine Eltern schimpften unaufhörlich, hatten jedoch auf nichts zu verzichten. Es dauerte lange, bis sich bei mir eine eigene ökonomische Weltsicht herausgebildet hatte, was zum Teil daran lag, dass ich zum Glauben an die Armut erzogen worden bin, ohne dabei je selbst arm gewesen zu sein. Ich ging auf ein sehr gutes Gymnasium, wo ich als einziges Kind von Eltern, die für die Labour-Partei stimmten (obgleich sie zu den feinsten und bekanntesten von allen gehörten), abermals in eine seltsame Position geriet. Ich wusste, dass da einiges durcheinander war, und fühlte mich verwirrt. Ich erinnere mich noch sehr genau daran, wie sich langsam mein Bild von der Welt zusammensetzte, wie ich Beweise über das Leben anderer sammelte. Ein Erlebnis vor allem erkannte ich damals schon als eine Art Meilenstein. Ich muss acht oder neun gewesen sein, Beatrice war ein paar Jahre älter. Es war in einem Park in der Nähe unseres Hauses. Dorthin hatte uns ein Mädchen begleitet, von dem ich zögere, es als Hausmädchen oder Kindermädchen zu bezeichnen. Marleen war etwa achtzehn Jahre alt und auf seltsame Weise unfähig, wie alle unsere Hausangestellten. Wenn sie mit uns ausging, brachte sie uns stets in denselben Park, weil sie eine Affäre mit einem der Gärtner hatte. Wir wussten alles darüber, da sie uns die ganze Geschichte erzählt hatte (sie hatte uns überhaupt einige schreckliche Dinge erzählt). Uns war es recht, denn es ließ uns die Freiheit, unseren eigenen Vergnügungen nachzugehen. Zu jener Zeit waren wir ganz wild darauf, fischen zu gehen. Mit einem Netz und einem Marmeladenglas bewaffnet, fingen wir Elritzen und Kaulquappen, was wir sehr aufregend fanden.

An einem Frühlingsnachmittag ließen Beatrice und ich die kichernde Marleen im Gebüsch zurück und liefen zu dem kleinen, schlammigen Teich hinüber, den wir sonst immer ganz für uns allein hatten. Diesmal waren jedoch schon ein paar Jungen dort. Wir betrachteten sie misstrauisch, da wir es gewohnt waren, von frechen Jungen gehänselt zu werden. Aber sie schienen mit sich selbst beschäftigt zu sein, und wir konnten unbehelligt mit dem Fischen beginnen. Wir waren ungewöhnlich erfolgreich und fingen bald einen großen, prächtigen, rosa-blauen Stichling. Wir begrüßten unseren Fang mit einem Freudengeheul, das die Aufmerksamkeit der beiden Jungen erregte. Sie kamen zu uns herüber, um den Fisch in Augenschein zu nehmen, der verzweifelt in unserem Glas zappelte. Sie bewunderten ihn, fragten uns, wie wir ihn gefangen hatten, und gaben uns den Rat, das Glas abzudecken. »Sie springen manchmal raus«, sagte einer von ihnen. »Sie können mächtig hoch springen. Wie Lachse.« Dann versuchten wir zu viert, einen zweiten Fisch zu fangen, und sie erzählten uns von einem Stichlingsweibchen, das sie monatelang in einem alten Eimer gehalten hatten. »Im Winter haben wir es dann ausgesetzt«, sagten sie. »Wir haben es wieder hierhergebracht. Wir dachten, auf dem Hof würde es erfrieren.«

Beatrice und ich waren beeindruckt von diesem Zeugnis von Einfühlungsvermögen, das für Jungen doch recht ungewöhnlich war. Es waren nette Jungs, und sie hätten aus der Mittelklasse stammen können wie wir, denn wir trugen ebenso schmutzige Hosen, Pullover und Sandalen. Von unterschiedlichen Akzenten hatten wir damals noch keine Ahnung. Wir verstanden uns prima, obgleich uns kein Stichling mehr ins Netz ging und wir nur noch ein paar winzige Fische fangen konnten. Nach etwa einer Stunde kamen Enten zum Teich, und Beatrice fiel ein, dass wir trockenes Brot für sie dabeihatten. Sie holte unsere Papiertüte heraus und warf einige Krusten ins Wasser, aber die fetten, überfütterten Enten zeigten kein Interesse. Anders jedoch die beiden Jungen: Nachdem die Enten bereits zwei Stücke verschmäht hatten, fragte der kleinere von den beiden, der so lieb aussah wie eine Illustration bei Richmal Crompton: »Kann ich ein Stück haben?« Beatrice reichte ihm die Tüte, und er und sein Bruder machten sich über den Inhalt her. Wir waren nicht überrascht, denn wir hatten in der Schule schon viel ungewöhnlichere Dinge gegessen, und wendeten uns wieder unserem Fischfang zu. Fünf Minuten später hörten wir jedoch Marleen nach uns rufen. Sie konnte uns nicht sehen, da wir, von ein paar mit Ruß beschmutzten Lorbeerbüschen verdeckt, dicht am Ufer kauerten. Wir stöhnten und machten ein paar kindliche Scherze über sie und Dick. »Das ist nicht eure Mami, oder?« fragte der größere Junge, als Marleen – allerdings wenig eindringlich – weiter unsere Namen rief.

»Nein, nein«, sagte ich, entsetzt über die Vorstellung, Marleen könnte irgendjemandes Mutter sein. »Nein, das ist nur unser Mädchen.« Man nannte sie damals noch ›Mädchen‹, selbst in unserem Haushalt. Zu der Zeit gebrauchte ich den Ausdruck noch, ohne darüber nachzudenken; heute denke ich zweimal nach, bevor ich ihn niederschreibe. Die beiden Jungen schien diese Bemerkung zu erschrecken, und einer von ihnen sagte: »Mensch, ihr seid wohl reich?« Nur das, genau das. Beatrice und ich erkannten plötzlich die Situation und wechselten besorgte Blicke – bereit davonzulaufen und uns vor bedrohlichen Steinen zu bücken. Doch es flogen keine Steine. Dann begannen wir, leidenschaftlich unseren Reichtum abzustreiten. Wir hielten uns selbst nicht für reich, da wir soviel ärmer waren als andere Leute aus unserem Bekanntenkreis – Töchter von Geschäftsleuten und so weiter. Aber wir wussten, wo wir im Vergleich mit diesen Jungen standen; und wir hatten Angst. Den Jungen jedoch war es gleichgültig. Sie mochten uns, ihnen hatte der Nachmittag gefallen, und sie waren interessiert und beeindruckt. Es waren – wie Shaw gesagt hätte – würdige Arme: nette, wohlerzogene Jungen. Beatrice und ich allerdings wussten, dass wir nicht würdig waren: wir waren ihres wohlwollenden Interesses nicht würdig, sondern eher ihrer Verachtung. Hastig erzählten wir ihnen von Marleen und ihrem Freund und liefen erleichtert davon. »Vielleicht sehen wir uns mal wieder«, riefen die beiden uns nach, aber uns war klar, dass wir sie nicht wiedersehen würden. Einmal eine Stunde im Leben – das ist ungefähr alles, was man erwarten kann. Ich habe oft daran denken müssen, wie sie das trockene Brot aßen – nicht wie ausgehungert oder ausgezehrt, aber dennoch gierig. Das hatte ich nicht gewusst. In Zukunft, fühlte ich, würde es meine Pflicht sein, es zu wissen.

Jahre später, es ist noch gar nicht so lange her, war ich für ein paar Tage bei Beatrice und ihrer Familie zu Besuch. Damals hatte sie erst zwei Kinder, das ältere war vier und das jüngere drei Jahre alt. Ich mochte die beiden, obwohl ich sie nicht verstand, und ging viel mit ihnen spazieren und zum Brombeerenpflücken. Es war Oktober. Das Gebäude des Forschungszentrums, für das Hallam arbeitete, stand auf einem Berg, und ich kann mich noch gut daran erinnern, wie ausgedörrt, ausgebleicht und silbrig die Landschaft glänzte. Die Felder waren voller blasser Stoppeln; die Natur hatte überhaupt keine Farben mehr. Beatrice und Hallam lebten in einer aus dem Boden gestampften, kleinen Siedlung, die fast aussah wie ein Armeelager. In ihrem Haus ließ es sich angenehm wohnen, obgleich es von außen recht uninteressant aussah. Es gehörte aber zu den hübscheren Häusern der Siedlung. Am Sonntag saßen Hallam, Beatrice und ich nach dem Mittagessen im Wohnzimmer und dösten müde über den zerknitterten Seiten verschiedener Sonntagszeitungen, als wir plötzlich einen Schrei aus dem Garten hörten, wo die Kinder spielten. Beatrice rappelte sich mühsam auf und sah aus dem Fenster. »O Gott«, sagte sie, »nicht schon wieder«, und ging mit dem Ausdruck resignierten Zorns durch die Hintertür hinaus. Inzwischen war auch ich aufgestanden und schaute ihr durchs Fenster nach. Ich sah, wie sie zum Gartentor lief, ihre beiden Kinder an sich zog und ein kleines Kind, das an der anderen Seite des Tores hing, wütend anfuhr: »Geh schon, hau ab!« Bei diesen Worten verlor ihre Stimme die gewohnte Freundlichkeit und nahm eine gewisse Strenge an – einen Tonfall, in dem man vielleicht mit einer Katze oder einem Hund spricht. Dann zog sie ihre eigenen Kinder hinter sich her ins Haus. Sie folgten ihr widerwillig, und in den Blicken, die sie zurückwarfen, lag eine Mischung aus Triumph und Scham. Ich hörte sie alle drei in die Küche kommen und vernahm dann die Geräusche, die entstehen, wenn Gummistiefel ausgezogen und Hände abgewischt werden und so weiter. In der Zwischenzeit beobachtete ich durchs Fenster das kleine Kind, dessen Ankunft so große Unruhe und Bestürzung ausgelöst hatte.

Es war ein völlig normal aussehendes kleines Mädchen in braunen Cordhosen, einem alten, ausgewaschenen Pullover und einem Paar jener Plastikschuhe, die schlecht für die Füße sind. Es hatte ein kantiges, ausdrucksloses Gesicht und beobachtete den Abgang von Nicholas und Alexandra völlig ungerührt, ohne bei Beatrices missbilligenden Worten auch nur mit der Wimper zu zucken. Es ging jedoch nicht fort, sondern klammerte sich noch fester ans Gartentor und starrte mit leerem Blick in den Garten. Dann brach es ganz plötzlich in Tränen aus. Sein Gesicht verzerrte sich und wurde so rot wie sein Pullover; sein ganzer Körper wurde vom Weinen geschüttelt. Ich beobachtete dieses Schauspiel mit einigem Befremden, bis sein Kummer endlich Worte fand. Mit schrecklich lauter Stimme fing es zu brüllen an: »Ich habe niemanden zum Spielen, ich habe niemanden zum Spielen.« Das schrie es mehrere Male, bis Beatrice aus der Küche kam und noch einmal rief: »Hau ab!« Die Kleine verstummte so plötzlich, wie sie zu schreien angefangen hatte, kletterte vom Gartentor herunter und lief davon.

Ein paar Minuten später, nachdem Beatrice ihre beiden Kinder dazu überredet hatte, nach oben zu gehen und im Kinderzimmer zu spielen, kam sie wieder zu uns ins Wohnzimmer zurück. Sie sah verhärmt aus und ließ sich erschöpft aufs Sofa fallen. Voller Neugier fragte ich sie:

»Was um alles in der Welt war denn das?« Sie erklärte, dass die Kleine die Tochter eines Arbeiters aus dem Unternehmen sei, Nicholas und Alexandra ständig belästige und mit ihnen spielen wolle, was diese jedoch nicht dürften.

»Warum denn nicht?« fragte ich, und in meiner Stimme lag zweifellos ein gewisser Vorwurf, denn Beatrice antwortete verärgert:

»Oh, das ist ja alles schön und gut, aber einfach unmöglich. Zuerst habe ich sie ja mit ihr spielen lassen, aber es kam einfach nicht mehr infrage. Du hast keine Ahnung, auf was für Ideen sie das Mädchen gebracht hat.«

»Ja, du hast recht, ich habe keine Ahnung«, nickte ich, nur noch umso neugieriger geworden. »Erzähl es mir.«

»Nun«, sagte sie, »ich mache mir ja nichts aus Akzenten und so was, zumindest theoretisch nicht, obgleich man das Kind kaum verstehen kann, so ein merkwürdiges Zeug redet sie. Es sind all die anderen Dinge, die ich nicht ausstehen kann.«

»Was denn zum Beispiel?« fragte ich.

»Ach, Dinge wie draußen in der Toilette zu spielen. Sie wollten gar nicht wieder herauskommen, ich musste sie ständig rausjagen. Was sie da drin anstellten, weiß Gott allein. Ich will gar nicht erst daran denken. Und dann hat sie ihnen so schreckliche Worte beigebracht. Sie hatten ein wundervolles Spiel erfunden, das darin bestand, auf dem Gartentor hin und her zu schwingen und jedem, der vorbeikam, ›dummes Arschloch‹ hinterherzurufen.«

Ich lachte, und Beatrice lachte ebenfalls, fuhr dann aber fort: »Es ist alles schön und gut, aber die Leute mögen das nicht. Und dann bringen sie es anderen Kindern bei und so weiter, und am Ende haben unsere Kinder niemanden mehr, mit dem sie spielen können, weil die anderen Eltern es nicht erlauben würden, selbst wenn ich es tue. Ich kann meine Kinder doch nicht wegen diesem Mädchen der Verbannung aussetzen, oder? Gegen ›dummes Arschloch‹ habe ich ja gar nicht so viel, ich habe diesen Ausdruck seinerzeit schon von anständigen Leuten gehört. Es sind die anderen albernen Worte, die ich nicht ausstehen kann.«

»Was für Worte?« fragte ich, aber Beatrice winkte ab und wollte sie mir nicht nennen. Ich drängte sie, aber alles, was sie sagte, war:

»Oh, es sind keine *schlechten* Worte, keine echten Schocker, wie unsere feinen Freunde sie benutzen und die Lord Chamberlain nicht leiden mag, sondern einfach alberne, schrecklich kindische, vulgäre Worte. Aber sie finden sie umwerfend komisch und kriegen jedes Mal einen wahren Lachanfall.«

Das klang wirklich unangenehm, selbst für einen Unbeteiligten wie mich, aber ich fühlte mich doch gezwungen einzuwenden:

»Aus dem Alter wachsen sie doch aber auch raus, oder?«

»Wahrscheinlich«, antwortete Beatrice, »aber in der Zwischenzeit muss ich damit leben.«

»Trotzdem«, sagte ich, »ich finde, es sollte gegen deine Prinzipien verstoßen. Kinder aus der Oberschicht können doch genauso albern und vulgär und unausstehlich sein.«

»Ja, das stimmt, aber sie sind auf eine Weise albern, mit der ich umgehen kann. Und ich weiß, wie ich sie zum Schweigen bringe. Bei diesem Kind kann ich nichts anderes tun als losschreien.«

»Warum ist sie so scharf darauf, unbedingt mit deinen Kindern zu spielen?«

»Keine Ahnung, ehrlich. Ich nehme an, es bleibt ihr nichts anderes übrig. Die größeren Kinder gehen alle zur Schule. Sie ist noch zu jung, deshalb hat sie hier niemanden zum Spielen. In den Ferien geht es allerdings ganz anders zu, da stehen sie und all die anderen kleinen Rabauken vor unserem Gartentor und schmeißen mit kleinen Steinen nach meinen Kindern. Was soll ich tun? Ich weiß einfach nicht, was ich tun soll.«

»Wie heißt sie?« fragte ich, und sie antwortete bewegt:

»Sandra. Sie heißt Sandra. Ich weiß wirklich nicht, was ich noch tun soll.«

Ich wusste auch nicht, was man hätte tun sollen, obgleich ich glaube, ich hätte versucht, die Sache durchzustehen. Ich musste noch oft an die kantige, schreiende Sandra denken. Wie schade, dass Voreingenommenheiten schon in die Wiege gelegt werden, dass die Menschen von Geburt an mit ihnen Bekanntschaft machen.

Mein Baby sollte Anfang März kommen. Ich machte mir einen Spaß daraus, zu versuchen, meine Doktorarbeit vor meinem Baby fertig zu bekommen, was ein ziemlich hoffnungsloses Unterfangen war, denn eigentlich war erst der folgende Winter als Abgabetermin dafür vorgesehen. Aber ich habe schon immer schnell gearbeitet, und jetzt gab es wenig, was mich hätte ablenken können. Als der Winter zu Ende ging und der Vorfrühling einsetzte, hatte ich immer weniger Lust, aus dem Haus zu gehen, noch nicht einmal ins Britische Museum; ich legte mir alles so zurecht, dass ich einen großen Teil der Arbeit zu Hause erledigen konnte. Das war zwar nicht so abwechslungsreich wie in der Bibliothek, aber ich konnte wenigstens weitermachen. Es entwickelte sich alles sehr gut. Mein wissenschaftlicher Betreuer, ein Dozent in Cambridge, hatte Synopsis, Entwurf, das erste Kapitel und andere Kostproben des endgültigen Produkts für gut befunden und mir viel Mut gemacht, worüber ich sehr glücklich war. In meinem Kopf hatte ich die Arbeit schon fast geschrieben und wusste mehr oder weniger genau, was ich sagen und welche Bereiche ich abdecken wollte. Doch dann, gegen Ende Januar, begann ich zu erlahmen. Obgleich ich es nicht zugeben wollte, war ich manchmal einfach zu müde zum Lesen. Ich nahm immer mehr Eisentabletten, aber sie schienen auch nicht zu helfen. Schließlich sagte ich mir, dass ich mich zu lange auf zu wenige Dinge konzentriert und damit überanstrengt hatte und deshalb meine Aktivitäten etwas breiter fächern sollte. Doch ich konnte nichts finden, was mir wirklich Spaß machte. Spazierengehen war kein Vergnügen mehr für mich, jede Fahrt mit öffentlichen Verkehrsmitteln war eine Qual, einem langen Kinofilm konnte ich auch nicht mehr folgen, ohne dass es mir unbequem wurde, und für jedes interessante Essen musste ich hinterher leiden. Ich war völlig entnervt. Jetzt konnte ich verstehen, warum Frauen in diesem Zustand oft solche langweiligen Jammerlappen sind. Eines Abends besprach ich mein Problem mit Lydia. Sie schlug mir alle möglichen Beschäftigungen vor: stricken, Teppiche knüpfen, Körbe flechten oder weben. Doch ich wies alle diese pseudonützlichen Beschäftigungen verächtlich von mir. Schließlich fragte sie: »Warum legst du nicht Puzzles?« Und das war es auch, was ich dann anfing.

Wenn man will, kann man die kompliziertesten Puzzles kaufen, mit tausend und mehr Teilchen, mit Bildern von alten Meistern, von Schiffen auf hoher See und Gott weiß was noch allem; Puzzles in der Form von Europakarten, quadratische, runde, sternförmige, umkehrbare Puzzles – alles, was man sich nur vorstellen kann. Ich wurde süchtig und verbrachte ganze Stunden damit. Es war eine beruhigende, Zeit raubende Arbeit, und wenn ich danach ins Bett ging, träumte ich weder von George noch von Babys, die mir weggenommen wurden, sodass ich sie nicht stillen konnte. Ja, noch nicht einmal von der Geburt träumte ich – stattdessen von kleinen Stückchen blauen Himmels mit Baumästen am

Rande oder kleinen, blauen, unregelmäßigen Formen, die sich zum Umhang der Jungfrau Maria zusammenfügten. Lydia hatte die üble Angewohnheit, spätabends gerade dann hereinzukommen, wenn ich den schwierigsten Teil eines Puzzles gemeistert hatte, um dann all die lächerlich einfachen Mittelteile einzufügen; das machte mich richtig wütend auf sie. Als Therapie wirkte das Puzzeln Wunder: Ich konnte stundenweise abwechselnd an meinem Buch und an einem Puzzle arbeiten, ohne von einer der beiden Tätigkeiten übermäßig gelangweilt zu werden.

Wahrscheinlich endet jede erste Schwangerschaft mit Angst und Schrecken. Ich kann mich nicht mehr genau daran erinnern, wie viel Angst ich hatte, weil es zu den gemeinen Streichen der Natur gehört, einen gleich nach der Geburt alle Ängste und Leiden vergessen zu lassen – wahrscheinlich, damit man sich fröhlich in die nächste Schwangerschaft stürzt. Genauso wie man mit äußerster Fürsorge ein ungeborenes Kind schützt, das man eigentlich gar nicht wollte und am liebsten verloren hätte, ja für dessen Verlust man sogar, wie in meinem Fall, einige Schritte unternommen hat – so kläglich und ungeschickt diese auch immer gewesen sein mochten. Im Januar rutschte ich zum Beispiel beim Verlassen einer Party auf der obersten Stufe aus. In normalem Zustand wäre ich mit Sicherheit die Treppe heruntergefallen – jetzt aber klammerte ich mich so verbissen und verzweifelt am Geländer fest, dass ich mit einem verstauchten Knöchel davonkam. So habe ich auch gegen meinen Willen vergessen, wie ängstlich ich vor der Geburt war; es scheint so lange her und so völlig unwichtig zu sein. Ein Teil meiner Angst beruhte auf

Unwissenheit, denn ich hatte mich absichtlich nicht über das Thema informiert und um alle Kurse für natürliche Geburt, Filme und Schaubilder einen großen Bogen gemacht. Ich war davon überzeugt, dass ich nur in die Nähe eines Kurses für natürliche Geburt zu kommen bräuchte, um damit die unnatürlichste aller Geburten heraufzubeschwören. Warum sollte ich das Schicksal herausfordern?, fragte ich mich. Man kann genauso gut das Schlimmste erwarten; das wird man wahrscheinlich sowieso bekommen.

An den letzten Abend vor der Geburt kann ich mich jedoch noch sehr gut erinnern. Das Baby sollte erst in einer Woche kommen, also machte ich mir keine besonderen Sorgen. Um halb neun kochte ich mir ein paar Eier, nahm sie mit ins Wohnzimmer und holte meine Schreibmaschine hervor, um die letzte Seite meiner Arbeit zu lesen, die ich in der Maschine eingespannt gelassen hatte. Was ich jedoch in der Schreibmaschine fand, war keine Diskussion des Gebrauchs der Ironie bei Drayton, sondern etwas ganz Anderes, das nicht von mir stammte. Ich schlug mein Ei auf und fing an zu lesen. Ich vermutete, die Seite würde von Lydia stammen; sie hatte sich seit Wochen darüber beklagt, dass ihre Maschine kaputt war – und siehe da, es war eine Seite des neuen Romans, mit dem sie kurz nach ihrem Einzug begonnen und an dem sie seitdem mit einigen Unterbrechungen kontinuierlich gearbeitet hatte. Ich las die Seite fasziniert und erschreckt zugleich: Es war in der ersten Person und handelte von einem Mädchen, das ein uneheliches Kind erwartete. Als ich zu Ende gelesen hatte, ließ ich meine Eier Eier sein und lief in Lydias Zimmer hinüber, um nach dem Rest des

Romans zu suchen. Ich nahm den Haufen loser Blätter, der neben ihrem Bett lag, mit ins Wohnzimmer, setzte mich aufs Sofa und fing an zu lesen.

Ich las das Ganze – oder was davon da war – in einem Rutsch durch; es brach mittendrin ab. Lydias Roman war nicht mehr und nicht weniger als meine eigene Lebensgeschichte, mit einigen kleinen Veränderungen und Abweichungen, unter denen sich ein paar interessante, aber falsche Vermutungen befanden. Lydia war offensichtlich immer der Meinung gewesen, dass Joe der Vater meines Kindes war; es gab ein interessantes, geschickt verfremdetes Porträt von Joe und eine ergreifende Szene, in der die Ich-Figur heftig mit ihm stritt und ihn für immer verließ. Ihre Motive dafür fand ich ein wenig weit hergeholt: Sie hatte offenbar entdeckt, dass er immer noch mit seiner ehemaligen Ehefrau schlief, die sie sogar einmal sehen durfte – was mehr war, als ich je erreicht hatte. Diese Entdeckung brachte sie so in Rage, dass sie mit ihm Schluss machte und jede finanzielle Unterstützung seinerseits rigoros ablehnte. Sie hatte das Kind ursprünglich auf Grund der Annahme haben wollen, dass sie und die Joe-Figur zusammenleben und es gemeinsam aufziehen würden. So weit hergeholt diese Theorie im Hinblick auf mich – die ich noch nicht einmal wusste, was Eifersucht war, und eigentlich eher unter ihrem Gegenteil litt, wenn es das überhaupt gibt – auch zu sein schien, es konnte sicherlich bestimmte Verhaltensweisen erklären. Der Gedanke, dass Lydia sich den Kopf darüber zermarterte, warum ich das Kind bekam und mich nicht rechtzeitig von ihm befreit hatte, machte mir Spaß. Ihrem eigenen Bericht zufolge hatte sie selbst auch schon in diesem Punkt versagt. Aber wer nimmt schon an, dass andere in solchen Dingen genauso unfähig sind wie man selbst?

Zunächst schmeichelte es mir, dass ich in den ersten paar Kapiteln so gut wegkam – unabhängig, willensstark und sehr weltgewandt und erfahren, was sexuelle Probleme anging. Ein attraktives Mädchen, dachte ich. Doch je länger sich die Kapitel hinzogen, desto größer wurden meine Zweifel. Wie ich war die Hauptfigur mit akademischer Forschung beschäftigt – eine Tätigkeit, für die Lydia offenbar nur abgrundtiefe Verachtung übrig hatte. Sie hatte für mich einen besonders bedeutungslosen und abstrusen Forschungsgegenstand erfunden, nämlich keinen Geringeren als den berühmt-berüchtigten Henryson. Ich erinnerte mich daran, dass ich Lydia ausführlich von meinem Inder erzählt und mit ihr über ihn gelacht hatte. Allzu böse konnte ich ihr allerdings nicht sein, denn mir ist immer bewusst gewesen, dass die Elisabethaner, von Shakespeare abgesehen, ein ziemliches Luxusthema sind – anders als die Romanciers des neunzehnten Jahrhunderts etwa oder die fruchtbaren Dichter des Augusteischen Zeitalters. Dennoch störte mich die Art und Weise, in der sie – wenn auch nur sehr subtil – darauf hinwies, dass die leidenschaftliche Detailbesessenheit der Rosamund-Figur in wissenschaftlichen Fragen mehr oder weniger ein reiner Fluchtweg war – ein Versuch, persönlichen Krisen und den Realitäten des Lebens aus dem Weg zu gehen. Das Bild vom wissenschaftlichen Elfenbeinturm war sehr überzeugend gezeichnet. Immer, wenn dieser Figur etwas Unangenehmes zustieß, was im Laufe der vorliegenden zehn Kapitel nur allzu häufig der Fall war, zog sie sich mit einem Stapel Bücher ins Bett oder ins Britische Museum zurück – so wie andere vielleicht Zuflucht zu einer Flasche Gin nehmen. Über dieses Thema gab es auch eine lange Diskussion zwischen der Hauptfigur und einer ihrer Freundinnen, die wahrscheinlich Lebendigkeit, Modernität, Aufgeschlossenheit und so weiter repräsentieren sollte. Ich war nicht boshaft genug, dies als Lydias Selbstporträt aufzufassen, als was es wohl auch nicht gemeint war. Die fragliche Freundin glich eigentlich niemandem, den ich kannte. Sie hielt der Ich-Figur vor, das Leben wie ein Puzzlespiel zu betrachten – ein gemeiner Scherz unter den gegebenen Umständen, dachte ich. Sie selbst vergeudete ihr Leben mit lebensnotwendigen Beschäftigungen wie dem Bedienen an einer Theaterbar, der Arbeit für irgendeine Zeitschrift und ihrer Affäre mit einem Fernsehproduzenten.

Alles in allem war ich, als ich das Werk zu Ende gelesen hatte, verärgert und aufgeregt. Diese Sicht der Wissenschaftlichkeit fand ich nicht gerechtfertigt; ich konnte zwar nicht genau begründen, warum ich an ihren Wert glaubte, aber auf eine Weise machte mich das nur noch umso sicherer: Ich wusste es einfach. Wissenschaftliches Arbeiten ist eine Fähigkeit, und ich beherrsche sie – selbst, wenn man es nicht höher einschätzt, ist das immer noch genug. Ob ich sie als Flucht benutzte oder nicht, das war eine ganz andere Frage und schien mir ziemlich belanglos zu sein. Es war Arbeit, und ich führte sie aus – das war alles. *Il faut cultiver notre jardin,* wie Voltaire so treffend bemerkte. Abgesehen von ihrem Angriff auf die Art, wie ich mir meinen Lebensunterhalt verdiente, machte mich auch der Gedanke wütend, dass Lydia umsonst unter meinem Dach gelebt und all diese Sachen über mich geschrieben hatte, ohne mir auch nur ein Wort davon zu sagen. Sie hatte sich selbst einmal mit einer Spinne verglichen (übrigens keine ganz neue Metapher), die ihr Material aus ihren eigenen Eingeweiden ziehen muss. Was sie jetzt machte, schien mir jedoch eher eine parasitäre Beschäftigung zu sein.

Nachdem ich bestimmte Passagen noch einmal gelesen hatte, brachte ich den ganzen Stapel zurück an ihr Bett, auch das Blatt, das sie in meiner Schreibmaschine vergessen hatte. Ich hatte nicht vor, irgendetwas dazu zu sagen, aber vielleicht würde sie sich daran erinnern, wo sie es gelassen hatte, und würde unter ihren eigenen Schlussfolgerungen leiden. Dann ging ich zurück, setzte mich neben den Kamin und schaltete das Radio ein – gerade noch rechtzeitig, um George über das Konzert am nächsten Sonntag sprechen zu hören. Wie seltsam, dachte ich, dass ich Clare bei Selfridge's über den Weg gelaufen war, George in den letzten acht Monaten aber überhaupt nicht gesehen hatte. Ich schaltete das Radio wieder aus, als seine Ansage vorbei war. Meine Gedanken wanderten zu Lydia zurück, und zwar mit zunehmendem Zorn. Allerdings hatte sie sich in letzter Zeit recht nützlich gemacht, dachte ich, hatte alle schweren Sachen eingekauft, sogar das gelegentliche Staubsaugen übernommen und darüber hinaus über eine ihrer Freundinnen eine Frau aufgetrieben, die zweimal in der Woche kommen und auf das Baby aufpassen wollte, wenn ich wieder so fit war, dass ich aus dem Haus gehen konnte. In letzter Zeit hatte ich mich sogar etwas in ihrer Schuld gefühlt, trotz der unvorteilhaften Mietsituation. Aber jetzt hatte ich in ihrem Manuskript den

Beweis gefunden, dass ich immer noch die Gebende und sie die Empfangende war. Die obere Hand war wieder einmal meine: Sie hatte Kapital aus mir geschlagen. Nicht, dass ich ihr das übel nahm; im Gegenteil, als ich unsere Beziehung in diesem Licht betrachtete, fühlte ich mich viel wohler; ich wusste, dass wir gegenseitige Nutznießer waren. Bei dieser Schlussfolgerung angekommen, wollte ich ins Bett gehen, doch als ich aufstand, spürte ich einen stechenden Schmerz im Rücken.

Nachdem ich ihn einmal gespürt hatte, wurde mir klar, dass dieser Schmerz schon seit einiger Zeit da gewesen war, ohne dass ich ihm viel Aufmerksamkeit geschenkt hatte. Ich nahm ihn für das, was er auch war, und geriet sogleich in Panik: Es war mir unangenehm, zu einer so unmöglichen Uhrzeit die Leute im Krankenhaus und die Krankenwagenfahrer belästigen zu müssen. Es war Viertel nach elf – eine Zeit, in der gute Bürger schon längst ins Bett gehörten. Ich befand mich in einer Zwangslage: Die Schmerzen waren noch nicht so schlimm, dass ich es nicht noch eine Weile zu Hause ausgehalten hätte, aber je länger ich wartete, desto ungünstiger wurde der Zeitpunkt und desto gereizter die Schwestern, Hebammen und Krankenwagenfahrer, die sich mit mir befassen müssten. Ich ging ins Schlafzimmer und holte mein kleines Merkblatt heraus. Darauf stand, ich solle die Wehen messen und das Krankenhaus anrufen, sobald sie regelmäßig und häufiger als alle Viertelstunde kämen. Ich schaute auf die Uhr und fand zu meinem Entsetzen heraus, dass sie vollkommen regelmäßig kamen – und zwar alle drei Minuten. Um halb zwölf rief ich schließlich das Krankenhaus an, und man sagte mir, ich solle ein oder zwei Aspirin nehmen und den Krankenwagen rufen, was ich auch tat. Dann holte ich meinen sorgsam vorgepackten Koffer heraus, zog meinen Mantel an und wartete. Die Männer standen zehn Minuten später vor der Tür, gleichzeitig mit Lydia, die fröhlich von einer Party nach Hause kam. Als sie die Situation erkannte, schlug sie beide Arme um mich, küsste mich mehrmals und begleitete mich im Lift hinunter. Während der Fahrt erzählte sie, dass sie Joe Hurt getroffen habe und dass sie sich über mich unterhalten hätten. Er habe gerade ein neues Buch fertig gestellt und ihr gesagt, wie gern er mich habe und wie besorgt er sei. Alles in allem mochte sie ihn vielleicht doch recht gern, und sie würde ihm gleich von dem Baby berichten – was auch immer es werden sollte. Ich und die Männer vom Krankenwagen hörten ihr schweigend zu. Aber ich war froh, dass sie da war und mich davor rettete, diesen beiden schweigsamen Herren Dinge sagen zu müssen wie: »Ein schöner Abend, nicht wahr?« oder »Tut mir leid, dass ich Sie zu dieser Stunde stören musste.« Lydia sah ziemlich seltsam aus; ihr Haar hatte sich gelöst, und eine Wange war rot von verschmiertem Lippenstift. Über einem langen, grünen Spitzenkleid trug sie ihren gewohnten grauen Regenmantel. Einen anderen Mantel hatte sie nicht. Ihr Interesse an dem Thema Joe fand ich aufschlussreich, und ich war froh, mir auf Grund neuer Anhaltspunkte einiges erklären zu können, was ich bisher nie verstanden hatte.

Ich war ebenfalls froh, von einer so guten Adresse abgeholt zu werden. Ich fühlte, dass ich mir allein dadurch ein wenig Respekt gekauft hatte, und tatsächlich drehte sich unten an der Treppe einer der Männer zu Lydia um und sagte: »Wollen Sie nicht mitkommen, Miss, und Ihre Freundin ins Krankenhaus begleiten?« Er war offenbar ziemlich angetan von ihr, und ihre Augen leuchteten bei der Aussicht auf eine so ungewöhnliche Exkursion. Aber ich sagte mit Nachdruck, dass ich gut allein zurechtkäme, es wäre ja sowieso nur die Straße hinunter, und ich würde nicht im Traum daran denken, ihr Umstände zu machen, schließlich brauchte sie ja auch ihren Schlaf. Ich hatte nämlich keine Lust, meine Wehen ihrer professionellen Neugierde auszusetzen. Wenn sie wirklich wissen wollte, wie das ist, könnte sie ja selbst ein Baby bekommen, dachte ich. Als der Krankenwagen abfuhr, stand sie auf dem Bürgersteig, winkte zum Abschied und rief mir nach: »Viel Glück!« In ihren seltsamen Gewändern bot sie einen sonderbar reizvollen Anblick.

Auf dem Weg ins Krankenhaus dachte ich, wie frustrierend es doch ist, wenn man sich plötzlich einen Moment lang so wahrnimmt, wie andere einen sehen – wie der Blick auf das eigene unerwartete Profil in einer überraschenden Kombination von Spiegeln. Ich glaube, ich weiß mehr über mich als jeder andere, und das meine ich ganz nüchtern, denn zu viel Wissen ist mein größter Fehler. Und doch kann man die Blickwinkel anderer nicht ergründen. Einmal traf ich auf einer Party einen ehemaligen Mitschüler von mir, den ich seit der Schulzeit nicht mehr gesehen hatte. Wir hatten vorher beide gewusst, dass der andere dort sein würde, und ich hatte ihn auch sofort erkannt. Doch nachdem wir uns eine Weile unterhalten hatten, gestand er mir, erst ein anderes Mädchen für mich gehalten zu haben. Ich fragte ihn, wen er meinte, und er zeigte auf ein großes, knochiges Mädchen mit einer viel zu adretten Frisur und einem verschlossenen, ängstlichen Gesicht. Ich war verblüfft und merkwürdig gekränkt von diesem Beinahe-Missverständnis, denn sie war so anders als ich, so weit von allen meinen guten oder schlechten Eigenschaften entfernt. Und doch hatten wir die gleiche Größe und die gleiche Haarfarbe. Zurückblickend erkannte ich, dass ich mich mit sechzehn in diese Richtung hätte entwickeln können: Die sechzehnjährige Rosamund Stacey hätte sechs Jahre später sehr wohl dieses Mädchen sein können, und nicht ich. Als wir beim Krankenhaus ankamen, dachte ich erleichtert daran, dass dies mein letzter Besuch dort sein würde und ich zumindest die Ambulanz mit ihrer zermürbenden Routine für immer hinter mir gelassen hätte. Ich stieg aus dem Krankenwagen und wollte gerade den Flur hinuntergehen, als mich einer der Männer festhielt und meinte, ich müsse mich in einen Rollstuhl setzen.

»Was soll das heißen?« fragte ich. »Ich kann doch noch gehen.«

»Sie dürfen aber nicht gehen«, sagte er.

»Warum denn nicht?« Nicht, dass ich grundsätzlich nicht in einem Rollstuhl fahren wollte, ich sah dafür nur überhaupt keinen Grund. »Ich bin doch vorhin auch gegangen.«

»Ja«, antwortete der Mann, »aber jetzt dürfen Sie es nicht mehr. Kommen Sie schon, wir sind für Sie verantwortlich. Wir dürfen Sie nicht gehen lassen.«

Also setzte ich mich und beugte mich der Drohung, er würde seinen Job verlieren, wenn ich es nicht täte. Sie schoben mich durch zahllose Korridore bis zu einem Lift, mit dem wir nach oben fuhren. Am Ende eines weiteren Flures kamen wir in einen großen Raum, wo man mir sagte, ich solle aufstehen und mich in eine Liste eintragen – hier durfte ich plötzlich wieder gehen. Ich hatte erwartet, auf ein paar vertraute Gesichter zu treffen: die dicke Irin, die dünne kleine Schwester aus Yorkshire oder gar die elegante, rothaarige Hebamme. (Zum Glück hatte ich gar nicht erst damit gerechnet, irgendwelche Ärzte oder Gynäkologen zu sehen.) Aber die Gesichter um mich herum waren mir alle fremd: Eine neue Truppe von Leuten, die sich wahrscheinlich nur über Nacht zeigten, schien die Wache übernommen zu haben. Ich war ein wenig enttäuscht; die anderen Gesichter hatte ich im Laufe der Zeit fast lieb gewonnen. Ich trug meinen Namen in das maßgebliche Register ein. Die Schwester, die dafür verantwortlich war, schaute auf und sagte: »Nun, Sie sind die Erste heut Nacht, *bisher* war es ganz ruhig«, und ich lächelte schwach, denn ich wusste nicht, ob sie Freude oder Verärgerung darüber ausdrückte, etwas zu tun zu bekommen

Dann brachten sie mich in ein anderes Zimmer, zogen mir alle Kleider aus, steckten mich in ein Krankenhausnachthemd und fragten mich, wie häufig meine Wehen kämen. Als ich es ihnen sagte, wollten sie es nicht glauben, merkten aber natürlich bald, dass ich die Wahrheit gesagt hatte. Dann taten sie noch verschiedene andere unangenehme und obligatorische Dinge, brachten mir schließlich mein Buch, um das ich gebeten hatte, und ließen mich damit allein. Wenn ich etwas brauchte, sollte ich klingeln. Eine halbe Stunde hielt ich es auf diesem harten, hohen Bett aus und versuchte zu lesen, dann klingelte ich und fragte, ob sie nicht etwas unternehmen könnten. »Noch nicht«, war die Antwort, und sie waren schon wieder verschwunden. Nach weiteren zehn Minuten kam eine andere Schwester herein und meinte, ich müsse umziehen, jemand anders brauchte mein Bett. Ich lag da, sah sie an und fragte: »Wie?« – »Meinen Sie nicht, dass Sie laufen können?« fragte sie, und ich sagte: »Oh, in Ordnung«, da sie es offenbar von mir zu erwarten schien. Also hievte ich mich von dem hohen Eisenbett herunter und folgte ihr den Flur entlang in ein anderes Zimmer, wo sie mir in ein ebenso hohes Bett half. Dann fragte ich noch einmal höflich, ob sie nicht irgendetwas unternehmen könnten, und sie sagte, ja, natürlich, es wäre an der Zeit, dass ich mein Pethidin bekäme, sie würde gleich jemanden schicken, der mir eine Spritze geben würde.

Eine Viertelstunde später kamen etwa fünf Schwestern und verabreichten mir das Mittel. Dann setzten sie sich draußen auf dem Flur in einer Reihe hin und fingen an, sich über ihre Freunde zu unterhalten. Ich hörte ihrem Gespräch zu und versuchte dabei, mich von Gefühlen abzulenken, die weder vernünftig noch erträglich schienen. Nach einer Weile begann das Medikament zu wirken. Zwar ließen die Schmerzen nicht ganz nach, aber mein Widerstand gegen sie verebbte. Alle zwei Minuten flossen die Wehen regelmäßig durch mich hindurch, als ob ich eine andere Person wäre, als ob ich – oder das, was von mir noch übrig war – dieses An- und Abschwellen aus großer Entfernung betrachtete. Die Schmerzen waren nicht mehr persönlich und deshalb besser zu ertragen. Ich lag einfach da und ließ es geschehen. Die Stimmen der fünf jungen Schwestern kamen klar und rein zu mir herüber, die Syntax und die Verbindungen ihres Dialogs von einem blassen, warmen Licht erleuchtet. Eine von ihnen erzählte gerade von einem Menschen namens Frank, vor dem die anderen sie offensichtlich schon seit geraumer Zeit gewarnt hatten, denn als sie beschrieb, wie er im Kino ihr Knie gedrückt hatte, schrien sie voll vorhersehbarer Bewunderung und Empörung auf.

»Ehrlich, ich habe dir ja gesagt, was das für einer ist«, meinte eine, »ich hab dir *gesagt,* worauf er aus ist, oder etwa nicht? Du hättest hören sollen, was Elaine nach dem Weihnachtsball über ihn erzählt hat.«

»Elaine ist ja selber drauf aus«, ertönte eine andere Stimme, und sie kicherten alle. Und noch eine andere sagte: »Na, du selbst tust ja wohl auch nicht gerade alles, um es unbedingt zu vermeiden, oder? Ich meine, wie steht's mit dem Kleid, das du neulich anhattest? Das war ja schon fast oben ohne.«

»Wisst ihr«, fragte die Inhaberin des Kleides, »was mir letztes Mal passiert ist, als ich es anhatte? Ich musste nach Hause hetzen, es war Dienstag, und ich hatte keinen langen Ausgang. Um halb zwölf war ich an der Ecke Charles Street und musste um mein Leben rennen. Na, jedenfalls, ich hatte Glück und kam gerade zur Tür, als Bessie zuschloss. Aber was meint ihr, wer da plötzlich vor mir stand? Keine andere als Mrs. Sammy Spillikins, in Morgenmantel und Pantoffeln. Sie schaute mich an und sagte in ihrem üblichen Tonfall, ihr wisst schon: ›Na, na, na, Miss Ellis‹, sagte sie, ›ist das nicht ein bisschen knapp? Verschieben Sie immer alles auf den letzten Drücker?‹ Dumme Kuh, möchte mal wissen, was sie das angeht! Und dann sagte sie, sie müsse mal mit mir reden und kam mit mir hoch auf mein Zimmer. Alles nur unter dem Vorwand, sie müsse mich fragen, was Dr. Cohen zu Gillian gesagt hat, was mit dem neuen Heizkörper im Wartezimmer geschehen soll. Sie blieb so lange, bis ich meinen Mantel ausziehen musste, und glotzte und glotzte. Und als sie rausging, wisst ihr, was sie da gesagt hat? Sie sagte: ›Zu meiner Zeit mussten wir aber unter so einem Kleid ein Anstandsmieder tragen.‹«

Wieder kicherten sie vergnügt, bis eine mit der aus zuverlässiger Quelle stammenden Information herausrückte, dass Sammy Spillikins, so alt sie auch aussehen mochte, in Wirklichkeit erst zweiundvierzig sei; und eine andere beschrieb – allerdings äußerst ungenau –, was ein Anstandsmieder ist, weil eine von ihnen behauptet hatte, das nicht zu wissen.

»Wie *ekelhaft!*« stöhnte die Unwissende aus tiefstem Herzen, als sie in das Geheimnis eingeweiht wurde. Sie erzählten sich weitere Anekdoten aus ihrem offenbar recht reglementierten Liebesleben und wandten sich dann mehr beruflichen Themen zu. Sie begannen ganz harmlos mit der Zahl der Geburten in der vorigen Nacht und der Frage, was aus der kleinen Frühgeburt geworden sei, deren Zustand sich am frühen Abend so verschlechtert hatte. Nach einer Weile wurde mir ihr Gesprächsstoff einfach zu viel. Sie berichteten von Fällen, bei denen Frauen unvorstellbar lange in den Wehen gelegen hätten, von einer, die volle drei Stunden lang wie am Spieß geschrien habe, von einer Schwarzen, die das Gesicht einer Schwester zerkratzt habe, als diese ihr ein Klistier geben wollte, von einer Weißen, die eine der schwarzen Schwestern beschimpft habe, sie solle ihre schmutzigen Hände von ihrem sauberen, weißen Baby lassen. Dabei meinte eine von ihnen *en passant:* »Ich bin nur froh, wenn ich aus dieser Station raus bin. Die Babys gehen ja noch, aber bei den Müttern kann einem wirklich das kalte Grausen kommen.« Dann fing eine andere an, in aller Ausführlichkeit die Geschichte einer Frau zu erzählen, bei deren Wehen sie vor einem Monat dabei gewesen und die dann gestorben wäre, weil sie erst im allerletzten Moment entdeckt hätten, dass dieses und jenes mit ihr los gewesen sei und sie sie nicht rechtzeitig behandelt hätten. »Es war furchtbar, wie sie ihr immer noch sagten, es sei alles in Ordnung«, erzählte das Mädchen, »und ich konnte schon sehen, wie sie immer blauer wurde, ihr wisst ja, wie sie dann aussehen, wenn es richtig schlimm wird.« An diesem Punkt konnte ich es nicht länger ertragen. Wie aus weiter Entfernung hörte ich meine eigene Stimme rufen: »Oh, um Gottes willen, hört endlich auf damit!«

Ich glaube nicht, dass sie mich verstanden haben – trotz der für mich so ungewöhnlichen Lautstärke. Aber zwei von ihnen kamen herein und fragten: »Was ist los? Haben Sie gerufen? Wie geht es Ihnen?«

»Ich glaube, das Medikament lässt nach«, sagte ich sanft. »Es scheint immer schlimmer zu werden. Können Sie mir nicht noch etwas geben, bitte? Schnell!«

»O nein!« antworteten sie. »Noch nicht. Sie haben noch einiges vor sich, wir müssen nachher ja auch noch etwas haben.«

»Oh«, erwiderte ich schwach, »wie schade.«

»Kein Sorge«, sagten sie, »Sie machen das ganz prima.« Und damit drehten sie sich um und gingen zurück zu ihren Sitzen draußen im Flur. Sie hatten gerade – allerdings in etwas leiserem Ton – ihr Gespräch wieder aufgenommen, als ich mich selbst plötzlich heftig stöhnen hörte. Sie kamen hastig hereingelaufen, und innerhalb von fünf Minuten war mein Baby geboren.

Durch Empfindungen hindurch, die – so unglaublich heftig sie auch waren – nicht mehr schmerzhaft waren, sondern eher eine Verheißung des Glücks, konnte ich sie bis zuletzt streiten hören. Eine war nach der Hebamme geschickt worden, eine schaute nach dem Sauerstoff, eine fragte die anderen, warum sie mir nicht geglaubt hätten, und eine andere übernahm während der Entbindung die Aufgabe, meine Nerven zu beruhigen.

»So ist es gut«, sagte sie immer wieder. »So ist es recht, das geht doch ganz prima. Bitte, versuchen Sie nicht zu drücken.«

In ihren besänftigenden Worten lag mehr Panik, als ich selbst verspürte. Ich fühlte mich in Ordnung, ich fühlte mich gut. Das Kind wurde in großer Hast und Eile geboren – ganz unkontrolliert und unvermittelt. Hinterher erzählten sie mir, dass sie es gerade noch auffangen konnten. Ich fühlte, wie es aus mir herausfiel, setzte mich sofort auf und öffnete die Augen. Sie sagten: »Es ist ein Mädchen, es ist ein hübsches kleines Mädchen.«

Sie meinten, ich solle mich wieder hinlegen, also legte ich mich wieder hin. Dann fragte ich – plötzlich von Vorstellungen von fehlenden Armen und Fingern und wer weiß was noch allem gepeinigt –, ob das Baby auch gesund sei. Sie sagten, es sei in Ordnung. Also lag ich da, glücklich, dass es vorbei war. Ich hatte nicht erwartet, dass sie mich die Kleine sehen lassen würden. Dann hörte ich sie schreien – ein seltsames, lautes, schluchzendes Schreien. Inzwischen war die Hebamme angekommen, ganz Lächeln und Wäschestärke, und entschuldigte sich für ihre Abwesenheit. »Zu viele Köche verderben den Brei«, sagte sie. »Sie haben es ja auch ohne mich geschafft, nicht wahr?« Auch die Schwestern waren plötzlich ganz menschlich geworden. Sie scharten sich um mich, halfen mir, wuschen und richteten mich wieder her und erzählten mir, wie unglaublich schnell ich gewesen sei, dass ich mich viel energischer hätte bemerkbar machen sollen, dass es erst halb drei wäre und wie ich das Baby nennen wolle. Die letzte Frage wurde von der Hebamme hastig abgeblockt, da sie wahrscheinlich annahm, dass das Kind sowieso nicht lange bei mir bleiben würde, aber es machte mir nichts aus. Ich fühlte mich bemerkenswert gut (eine übliche Reaktion in solchen Situationen, glaube ich), ich hätte sofort aufstehen und nach Hause gehen können. Etwa zehn Minuten später, nachdem sie mir mein eigenes Nachthemd angezogen hatten – ein mit mexikanischen Stickereien geschmücktes Gewand, das Beatrice mir eigens zu dem Ereignis geschickt hatte und das den Mädchen kleine Begeisterungsschreie entlockte –, fragte mich die Hebamme, ob ich mein Kind sehen wolle. »Bitte«, sagte ich dankbar, und sie ging fort und kam mit meiner Tochter zurück, die sie in ein kleines, graues, blutbeflecktes Tuch eingewickelt hatten. Um ihren Knöchel trug sie ein Schild mit dem Namen Stacey. Sie legte sie in meinen

Arm, und ich saß da und schaute sie an. Mit ihren großen, blauen Augen schaute sie zurück, als würde sie mich erkennen. Es wäre zwecklos, wollte ich versuchen zu beschreiben, was ich dabei empfand. Liebe könnte man es vermutlich nennen – die erste meines Lebens.

Dabei hatte ich wirklich so wenig erwartet. Ich erwarte nie viel. Man hatte mir erzählt, wie hässlich Neugeborene oft aussehen, mit ihren roten, verrunzelten Gesichtern, einem wächsernen Belag, mageren Gliedmaßen und haarigen Wangen, und wie durchdringend ihre Schreie klingen. Alles, was ich dazu sagen kann, ist, dass mein Kind wunderschön war. Und zu meiner Verteidigung muss ich hinzufügen, dass andere sie ebenfalls schön fanden. Sie war weder rot noch verrunzelt, sondern blass und zart; ihr feines Gesicht war ganz entspannt, und sie war nicht kahl, sondern hatte einen dicken, schwarzen Haarbüschel auf dem Kopf. Eine der Schwestern holte eine Bürste und kämmte ihn nach vorne, sodass er in dichten Fransen über ihre Stirn fast bis zu den Augen reichte. Und ihre Augen, die mich bereits zu sehen schienen und mir mit großem Ernst und Charme entgegenblickten, waren von einem tiefen Blau; ihr Augapfel war weiß und leuchtete vor strotzender Gesundheit. Als sie fragten, ob sie sie zurückhaben und für die Nacht in ihr Bettchen legen könnten, gab ich sie ihnen ohne Widerwillen, denn die Freude, sie zu halten, war schon fast zu viel für mich. Wie sie hatte ich das Gefühl, dass solch große Freude kontrolliert und rationiert werden sollte.

Als sie sie weggebracht hatten, schoben sie mich in ein Krankenzimmer, legten mich ins Bett und gaben mir ein paar

Schlaftabletten. Sie versicherten mir, ich würde sofort einschlafen und bis zum Morgen nichts mehr mitkriegen. Doch ich schlief nicht ein. Zwei volle Stunden lag ich noch wach und konnte mein Glück nicht fassen. Ich war nicht daran gewöhnt, Glück zu empfinden – Befriedigung vielleicht oder Triumph und gelegentlich Aufregung und eine gewisse Hochstimmung. Aber Glück, das war ein Gefühl, an dem ich schon seit Jahren nicht mehr teilgehabt hatte. Und es war sehr schön – zu schön, um es zu verschlafen. Gegen halb fünf döste ich ein und wurde um halb sechs mit einer Tasse Tee und dem Anblick all der anderen Mütter geweckt, die ihren Babys gerade das Frühstück gaben.

Ich habe neulich jemandem – keinem Geringeren als Joe Hurt persönlich – versucht zu erklären, wie glücklich ich mich damals fühlte. Aber er hatte für meine Beschreibungen nur Verachtung übrig. »Was du erzählst«, sagte er, »ist einer der langweiligsten Gemeinplätze weiblicher Erfahrung. Alle Frauen fühlen das, es ist nichts, worauf du stolz sein könntest. Es ist noch nicht einmal wert, darüber nachzudenken.«

Ich bestritt heftig, dass alle Frauen das Gleiche empfinden, da ich kaum eine Frau kennen würde, die sich so begeistert geäußert hatte wie ich. Dann widersprach ich mir selbst, indem ich sagte, selbst wenn alle anderen Frauen so fühlten, wäre es genau das, was meinen Fall so bemerkenswert machte: ich könnte mich an kein anderes Ereignis in meinem Leben erinnern, bei dem ich das Gleiche gefühlt hätte wie alle anderen Frauen auch.

Doch es hatte keinen Sinn, mit ihm zu streiten, Joe irteressierte das eben nicht, genauso wenig wie es mich interessierte (wenn auch gelegentlich erstaunte), wenn er ausführlich die sexuellen Ekstasen seiner Helden beschrieb. Es ist traurig, andere zu langweilen. Aber wenn ich daran denke, wie oft ich von anderen gelangweilt wurde, ist es vielleicht nicht mehr ganz so traurig.

Mein Aufenthalt im Krankenhaus war eigentlich ziemlich amüsant. Die überlegene Schönheit und Intelligenz meines Kindes, die sich zum Beispiel darin bemerkbar machte, dass es gleich beim ersten Versuch saugen lernte und uns beiden stundenlange demütigende Kämpfe ersparte, gab mir Stärke. So schaffte ich es, den verschiedenen Unannehmlichkeiten standzuhalten: dem Schild mit dem Buchstaben U am Fußende meines Bettes (das für ›Unverheiratet‹ stand, wie man mir erklärte), oder der endlosen Kette von Medizinstudenten, die meine Temperatur kontrollierten, verschiedene Körperteile mit kalten Holzlinealen abmaßen und dabei dümmliche Scherze rissen. Ich war Lydia sehr dankbar, die sich offenbar für mich die größte Mühe gegeben hatte, die Neuigkeit zu verbreiten, denn schon am ersten Morgen bekam ich dutzende von Blumensträußen und Telegrammen von allen Leuten, die ich je gekannt hatte – oder besser: von denen Lydia wusste, dass sie mich kannten. Es war genau die richtige Jahreszeit für Blumen; Osterglocken, Tulpen, Rosen, Azaleen und Gott weiß was alles kamen in Hülle und Fülle. Es war mir schließlich schon fast peinlich. Ich hatte Angst, dieser Überfluss könnte die Schwester, die mir immer die Blumen bringen musste, oder die anderen Mütter verärgern, die mit Geschenken weniger bedacht wurden.

Am ersten Abend tauchte Lydia zur Besuchszeit in Begleitung von Joe Hurt auf; sie war sichtlich stolz darauf, dass sie ihn hergebracht hatte, und glühte förmlich vor Genugtuung, als sie am Fußende meines Bettes saß und den von ihr selbst angezettelten Haufen von Gratulationen durchsah. Die beiden gaben ein bizarres, eindrucksvolles Paar ab, das in dieser Umgebung herrlich deplatziert wirkte: sie in schwarzem Rock und Pullover, schwarzen Strümpfen und Lackschuhen, darüber den unvermeidlichen schmuddeligen Regenmantel, er in einem eigentümlichen, kragenlosen Anzug, das Gesicht noch vulkanartiger zerfurcht als sonst. Seit kurzem trat er im Fernsehen in einem Magazin für Intellektuelle auf und sprach über Kultur. Einige der anderen Mütter erkannten ihn – sehr zu seiner Genugtuung und, wie ich zugeben muss, auch zu meiner; ich wusste, dass mein Kurswert durch diese Verbindung gestiegen war. Lydia und Joe brachten mir einen ganzen Stapel Bücher zum Lesen und eine halbe Flasche Whisky mit, die sie vorsichtshalber in saubere Unterwäsche eingewickelt hatten. Ich war mir nicht ganz sicher, ob ich den Whisky trinken sollte, da ich befürchtete, das Baby könnte ihn vielleicht nicht vertragen. Aber sie meinten, ich solle nicht dumm sein: Alkohol wäre in jedem Fall gut, das würde mir jeder Arzt bestätigen.

Ich freute mich sehr, Joe wiederzusehen. In den letzten Monaten hatten wir uns sowieso recht häufig getroffen, allerdings immer zufällig und ohne die frühere Regelmäßigkeit. Er war ein großer Stimmungsmacher; er interessierte sich für den Aufbau der Station, fragte mich über die Schwestern und die anderen Mütter aus und wollte wissen, worüber wir sprachen. Er lachte vergnügt über das U am Fußende meines Bettes, als wäre es das Witzigste, was er je gesehen hatte. Immer wieder steckte er sich geistesabwesend eine Zigarette an, sodass die hübsche blonde Krankenschwester aus Kensington, die als Aushängeschild während der Besuchszeiten diente, ihn jedes Mal darauf hinweisen musste, dass das Rauchen verboten sei und er hinausgehen müsse, wenn er rauchen wolle. Für das Baby, das neben meinem Bett in einer kleinen Wiege auf Rollen lag, interessierte er sich überhaupt nicht. Lydias Theorie über seine Vaterschaft wurde dadurch sicherlich tief erschüttert, denn jeder Vater würde doch zumindest einen Blick auf sein Neugeborenes werfen wollen. Nach etwa zehn Minuten, als ich ihnen so viele Einzelheiten über die Geburt erzählt hatte, wie sie ertragen konnten, fingen sie an, sich über Namen für das Kind zu unterhalten. Ich selbst hatte an dieses Thema bisher kaum Gedanken verschwendet, da ich nicht gern über ungelegte Eier spekuliere, und nachdem ich meine Tochter erst einmal gesehen hatte, schien mir kein Name für sie gut genug. Sie machten unzählige Vorschläge, die von den langweiligsten bis zu den fantastischsten Namen reichten. Schließlich entschied sich Joe zu Gunsten von January, während Lydia scheinbar am meisten von Charlotte angetan war, was mir zwar hübsch, aber zu kitschig vorkam. Nach langem Hin und Her fragten sie mich, welcher Name mir gefiele, und ich antwortete, dass ich Sandra ganz gut fand. Sie brüllten vor Lachen, sodass die anderen leise murmelnden Mütter und Väter, froh über diese Ablenkung, verstummten und uns neugierig anstarrten. Für sie waren wir so gut wie Fernsehen.

Schließlich sagte ich, ich würde sie Octavia nennen. Das war eigentlich eher als Witz gemeint, denn ich hatte darüber nachgedacht, nach welcher berühmten Frau ich sie nennen könnte, wobei mir keine andere eingefallen war als Beatrice Webb – und die hatten meine Eltern schon benutzt. Plötzlich fiel mir der Name Octavia Hill ein, und ich sagte laut: »Ich nenne sie Octavia.« Beide schienen das gut zu finden, obgleich sie meinten, sie wäre ja nicht mein achtes Kind, sondern mein erstes und sollte darum lieber Prima heißen, was allerdings wieder nicht so schön klang. »Genauso gut könnte man das arme Kind auch Ultima nennen«, lachte ich, »dann hätte man es ein für allemal hinter sich.«

»Ich weiß nicht«, sagte Joe, »an deiner Stelle würde ich noch mehr von der Sorte kriegen. Es scheint zu dir zu passen, du siehst erstaunlich gut aus.«

»Es geht mir auch gut«, nickte ich, »aber das alles noch einmal von vorne, nur um sich gut zu fühlen – das ist es nun auch wieder nicht wert.«

»Dann eben nur noch eins«, sagte Joe. »Zwei sind nämlich gerade noch erlaubt.«

»Was meinst du damit, ›zwei sind erlaubt‹? Von wem? Wer erlaubt zwei?«

»Oh, von Amts wegen. Beim BBC kannst du zwei kriegen, bevor sie dich rausschmeißen, im öffentlichen Dienst ebenso. Zwei ist die übliche Zahl.«

»Uneheliche Kinder, meinst du?«

»Natürlich. Von den anderen kannst du so viele haben, wie du willst – solange deine Arbeitsleistung nicht beeinträchtigt wird.«

»Warum ausgerechnet zwei?« fragte ich. »Das klingt doch nicht gerade vernünftig, oder? Wenn sie mehr als eins zulassen, warum dann nicht gleich unbegrenzt viele? Ich meine, ich könnte ja noch verstehen, wenn sie eins zulassen würden und damit Schluss: Eins könnte ja ein Ausrutscher sein. Aber wenn man zwei zulässt, warum nicht gleich fünf oder zehn oder achtzehn? Stimmt das denn überhaupt? Das kann doch gar nicht wahr sein. Den Blödsinn hat dir bestimmt irgendein Mädchen erzählt.«

»Letzte Woche stand in der *Times,* in Frankreich sei eine Frau bei ihrer fünfundzwanzigsten Geburt gestorben«, sagte Lydia.

»Psst«, zischte ich und schaute mich nach meinen Mitinsassinnen um. »Oder weißt du, wie viele von denen gerade ihre vierundzwanzigste hinter sich haben?«

»Wann kommen eigentlich deine Eltern zurück?« fragte Joe. »Hast du ihnen erzählt, dass sie jetzt ein Enkelkind in ihrer Wohnung haben?«

»Vor Weihnachten sind sie nicht zurück«, antwortete ich.

»Günstiger hätte es ja gar nicht sein können, nicht wahr?« bemerkte er. »Man könnte fast meinen, du hättest es absichtlich so geplant.«

»Vielleicht habe ich das«, sagte ich. »Wusstest du nicht, dass ich eine von diesen Bernard-Shaw-Frauen bin, die Kinder wollen, aber keinen Ehemann? Es passt zu mir.«

»Ja, es scheint wirklich zu dir zu passen«, erwiderte Joe freundlich. »Wie gesagt, du siehst ausgesprochen gut aus. Wenn du wieder zu Hause bist, kannst du Lydia als Babysitter einstellen, und wir beide gehen zusammen ins Kino.«

Doch die Art, wie er Lydia anschaute, sagte mir deutlich, dass sie es sein würde, die in den nächsten Monaten neben ihm in den hinteren Kinoreihen sitzen würde. Und tatsächlich passten sie gut zusammen; in ihrem Ehrgeiz, in ihren Abneigungen, in ihrer Rivalität und Mondänität waren sie sich ebenbürtig. Ja, sie passen gut zusammen, dachte ich.

Als sie gegangen waren, lehnte sich die Frau vom Nachbarbett herüber und fragte: »Ist der junge Mann nicht Ansager im Fernsehen?«

Ich erzählte ihr, dass er zwar kein Ansager sei, aber im Fernsehen auftrete.

»Er kam mir so bekannt vor«, sagte sie. »Ich dachte, ich hätte ihn schon einmal gesehen. Das ist alles, was ich wissen wollte.«

Sie war eine vorzeitig gealterte Frau um die dreißig mit einem leeren Gesicht. Sie hatte gerade ihr viertes Kind bekommen und verbrachte die meiste Zeit damit, unförmige Jacken für ihre Mutter zu stricken und der Frau auf der anderen Seite zu erzählen, was ihre drei Kinder am liebsten aßen und welche Speisen sie nicht anrührten. Ich fragte mich, was sie wohl von Joes Sendung gehalten hatte. In der einzigen Sendung, die ich mir je angeschaut hatte, hatte er mit einem anonymen, nur von hinten gefilmten Drogenabhängigen heftig über die Bedeutung von Drogen in der modernen Literatur diskutiert. Die anderen Sendungen waren noch uninteressanter gewesen und hatten solche Themen wie die Zukunft der abstrakten Kunst oder die Bedeutung der Improvisation in den Avantgarde-Theatern von Paris behandelt – Themen über die zu sprechen Joe eigentlich überhaupt nicht qualifiziert war.

Die Frau jenseits von der, die Joe erkannt hatte, hörte den Geschichten, welches Kind Räucherheringe mochte und welches lieber Käsetoast, nie zu; stattdessen erzählte sie lieber der Frau ein Bett weiter, wie man am besten den Wäscheberg einer Großfamilie bewältigte. Diese Bettnachbarin musste zuhören, denn sie lag direkt neben der Wand. Einmal hörte ich, wie die beiden in eine köstliche Sackgasse gerieten:

»Natürlich«, begann Frau B, »geht nichts über Seifenflocken, das habe ich schon immer gesagt. Diese Waschmittel taugen doch nichts. Ich kriege von denen nur Pickel«, woraufhin Frau C erwiderte, Seifenflocken könne man nicht in der Waschmaschine verwenden.

In diesem Punkt gab ihr Frau B recht, fuhr dann aber mit der Bemerkung fort, dass wirklich nichts über die Handwäsche ginge.

Frau C sagte, sie ginge immer in den Waschsalon. Frau B meinte, Waschsalons seien ein Segen, und es sei gewiss nichts Falsches daran, sie zu benutzen, ließ sich dann jedoch lang und breit darüber aus, dass die Wäsche dort nie so sauber würde, als wenn man sie zu Hause mit der Hand wüsche. Frau C wiederum, die vielleicht nicht so aufmerksam gelauscht hatte, wie sich das eigentlich gehörte, hatte wohl verstanden, sie würde nicht so gut werden, *wenn* man sie zu Hause wüsche, anstatt nicht so gut *als wenn*. Also stimmte sie Frau B zu – oder meinte es wenigstens – und hielt eine große Lobrede auf die Vorteile moderner Waschmaschinen, wie gründlich sie wüschen, wie häufig sie spülten, wie stark ihre

Schleudern seien. Dann verteufelte sie die Mühsal, geringe Wirksamkeit und das schlechte Ergebnis der Handwäsche.

Frau B, die diese seltsame Logik entweder nicht bemerkt hatte oder sie geflissentlich überhörte, redete unbeirrt weiter, sobald sie die andere unterbrechen konnte: »Ja, natürlich, Sie haben recht, ich stimme Ihnen vollkommen zu. Und dann dieser schreckliche Verschleiß durch die Maschinen. Man steckt die Wäsche heil hinein, und sie kommt ganz zerfetzt wieder heraus. Bei mir halten sich die Sachen jahrelang. Ich hatte ein paar bestickte Kopfkissenbezüge, die ich seit zehn Jahren mit reiner Seife mit der Hand gewaschen hatte, und dann hat mich meine Schwägerin dazu überredet, sie in ihre Maschine zu stecken. Und als ich sie herausholte, waren sie an den Ecken ganz ausgefranst. Das sagt doch schon alles, oder?«

»Aber sicher«, ergriff Frau C wieder das Wort. »Das kommt bestimmt von dem ganzen Rubbeln und Reiben, wenn man die Sachen mit der Hand wäscht. Man reibt sie einfach zu fest, wissen Sie. Kein Wunder, dass sie nicht länger halten. Was soll man da auch anderes erwarten?«

Und so hätten sie noch stundenlang weitermachen, sich Seite an Seite in sanftem Ton unterhalten können, ohne sich je zu treffen, wenn nicht Frau A, die es nicht länger ertragen konnte, aus diesem Gespräch ausgeschlossen zu sein, plötzlich den beiden zugerufen hätte: »Essen Ihre Spinat? Sie können sich gar nicht vorstellen, was das für ein Ärger war, bis meine endlich Spinat gegessen haben. Mein Mann isst ihn für sein Leben gern, aber ich kann ja nicht immer nur für ihn Spinat kaufen, oder?«

Zufällig war ich die Zweitjüngste auf der Station; abgesehen von einem fröhlichen Teenager waren die anderen vierzehn Mütter fast alle schon dreißig oder älter. Wir waren auch die einzigen Erstgebärenden, was wie ein statistischer Zufall aussah, es vielleicht aber nicht war. Das Mädchen wirkte so sehr wie eine ledige Mutter, dass ich, sobald ich wieder aufstehen konnte, einen Vorwand ersann, um am Fußende ihres Bettes entlangzuhumpeln. Aber auf dem Schild stand ein V, kein U. Sie machte wirklich einen fröhlichen Eindruck und war außer mir die Einzige, die jemals mit echter Begeisterung zu lächeln oder gar zu lachen schien. Sie verbrachte die meiste Zeit damit, sich in einem kleinen Handspiegel zu betrachten, die Augenbrauen zu zupfen, unsichtbare kleine Mitesser auszudrücken, verschiedene Lippenstifte auszuprobieren, sich die Nägel anzumalen und die Haare aufzuwickeln, um sich für die Besuchszeit schönzumachen. Nachdem ich diese junge Frau einmal bemerkt hatte, hielt ich das nächste Mal nach ihrem Ehemann Ausschau – einem kleinen Jungen mit scharfgeschnittenem Gesicht, der wie sechzehn aussah und es vielleicht auch war. Sie und ich wechselten neugierige Blicke, da wir dort die Einzigen waren, die überhaupt irgendeinen Anspruch auf körperliche Reize erheben konnten. Unsere Betten waren zu weit voneinander entfernt, als dass wir uns hätten unterhalten können, aber einmal trafen wir uns auf der Toilette, wohin sie sich zurückgezogen hatte, um eine Zigarette zu rauchen. Sie bot mir ebenfalls eine an, doch ich lehnte ab und sagte, ich hätte gar keine Lust mehr zu rauchen. Sie lachte und meinte, es sei lustig, wie schnell man sich bestimmte Sachen abgewöhnen könne. Sie zum Beispiel würde jetzt nicht mehr trinken und hätte dadurch schon ein Vermögen gespart. Wir gingen gemeinsam ins Krankenzimmer zurück und bewunderten gegenseitig unsere Babys, bevor wir uns wieder ins Bett legten; sie sagte, sie fände meines wunderschön, obgleich mir klar war, dass sie es für ein witziges, mageres kleines Ding hielt; ich sagte, ihres sei ebenfalls ein hübsches Kind, obgleich ich es fett und glatzköpfig fand und viel zu groß für seine eher zierlichen Eltern. Was wir damit sagen wollten, war nicht, dass uns die Babys wirklich gefielen, sondern dass wir froh waren, dass die andere da war und wir eine Verbündete hatten gegen all die älteren, dicken Frauen, die in Unförmigkeit und Langeweile versunken waren.

Nach der Geburt entwickelten sich meine Bauchmuskeln rasch zurück, ohne Streifen zu hinterlassen. Einige der Frauen jedoch sahen hinterher fast so dick aus wie vor der Geburt. Noch jetzt verfolgt mich die Erinnerung daran, wie sie in ihren formlosen Morgenmänteln steif und vorsichtig umhertapsten, um den Schmerz, der immer noch zwischen ihren Beinen lag, nicht zu verschlimmern.

An meinem sechsten Tag im Krankenhaus kam der Gynäkologe in Begleitung seiner Studenten zur Visite. Sie knufften und stießen mich und sprachen über mich, was mich auf seltsame Weise kränkte, denn ich fühlte mich wieder gesund und ärgerte mich über diese Einmischung, bis der Gynäkologe zu seinen Studenten sagte: »Beachten Sie die Elastizität dieser Muskeln. In so einem Fall hätte Hargreaves gesagt, dass es sich um ein außergewöhnlich kleines Baby handeln müsse. Aber Sie können sehen, dass er Unrecht gehabt hätte. Das Kind wog gute sechseinhalb Pfund. Er hätte sich also von der außergewöhnlichen Festigkeit der Muskeln täuschen lassen.«

Dann drehte er sich zu mir um, lächelte und fragte: »Sind Sie zufällig Tänzerin von Beruf?«

Ich war von dieser direkten Frage so überrascht, dass ich zuerst überhaupt nicht bemerkte, dass er mich angesprochen hatte; erst nach der Wiederholung seiner Frage erwachte ich aus meinen Tagträumen.

»Um Himmels willen, nein«, antwortete ich, »nichts dergleichen.«

»Sie treiben doch aber aktiv Sport?« fragte er weiter.

»Nein, überhaupt nicht«, erwiderte ich. »Überhaupt nicht.«

»Dann müssen Sie von Natur aus so sein«, sagte er mit einem Lächeln und ging weiter. Ich glühte noch eine halbe Stunde danach vor lauter Genugtuung – als hätte man mir einen Orden für gutes Betragen ans Revers geheftet.

Lydia kam mich jeden Abend besuchen, manchmal allein, manchmal in Begleitung von Freunden, denen sie einen Besuch im Krankenhaus als Abendunterhaltung hatte schmackhaft machen können. Meine Bettkante war daher immer belebter als die der anderen Mütter, und dafür war ich ihr unendlich dankbar. Am letzten Abend, meinem neunten im Krankenhaus, konnte sie jedoch nicht kommen; sie hatte es mir durch einen Anruf am Nachmittag ausrichten lassen. Ich hatte gedacht, es würde mir nichts ausmachen, doch als die Besuchszeit kam und all die stillen Ehemänner ins Zimmer schlurften, zog ich meinen dünnen Vorhang vor, versteckte mein Gesicht im Kopfkissen und fing an zu weinen. Ich sagte mir, das sei gar nichts weiter, nur eine Reaktion auf die Ereignisse – die magische Ausrede für alle Leiden. Wahrscheinlich stimmte das auch, aber es war deswegen nicht weniger schmerzhaft. Ich wollte Octavia aus ihrem kleinen weißen Bett heben und an mich drücken, um mich an ihr zu trösten, aber es war noch nicht die Zeit zum Stillen, und deshalb traute ich mich nicht. Man hatte mir gesagt, dass ich sie nur zu den entsprechenden Zeiten herausnehmen sollte, und obwohl ich wusste, dass diese Methode recht veraltet war, wollte ich nicht gegen die Regeln verstoßen. Außerdem schlief sie fest, und ich wollte sie nicht wecken, nur um mich zu trösten. Also drückte ich mein Gesicht noch fester in mein Kissen und schluchzte weiter – wie ein Kind, das seine Eltern nicht stören will.

Die Obrigkeit, der Krieg, Truby King. Man hatte mich zu dem Glauben erzogen, dass es eine Tugend sei, alle Not zu erdulden. Folglich glaube ich daran, bis zum heutigen Tag.

Überraschenderweise gestaltete sich mein Aufenthalt im Krankenhaus zu einem der fröhlicheren und erfreulicheren Abschnitte meines Lebens. Abgesehen von jenem letzten Abend fühlte ich mich keinen Augenblick lang verloren oder verlassen; vielleicht lag es auch an der Freude über das Baby, dass ich nicht das Gefühl hatte, nur Mitleid und Erbarmen zu ernten. Ich hatte es mir schon immer schön vorgestellt, eine Art Salon zu halten, auf einer Couch zu liegen und meinen Charme und Witz in einem erlesenen, intimen Zirkel zu versprühen. Allerdings habe ich in meinem Leben nie einen Versuch in dieser Richtung unternommen, weil ich eine Einzelgängerin bin (eine gesellige allerdings), und in jenen zehn Tagen, die ich, umgeben von Blumen, Briefen und Besuchern, im Krankenhaus verbrachte, fühlte ich mich der Zugehörigkeit zu einem solchen Zirkel näher als je zuvor. Im Vergleich zu dem, was ich bei den anderen Müttern auf der Station beobachtet hatte, erschienen mir meine Lebensweise klarer und meine Bekannten kostbarer und echter. Beatrice hatte mit ihren Ängsten bezüglich der sozialen Situation meines Kindes ganz und gar unrecht gehabt, dachte ich. Leute, die ich kennen würde, würden auch bereit sein, sie zu akzeptieren, ohne auch nur mit der Wimper zu zucken. Und hier muss ich klar und deutlich sagen, dass ich das Ganze wahrscheinlich nie gewagt hätte, wäre ich nicht die gewesen, zu der ich erzogen worden war. Kurz, ich hatte darauf vertraut, mit heiler Haut davonzukommen, weil die Männer mit ihrem Krankenwagen mich von einer so guten Adresse abholen konnten, nicht von einem möblierten Zimmer in Tottenham oder einer Kellerwohnung im tristen Paddington. In gewisser Weise schlug ich Kapital aus den Schwächen einer Gesellschaft, der ich immer misstraut hatte; indem ich vorgab, über ihren Strukturen zu schweben, machte ich mir ihre Besonderheiten zu Nutze. Ich könnte meine Handlungsweise also niemandem empfehlen, der in der Welt auch nur ein bisschen ungünstiger dasteht als ich. Obgleich Empfehlungen in solchen Fällen glücklicherweise oft ohne Wirkung bleiben.

Und noch ein anderer Punkt spielte bei mir eine Rolle: Ich war in der Lage, meinen eigenen Lebensunterhalt zu verdienen, auf unbefristete Zeit und mit einer Tätigkeit, die man genauso gut – oder zumindest fast so gut – in einem Krankenhausbett ausüben könnte wie anderswo. Außerdem muss ich – obwohl ich, was meine Qualifikationen im Einzelnen angeht, da eher zurückhaltend bin – wohl ein felsenfestes Vertrauen in meine eigene Begabung haben, denn ich habe einfach nie daran geglaubt, dass ein einziges uneheliches Kind meiner Karriere Schaden zufügen könnte. Dank meiner überlegenen geistigen Fähigkeiten war ich von Natur aus in einer so starken Position, dass ich, sollte jemals eine Situation entstehen, in der man sich zwischen mir und einem anderen entscheiden müsste, klar gewinnen würde. Ich spürte, dass ich gut genug war, um damit durchzukommen, und ich muss sagen, bisher ist das auch noch nicht widerlegt worden. Ich schloss meine Doktorarbeit in hervorragender Zeit ab, sie wurde veröffentlicht, bekam von der richtigen Seite viel Beifall und wurde von denen, die über meine ökonomische Situation bestimmten, mit großem Lob aufgenommen. Darüber hinaus bin ich eine gute Lehrerin, kann begeistert bei der Sache sein, ohne von meinen Schülern mehr als das Machbare zu erwarten. All das ist ebenfalls ungerecht, wenn auch vielleicht nicht ganz so ungerecht wie eine Adresse in Marylebone, denn ich bin ebenso fleißig wie begabt.

Am zehnten Tag fuhr ich mit einem Taxi nach Hause, Octavia im Arm und Lydia an meiner Seite. Ich freute mich darauf, nach Hause zu kommen und mein Baby ganz für mich zu haben, aber die kalte Luft draußen muss sie erschreckt haben, denn sie begann im Taxi laut zu schreien und zu kreischen, und als wir nach Hause kamen, wusste ich nicht, was ich mit ihr anfangen sollte. Im Krankenhaus war sie immer so still und süß gewesen. Ich legte sie in ihren Korb, aber die Matratze hatte eine andere Form als die in ihrem Krankenhausbettchen, sodass sie seltsam und unbehaglich darin aussah und nur noch umso lauter brüllte. Nach den Einheitsgewändern, die sie bis dahin ihr ganzes Leben lang getragen hatte, sah sie auch in ihren eigenen Viyella-Nachthemden merkwürdig aus. Sie schrie und schrie, und ich dachte schon, sie würde sich nie an das wirkliche Leben gewöhnen. Lydia war fast so besorgt wie ich, und als wir eine Weile traurig dagesessen und die kleine wütende Person betrachtet hatten, fragte sie: »Warum stillst du sie nicht einfach? Das würde sie doch zum Schweigen bringen, oder nicht?«

Ich sah auf die Uhr; es war halb fünf.

»Es ist noch zu früh«, antwortete ich. »Im Krankenhaus durften wir erst um Punkt fünf stillen.«

»Oh«, sagte Lydia, »eine halbe Stunde früher oder später, das kann doch nicht so viel ausmachen.«

»Meinst du?« fragte ich. »Aber dann wird sie zur nächsten Mahlzeit bestimmt auch wieder eine halbe Stunde früher aufwachen, und bei der übernächsten und überübernächsten ebenfalls, und was soll ich dann tun?«

»Was wäre denn schon dabei?«

»Ich weiß nicht. Irgendwie habe ich das Gefühl, das würde alles durcheinander bringen, und sie würde es dann nie wieder richtig hinkriegen. Im Krankenhaus war sie so brav und vernünftig. Es würde sie völlig verwirren, oder? Wie soll sie je lernen, wann Tag und wann Nacht ist?«

»Ich würde sie stillen«, sagte Lydia. »Es sieht so aus, als würde sie sonst noch einen Anfall kriegen.«

Ich glaubte nicht, dass sie einen Anfall bekommen hätte, aber ich konnte ihr Geschrei nicht länger ertragen. Also hob ich sie aus ihrem Bettchen und ließ sie trinken. Sie wurde auf der Stelle ruhig und schlief hinterher sofort ein. Auch ihre Matratze und ihr Nachthemd schienen ihr auf einmal sehr bequem zu sein. Andererseits wachte sie tatsächlich zur nächsten Mahlzeit eine halbe Stunde früher auf – und so immer weiter, bis wir uns rund um die Uhr wieder zur alten Zeit zurückgearbeitet hatten, denn sie bekam jetzt nicht mehr alle vier Stunden, sondern alle dreieinhalb Stunden Hunger. Rückblickend scheint das völlig belanglos gewesen zu sein, aber ich kann mich noch gut daran erinnern, wie wichtig es mir damals erschien. Zudem dauerte es Ewigkeiten, bis sie Tag und Nacht voneinander unterscheiden konnte, und schließlich kam ich zu dem Schluss, dass sie ihr im Krankenhaus nachts heimlich ein Extrafläschchen gegeben haben müssen.

Insgesamt jedoch entwickelte sich alles sehr gut. Zum Anfang hatte ich eine staatlich bezahlte Haushaltshilfe, und nach etwa vierzehn Tagen kam die Frau, die Lydia für mich aufgetrieben hatte, eine liebenswürdige, dickleibige Dame namens Mrs. Jennings, zweimal in der Woche ins Haus, sodass ich zwischen den Stillzeiten in die Bibliothek eilen konnte.

Mrs. Jennings war ganz vernarrt in Babys, und ich stellte fest, dass mir ihr ganzes ›Ei, das kleine Schätzchen‹ und ›Wo sind denn die kleinen Füßchen?‹ ganz natürlich vorkam und ich es eigentlich recht dankbar aufnahm. Ich gab es schnell auf, Octavia selbst zu stillen, da es mir überraschenderweise ziemlich lästig fiel. Ich hielt die nervenzermürbende Prozedur etwa sechs Wochen lang durch, in der Hoffnung, dass es – wie in den moderneren Büchern überall zu lesen war – mit der Zeit zu einem Vergnügen oder zumindest einer weniger großen Mühsal würde. Das Baby schien es auch zu genießen, aber schließlich konnte ich es nicht länger ertragen und gab es auf. Nicht, dass ich den Akt selbst irgendwie ekelhaft gefunden hätte, nur das Ergebnis war äußerst unschön. Ich konnte rasend werden, wenn ich meine mit Milch bekleckerten Kleider sah, und tatsächlich sollten diese sechs Wochen auf mein Leben eine bleibende Wirkung haben, denn was Schmutz angeht, bin ich inzwischen genauso pingelig wie Clare. Ich wasche meine Sachen, lange bevor sie es nötig haben, gebe Kleider in die Reinigung, auch wenn ich es mir eigentlich nicht leisten kann, und tätige nachts heimliche Besuche im nächsten Waschsalon. Außerdem konnte ich, trotz gegenteiliger Beweise, nie ganz glauben, dass wirklich genug Milch da war, dass das Baby überhaupt etwas zu trinken bekam. Was ich nicht sehe, kann ich auch nicht glauben, und als ich ihr das erste Mal die Flasche gab und den Milchspiegel im Glas Gramm für Gramm sinken sah, war ich überwältigt von dem Gefühl der Erleichterung, das sich dabei einstellte; ich glaube, ich hielt dies für die erste richtige Mahlzeit ihres Lebens. Das ist unnatürlich, nehme ich an – und ich muss zugeben, dass wir beide wohl auch in der Wüste überlebt hätten. Aber ich war trotzdem froh, dass ich eine Alternative hatte. Außerdem stillen sowieso nur noch feine Mittelklassefrauen ihre Kinder, und zwar aus Prinzip. Ich glaube nicht an Prinzipien. Ich glaube an den Instinkt, und zwar aus Prinzip.

Octavia war ein außerordentlich schönes Kind. Alle sagten das – in Geschäften, Bussen und Parks, wo immer wir auch zusammen hingingen. Sooft ich es schaffen konnte, den Kinderwagen den Lift hinunter und wieder hinauf zu transportieren, nahm ich sie mit in den Regent's Park. Es war ein leidlich guter Sommer, und wir wurden ziemlich braun. Ich war immer aufs Neue überrascht davon, dass ich stundenlang nichts Anderes tun konnte, als ihre kleinen Handbewegungen und flüchtigen Gesichtsausdrücke zu beobachten. Sie war ein sehr glückliches Kind, und nachdem sie einmal lächeln gelernt hatte, hörte sie gar nicht wieder damit auf. Zum Anfang lächelte sie alles an: Parkuhren und Hunde und Fremde. Doch als sie älter wurde, begann sie mich zu bevorzugen, und nichts bereitete mir größere Freude als diese offenkundige Vorliebe, die sie für mich zeigte. Ich glaube nicht, dass ich wirklich erwartet hatte, sie könne mich von Geburt an ablehnen oder abweisen, obwohl ich auf spätere Ablehnung vorbereitet war, aber sicherlich hatte ich nicht damit gerechnet, solch einnehmende, strahlende, fröhliche Zuneigung von ihr zu bekommen, wann immer sich unsere Blicke trafen. Nach und nach begann ich zu verstehen, dass sie mich mochte, weil sie keine andere Wahl hatte, als mich zu mögen, und dass sie mich, wenn ich nicht große Anstrengungen unternehmen würde, sie mir zu entfremden, auch in Zukunft mögen würde, ein paar Jahre lang zumindest. Es war sehr befriedigend, so unkritische Liebe zu bekommen, denn das gab mir die Freiheit, selbst Liebe zu schenken; all meine Küsse trafen auf weiche, warme, stets empfängliche Wangen und ein sanftes Freudengegluckse.

Es muss wohl in Erwartung dieser Liebe gewesen sein, dass ich darauf bestanden hatte, sie zu bekommen – oder besser gesagt: nichts dafür getan hatte, sie nicht zu bekommen. Irgendetwas in mir hatte schon vorher gewusst, dass ich entschädigt würde. Natürlich bekam ich nicht jene Phrase zu hören, die verheirateten Müttern, die ihr Kind nur widerwillig bekommen hatten, im Nachhinein im vollen Vertrauen auf die natürliche Entwicklung der Gefühle überall entgegenschallt: »Ich wette, jetzt würdest du nicht mehr ohne sie leben wollen.« Wahrscheinlich befürchteten die Leute, ich könnte ihnen antworten: »Doch, sicherlich würde ich das«, was für den Frager wie für mich gleichermaßen unangenehm gewesen wäre. Und in mancher Hinsicht, dachte ich, hätte ich wirklich lieber ohne sie gelebt, so wie man vernünftigerweise auch auf Schönheit, Intelligenz, Reichtum oder ähnliche Dinge verzichten würde, die eine Quelle sowohl von Segen als auch von Qual sein können. Manches an meinem Leben mit dem Baby trieb mich mehrmals die Woche zu heftigen Tränenausbrüchen, und zwar nicht nur ein frisch gewaschener, milchbekleckerter Pullover. Wie so oft im Leben, gab es noch nicht einmal theoretisch die Wahl zwischen Vor- und Nachteilen, zwischen Gewinn und Verlust; und ich haderte zweifelsohne mit dieser Tatsache, keine Wahl zu haben. Das Beste, was man tun konnte, war, eine gute Miene zu machen, um der großen, viel diskutierten, in dem Teil der Welt, den ich kannte, im Überfluss vorhandenen Anzahl trauriger Warnungen nicht noch eine weitere hinzuzufügen. Das gelang mir sehr gut, und das allgemeine Urteil lautete: Rosamund ist wirklich außergewöhnlich; so glücklich, wie sie aussieht, muss sie sich wohl schon immer eins gewünscht haben.

Ich hatte vage erwartet, dass sich bei mir nach der Geburt wieder ein Interesse an Männern einstellen würde, doch nichts dergleichen geschah. Von Zeit zu Zeit dachte ich daran, wie tröstlich es wäre, ein wenig erwachsene Zuneigung zu spüren, aber seltsamerweise schien ich dazu niemanden mehr genug zu mögen. Ich fühlte mich eigenartig ernüchtert – fast so, wie ich mich wohl gefühlt hätte, wenn ich wirklich verraten und verlassen worden wäre. Der einzige Mensch außer meiner nachgiebigen kleinen Tochter, für den ich zärtliche Gedanken hegte, war George. Immer noch hörte ich seiner Stimme im Radio zu und fand es tröstlich zu wissen, dass er mir noch so nah war – so sinnlos das auch immer sein mochte. Oft fragte ich mich, was er wohl so tat. Gelegentlich, wenn mich Octavias Charme auf den Gipfel freudigen Entzückens erhob, hätte ich ihn gern angerufen und ihm von ihr erzählt, aber ich tat es nie; ich glaubte, das Wesen der Menschen gut genug zu kennen, um zu wissen, dass selbst der größte Charme das ungerechtfertigte Gefühl von finanzieller, persönlicher und emotionaler Verpflichtung nicht aufwiegen könne, das eine solche Offenbarung sofort hervorrufen würde. Also schonte ich ihn und mich selbst. Manchmal glaubte ich, eine Ähnlichkeit zwischen ihm und Octavia zu entdecken. Häufig glaubte ich sogar, einen Blick von George erhascht zu haben; doch er war es nie, es waren immer nur andere gepflegte, junge Männer, die etwa in Antiquitätenläden oder teuren Schneidereien bedienten, die ich für ihn gehalten hatte.

Und so ging der Sommer vorüber. Der Herbst kam, das Baby lernte zu sitzen, ich schloss meine Doktorarbeit ab, und Lydia schien kurz vor der Vollendung ihres Romans zu stehen, obwohl ihre Affäre mit Joe sie stark am Schreiben hinderte. Langsam begann ich mir Sorgen darüber zu machen, was geschehen sollte, wenn meine Eltern zu Weihnachten zurückkamen. Diese Frage bereitete mir großes Kopfzerbrechen, und es kam der Punkt, wo ich sogar dachte, ich hätte das Baby nur bekommen, weil mir eine Wohnung zur Verfügung gestanden hatte. Der Herbst brachte jedoch noch andere Probleme mit sich, Kälte zum Beispiel. Bis dahin hatte ich, gesund und energiegeladen wie ich war, die Kälte nie bemerkt, aber in jenem Jahr war der Oktober ungewöhnlich streng und brachte Regen, Nebel, ständige Nässe und

Nachtfröste. Mir selbst machte das nichts aus, aber ich wusste nicht, wie ich Octavia warm halten sollte; wenn ich ihr Handschuhe anzog, kaute sie darauf herum und musste dann mit eisig nassen Händen in ihrem Kinderwagen liegen, und weil sie ständig sabberte, war ihre Brust auch immer feucht. Einige Zeit hielt sie stand, aber dann bekam sie eine Erkältung. Zuerst schien es ihr nicht viel auszumachen, später fing sie jedoch an, nachts hustend aufzuwachen, und wenn sie atmete, keuchte sie so schrecklich wie ein altes Schaf. Ich wusste nicht, was ich tun sollte. Es war mir zuwider, den Arzt aufzusuchen. Ich hatte geglaubt, meine trübselige, Zeit raubende Beziehung zum staatlichen Gesundheitsdienst mit ihrer Geburt abgeschlossen zu haben, obwohl ich schon herausgefunden hatte, dass es noch eine unendliche Reihe von Spritzen, Untersuchungen und Impfungen zu absolvieren gab. Doch bis dahin war alles Routine gewesen, es hatte keine andere Wahl gegeben. Jetzt, wo Octavias Nase lief und ich ihr schweres Keuchen hörte, wusste ich, dass ich mit ihr zum Arzt gehen müsste, und war erstaunt, wie sehr ich mich dagegen sträubte. Meine Gründe dafür waren, wie mir klar war, ein unentwirrbares Durcheinander selbstsüchtiger, kindischer Zaghaftigkeit: Ich wollte den viel beschäftigten Arzt nicht unnötig belästigen, denn die Angst, anderen zur Last zu fallen, ist bei mir immer schon sehr groß gewesen, obgleich es vielleicht eher die Angst davor war, gesagt zu bekommen, dass ich lästig sei. Außerdem hatte ich keine Lust, zwei Stunden lang in einem eiskalten Wartezimmer zu sitzen und ein lebhaftes Baby auf meinen schwachen Knien bändigen zu müssen. Es war aber nicht einfach nur eine Entscheidung zwischen Bequemlichkeit und Pflicht, zumal es noch nicht einmal um meine eigene Gesundheit, sondern um die Octavias ging. Wäre es nur um meine eigene gegangen, hätte ich sicherlich gar nichts unternommen.

Etwa vierundzwanzig Stunden, nachdem ich den Entschluss gefasst hatte, dass ich wirklich etwas unternehmen sollte, fragte ich Lydia um Rat. Zunächst war sie genauso hilflos wie ich. Dann schlug sie vor, ich solle den Arzt anrufen und bitten, zu mir zu kommen, anstatt selbst zu gehen. Auf diese Idee war ich noch nicht gekommen – ein Zeichen dafür, wie wenig ich mich mit den Tatsachen meines neuen Lebens abgefunden hatte. Es erschien mir sofort als eine gute Lösung, wenn ich mich bloß trauen würde.

»Natürlich traust du dich«, sagte Lydia. »Dafür sind Ärzte ja schließlich da. Du kannst das Kind in diesem Zustand und bei diesem Wetter unmöglich mit nach draußen nehmen.«

»Wahrscheinlich ist sowieso alles in Ordnung mit ihr«, erwiderte ich kläglich. »Sie geben Babys ohnehin nichts gegen Erkältung.«

»Ich habe eine Idee«, sagte Lydia in plötzlicher Erleuchtung. »Warum misst du nicht ihre Temperatur?«

Ich starrte sie verblüfft an, denn der Gedanke daran war mir wahrhaftig auch noch nicht gekommen.

Rückblickend, nachdem das Fieberthermometer für mich ein ebenso selbstverständlicher Gebrauchsgegenstand geworden ist wie ein Messer oder ein Kochtopf, kann ich es selbst kaum glauben, aber es war wirklich so. Um mir gegenüber gerecht zu sein, muss ich sagen, dass ich die Großartigkeit ihres Vorschlags sofort erkannte und ihn auch auf der

Stelle in die Tat umgesetzt hätte, wenn ich damals ein Fieberthermometer gehabt hätte. Weder Lydia noch ich besaßen jedoch eines, und da es schon nach Ladenschluss war, musste ich den ganzen Weg bis zu John Bell and Croydon's laufen, um eins zu erstehen. Als ich damit zurückkam, war Octavia schon eingeschlafen, und es schien es nicht wert zu sein, sie wieder aufzuwecken. So maß ich erst am nächsten Morgen ihre Temperatur, die zwar hoch war, aber andererseits auch nicht zu hoch für ein Baby. Sie rechtfertigte es immerhin, den Arzt anzurufen. Zu meiner Überraschung klang die Sekretärin nicht im Geringsten ungehalten, als ich fragte, ob er vorbeikommen könne, sondern schien ein solches Ansinnen für ganz normal zu halten. Ich glaube, ich hatte insgeheim schon mit einem Vortrag über meine eigene Faulheit und die unerhörten Ansprüche gerechnet.

Der Arzt kam am späten Vormittag vorbei, schaute sich Octavia an, maß ihren Puls und ihre Temperatur und sagte mir, es sei nichts Ernsthaftes, eigentlich überhaupt nichts. Dann fragte er mich, ob er ihre Brust abhorchen dürfe, also zog ich ihr Unterhemd hoch, und sie lächelte und zappelte vergnügt, als er sein Stethoskop auf ihre dicken Rippen drückte. Das Abhorchen dauerte recht lange, und ich, die ich schon dachte, dass ich ihn vielleicht doch nicht hätte belästigen müssen (obgleich es ihm nichts auszumachen schien), saß abwesend daneben und dachte daran, wie süß sie aussah und dass ich bald ihr Unterhemd waschen müsste. Hätte ich damals gewusst, was noch auf mich zukam, hätte ich diesen Augenblick mehr genossen – oder vielleicht sollte ich sagen: ich habe diesen Augenblick genossen, und seitdem keinen mehr. Denn als er mit der Untersuchung fertig war, stand er auf, atmete tief ein und sagte: »Nun, ich glaube nicht, dass wir uns darüber große Sorgen machen müssen.«

»Oh, gut«, antwortete ich schon etwas schwach, denn ich spürte, dass er noch nicht zu Ende war und eigentlich etwas Anderes meinte als das, was er gesagt hatte.

»Trotzdem«, fuhr er fort, »ich glaube, ich sollte für Sie einen Termin im Krankenhaus vereinbaren.«

»Oh.« Ich traute mich nicht, weiterzufragen. Ich dachte an eine Lungenentzündung, aber an nichts Schlimmeres, wie es scheint – vielleicht ein Zeichen dafür, dass selbst ich nicht dazu bereit bin, schlechte Nachrichten schnell hinzunehmen.

Er schwieg einen Moment lang und schien zu erwarten, dass ich ihm Fragen stellte, aber ich saß nur da, hielt das Kind auf den Knien und schwieg. Nach einer Weile sprach er wieder und versuchte nicht einmal, dabei den Anschein zu erwecken, dass man sich keine Sorgen zu machen bräuchte.

»Es kann ebenso gut völlig unbedeutend sein. Wo haben Sie entbunden? St. Andrew's, nicht wahr? Ich kann mir eigentlich nicht vorstellen, dass sie es übersehen haben. Vielleicht wäre es am besten, wenn ich dort einen Termin bei Protheroe für Sie vereinbare. Er ist derjenige, der für solche Sachen zuständig ist.«

»Was meinen Sie damit?« fragte ich endlich doch. »Was ist es? Ist es ihre Lunge? Eine Entzündung?« »O nein«, sagte er, »o nein, so etwas nicht. Mit der Erkältung hat das überhaupt nichts zu tun, die ist gar nicht so schlimm; alle Kinder in der Nachbarschaft sind im Moment erkältet. Ich habe nur noch etwas Anderes gehört, als ich sie abgehorcht habe, das ist alles. Wahrscheinlich hat es nichts zu bedeuten, überhaupt nichts.«

Ich nehme an, die meisten Leute hätten jetzt gefragt, was er genau damit meinte, aber ich hatte zu viel Angst dazu. Ich glaube, die Wahrheit war das Letzte, was ich hören wollte, und ich kann selbst jetzt kaum daran denken. Ich wollte, dass er mir immer und immer wieder sagte, dass es nichts bedeutete, überhaupt nichts. Das war alles, was ich hören wollte – so, als würde ich selbst auf meinem eigenen Sterbebett liegen. Ich wollte noch nicht einmal hören, für wann der Termin im Krankenhaus wäre, weil ich Angst hatte, dass es dringend sein könnte, am gleichen Abend etwa oder am nächsten Tag, und als er es sagte, versuchte ich nicht hinzuhören. Trotzdem drang seine Stimme an mein Ohr, als er erklärte, dass die Untersuchung wahrscheinlich in der nächsten Woche stattfinden würde, am nächsten Donnerstagnachmittag, dass er mich aber noch einmal verständigen würde, wenn er mit dem Krankenhaus gesprochen habe. Ich war ein wenig erleichtert; er konnte zumindest nicht davon ausgehen, dass sie vor dem nächsten Donnerstag sterben könnte. Ich nahm sogar genug Kraft zusammen, um zu fragen, was ich gegen ihre Erkältung unternehmen sollte, und war nicht beunruhigt, als er antwortete: »Nichts, überhaupt nichts. Nur eine Kinderaspirin fü die Nacht.«

Als er sich verabschiedet hatte, ging ich zurück zu Octavia, hob sie aus ihrem Bettchen, setzte sie auf meinen Schoß und starrte sie an. Wie wohl jeder in solchen Momenten, wurde ich von den fürchterlichsten Qualen gepeinigt. Innerhalb von zehn Minuten hatte sich mein Zustand von ungeahntem Glück in wissendes, doch gänzlich unbekanntes Unglück verwandelt. Mir kamen unwillkürlich die Tränen (eigentlich weine ich täglich aus irgendeinem Grund). Octavia lächelte die Tränen an, die meine Wangen herabliefen, und fasste mit dem Finger nach ihnen, als wären sie Regentropfen an einer Fensterscheibe. Im Vergleich zu diesem Augenblick erschien mir mein ganzes bisheriges Leben wie ein einziger Sommernachmittag. Und doch hatte sich eigentlich gar nichts verändert; es war nichts Anderes geschehen, als dass sich Unwissenheit in Gewissheit verwandelt hatte. In den folgenden Wochen wünschte ich oft, ich wäre unwissend geblieben, ich hätte nie nach dem Arzt gerufen und es niemals herausgefunden. Seelenfrieden, das Paradies der Narren – das erschien mir plötzlich erstrebenswerter als alles gewinnbringende, nützliche Leid. Man versicherte mir ständig, ich hätte es am Ende doch herausgefunden. Aber trotzdem: Ich hätte wenigstens noch einen Monat länger in glücklicher Unwissenheit leben können. Doch was für einen Unterschied hätte das gemacht? Ein Monat, eine Woche, ein Tag, eine Stunde. In diesem Fall machte es einen großen Unterschied, aber das sollte ich damals noch nicht wissen.

Ich kann mich wirklich kaum noch an die Woche vor der Untersuchung erinnern. Ich hatte mich selbst stets für unglücklich gehalten, als Kind wurde ich von unwirklichen Qualen, Schuldgefühlen und Sorgen gepeinigt, als Jugendliche war ich mit mir selbst im unreinen, als Frau besessen von der Angst, mein ganzes Leben könne durch die Gefühle eines Abends in ewiger Dunkelheit versinken. Doch nun war mir zum ersten Mal um einen anderen Menschen angst, und ich fand es unerträglich. Manchmal, wenn ich Octavias Suppe im Kochtopf anrührte oder auf meiner Maschine im Schreibmaschinensaal des Britischen Museums vor mich hin klapperte, hatte ich das Gefühl, vor innerer Belastung jeden Moment tot umkippen zu müssen. Wenn ich aus einem solchen Anfall der Trauer wieder erwachte, empfand ich bitteren Groll gegen Octavia und das Schicksal, das mich so bloßgestellt hatte. Bis dahin war ich gegen solche Anfechtungen immer gut gewappnet und geschützt gewesen, doch jetzt erkannte ich: Ich war verwundbar geworden, empfindlich und nackt – für die Boshaftigkeit des Zufalls eine leichte Beute. Die Tatsache, dass ich allein war und niemanden hatte, mit dem ich darüber sprechen konnte, machte meine Ängste sowohl größer als auch erträglicher; denn im gleichen Moment, in dem ich wünschte, jemanden bei mir zu haben, bei dem ich mich hätte ausweinen können – irgendjemanden, George –, war ich doch froh, dass George dieser unnötige Kummer erspart geblieben war.

Es ist mir unerträglich, über meinen ersten Besuch im Krankenhaus zu schreiben, obgleich ich das Bedürfnis verspüre, den bösen Geist auszutreiben, was mir jedoch nicht gelingen wird. Es war kaum auszuhalten. Anderthalb Stunden lang wartete ich in einer Schlange zusammen mit anderen kleinen Kindern mit ihren schäbigen Teddybären und anderem Blödsinn; es war die Zeit für Octavias Nachmittagsschlaf, doch auf meinem Schoß wollte sie einfach nicht einschlafen. Sie stöhnte und jammerte, saugte an ihrem Daumen und warf sich unruhig hin und her, bis ich von der Anstrengung, sie festzuhalten, erschöpft war. Dann wurden wir zu dem Chirurgen gerufen. Ich wagte nicht, ihn nach dem zu fragen, was er mir nicht von sich aus sagen wollte.

Anschließend musste ich sie zur Röntgenabteilung schleppen, die scheinbar eine gute Meile entfernt am Ende langer, dunkler Korridore lag, dann wieder zurück zu dem Chirurgen, der meinte, es wäre ratsam, sie zu operieren. Ich war wie in Trance und hörte ihm kaum zu. »Denken Sie darüber nach«, schloss er, »und kommen Sie übermorgen wieder.« Also verließen wir zweieinhalb Stunden, nachdem wir gekommen waren, das Krankenhaus, und als wir aus der Tür traten, weinten wir beide bitterlich – Octavia aus Erschöpfung und ich aus Erschöpfung und Angst. Ich ging mit Octavia nach Hause und dachte darüber nach, und als ich zwei Tage später mit ihr wiederkam, ließ man uns keine zwanzig Minuten warten. Der Chirurg bot mir sogar eine Tasse Kaffee an. Barmherzigkeit gegenüber den Verdammten, dachte ich, aber vielleicht täuschte ich mich; vielleicht war es einfach Zeit für seine Kaffeepause. Diesmal war ich schon abgestumpft genug, um wenigstens seine Gesichtszüge wahrzunehmen, die beim letzten Mal für mich nur ein verschwommener heller Fleck gewesen waren – und dem zuzuhören, was er sagte. Er murmelte etwas von Octavias Lungenarterie. Diese Worte allein reichten schon aus, um mich in Panik zu versetzen, also hörte ich auf, seine Worte zu beachten, denn ich merkte, dass er sowieso nicht versuchte, es mir wirklich zu erklären. Als er fertig war und ich meinen verbrannten Krankenhauskaffee ausgetrunken hatte, sagte er: »Deshalb meine ich, dass es ratsam wäre, sie so bald wie möglich zu operieren.«

»Aber Sie sagten doch«, erwiderte ich, mich wie an einen Traum an einen anderen Teil seiner Rede erinnernd, »dass eine Operation vor dem fünften oder sechsten Lebensjahr gerade nicht ratsam sei.«

»Ich habe versucht, Ihnen zu erklären«, sagte er, »dass wir wirklich keine andere Wahl haben. Ihr Zustand unterscheidet sich so …«

»Aber es hat doch keinerlei Anzeichen gegeben«, rief ich, als ich plötzlich wieder zu mir kam. »Keinerlei Anzeichen. Keine Symptome. Nichts. Es ging ihr immer gut.«

»Wie ich schon sagte«, erklärte er, »gewisse Symptome bilden sich nicht immer gleich heraus, sondern erst dann, wenn das Kind aktiver wird. Es war wirklich ein außergewöhnlicher Glücksfall, dass wir es in diesem Stadium entdeckt haben, gerade wenn man bedenkt, dass es so wenig Anzeichen gab …«

»*Glück,* das nennen Sie Glück?« Jetzt konnte ich mich nicht länger zurückhalten. »Das soll Glück sein?« Ich habe mich immer darüber gewundert, dass er zu diesem Zeitpunkt so wenig berufsmäßiges Mitgefühl zeigte; jetzt verstehe ich – und ich hatte es schon damals vermutet –, dass seine einzige Gefühlsregung aus berufsmäßiger Neugierde bestand. Sie war ein seltsamer Fall, meine Tochter, ein Monstrum.

»Vielleicht können Sie mir wenigstens sagen«, fuhr ich schließlich in bescheidenerem Tonfall fort, nachdem mein Ausbruch unbeantwortet geblieben war, »wie die Chancen stehen. Wie hoch ist die Erfolgsrate?«

»Sie müssen bedenken«, sagte er, »dass diese Art von Operation immer noch relatives Neuland ist, obwohl wir in den letzten Jahren große Fortschritte gemacht haben. Noch vor fünf Jahren hätte ein Kind in diesem Alter eine Überlebenschance von eins zu fünf gehabt. Jetzt können wir sie wohl bei eins zu vier ansetzen.«

Ich glaube fast, er erwartete von mir, dass ich ihm zu diesem Fortschritt gratulierte. Doch stattdessen brach ich in Tränen aus. Es war das erste Mal, dass jemand mir gegenüber so offen das Wort Überlebenschance ausgesprochen hatte.

»Und sonst?« fragte ich. »Wenn Sie nicht operieren, was würde dann passieren?«

»Ich fürchte, wir haben keine Alternative«, antwortete er. Dann stand er mit leicht besorgtem Gesicht auf und sagte: »Also dann, Mrs. Stacey, ich glaube, Sie gehen jetzt besser nach Hause und sprechen erst einmal mit Ihrem Mann über die ganze Sache. Und denken Sie daran, dass wir großes Zutrauen …«

»Sprechen mit wer?« stammelte ich ungrammatisch, wütend und am Rande meiner Selbstbeherrschung.

»Ach ja, natürlich, um Himmels willen«, sagte er und schaute auf seine Unterlagen. »Aber Sie haben doch sicherlich jemanden, mit dem Sie sich aussprechen können? Ihre Eltern? Verwandte?«

»Meine Eltern sind in Afrika«, sagte ich, stand auf und knöpfte meinen Mantel zu. Ich war bereit zu gehen.

»In Afrika?« Diese kleine Information, die ich eher aus Trotz als aus Hilfsbereitschaft preisgegeben hatte, schien ihn merkwürdigerweise sehr zu interessieren; er setzte sich wieder hin, dachte eine Weile nach, schaute dann wieder auf und fragte: »Sie sind doch nicht etwa mit Herbert Stacey verwandt, oder?«

»Doch, allerdings, ich bin seine Tochter«, sagte ich widerwillig; mir war klar, dass mein Bekenntnis unter diesen Umständen meinem Vater nicht gerade Ehre machte. Trotzdem erfuhr das Benehmen dieses Mannes auf der Stelle einen entscheidenden Wandel. Er forderte mich auf, doch wieder Platz zu nehmen, klingelte nach einer weiteren Tasse Kaffee und erzählte mir, dass er und mein Vater zur gleichen Zeit in Oxford studiert hätten, dass sie gemeinsam zu diesem und jenem gehört und bei dieser und jener Debatte gesprochen hätten, und dass er immer gedacht hätte, mein Vater würde in die Politik gehen. Dann fragte er, wie es meiner Mutter ginge und wie es ihnen in Afrika gefiele. Nach dem, was er sagte, hatte er beide gut gekannt. Und tatsächlich fiel mir jetzt auch wieder ein, dass der Name Protheroe früher am Tisch meiner Eltern oft erwähnt worden war, und zwar recht positiv, denn er war auf der richtigen Seite, was das staatliche Gesundheitswesen anging, und hatte einen entsprechend hohen Rang, um auf ebenso hohen Konferenzen zu diesem Thema seine Stimme zu erheben. Ein guter Sozialist sollte dieser Mann sein, und so betrachteten wir uns gegenseitig mit neuerlichem Interesse.

Während die anderen unglücklichen Patienten sich zweifellos in dumpfer Resignation draußen im Wartezimmer stapelten, plauderten wir noch wenigstens eine Viertelstunde miteinander, bis er schließlich aufstand, um sich von mir zu verabschieden. Er schüttelte mir herzlich die Hand, schrieb sich meine Telefonnummer auf und meinte, ich solle das

Baby in etwa einer Woche einen Tag lang zur Beobachtung bringen, und wenn alle Anzeichen gut stünden, würden sie es in etwa vierzehn Tagen operieren.

»Glauben Sie mir«, sagte er, »ich will nicht so tun, als wäre es etwas ganz Harmloses. Aber es scheint ihr trotz ihres Zustandes ungewöhnlich gut zu gehen, und die Chancen stehen, wenn wir einmal über die erste schwierige Phase hinweg sind, sehr gut – äußerst gut sogar. Und glauben Sie mir, Miss Stacey, obgleich das nach Eigenlob riecht: Sie ist hier in guten Händen. Sie könnten gar kein besseres Krankenhaus für sie finden.«

Ich glaubte ihm. Obgleich ich seine Fähigkeiten nie angezweifelt hatte, fühlte ich mich besser, nachdem er mir alles noch einmal mit einem Lächeln versichert hatte. Das Fleisch ist schwach, und wir verlangen zu viel. Aber es ist tröstlich, wenn wir etwas bekommen, ohne dafür zu bezahlen.

In den folgenden vierzehn Tagen wusste ich nichts mit mir anzufangen; ich konnte nicht arbeiten, und zwar wirklich, nicht nur in der Einbildung, bis ich meine Bücher tatsächlich aufgeschlagen hatte. Gequält von Octavias strahlender, lächelnder Fröhlichkeit, schleppte ich mich vorwärts und versuchte, sie nicht zu häufig aus ihrem Bettchen zu nehmen und an mich zu drücken. Am zweiten Abend fiel mir ein, dass ich einen Drink gebrauchen könnte, also gewöhnte ich mir das Trinken an. Ich glaube, ich habe schon an anderer Stelle gesagt, dass Alkohol mich immer heiter stimmt, und selbst jetzt schaffte er es. Da ich ziemlich knapp bei Kasse war, kaufte ich mir sehr billigen Rotwein, den ich ganz gern mochte, wenn ich ihn vorher in einem Kochtopf aufgewärmt hatte. Jeden

Abend trank ich große Mengen davon und erreichte nach etwa einer Stunde einen Zustand, in dem meine Gedanken von einer optimistischen Zuflucht in die andere glitten: Einen Moment lang von der Unsterblichkeit der Seele überzeugt, glaubte ich im nächsten an den tieferen Sinn allen Schmerzes und war mir vor allem vollkommen sicher (wie es bei mir im nüchternen Zustand nie der Fall ist), dass das Glück und der Zufall auf meiner Seite stünden.

Meistens war ich abends schon im Bett, bevor Lydia nach Hause kam, denn ihre Affäre mit Joe befand sich zu jener Zeit auf dem Höhepunkt. Ich versuchte, ihr absichtlich aus dem Weg zu gehen, da ich die Wahrheit über Octavia nicht preisgegeben hatte und auch nicht in die Versuchung geraten wollte, es zu tun. Eines Abends jedoch kamen sie und Joe kurz nach elf Uhr zusammen nach Hause, als ich gerade, den Kopf auf einem Kissen, vor dem Kamin lag und mich fragte, ob ich wohl noch die Energie aufbringen würde, aufzustehen und ins Bett zu gehen. Ich hatte sie nicht kommen hören, und so überraschten sie mich in dieser Lage. Sie bemerkten sofort, dass ich getrunken hatte, und setzten sich zu mir. Sie erzählten mir von dem Film, den sie am Abend im Cameo-Poly gesehen hatten. Lydia sagte, sie wäre gerade dabei, ihren Roman abzuschließen, woraufhin ich Joe nach seinem Roman fragte und er zurückfragte: »Welchen?« Ich antwortete: »Na den, an dem du gerade arbeitest«, und er meinte, im Moment gäbe es keinen, und ich sagte: »Das ist ja etwas ganz Neues.« Dann fing er damit an, wann meine Eltern zurückkommen würden, wann Lydia ausziehen müsste und wie ich eine Wohnung finden wollte, was mit einem Baby bestimmt nicht so einfach sei. An diesem Punkt überkam mich eine plötzliche Schwäche, denn mir war mit einem Mal ganz klar, was sie alle sagen würden, falls Octavia sterben sollte: Glück im Unglück, würden sie sagen. Ich konnte sie bereits reden hören – selbst diejenigen, die mich kannten und verstanden. Denn abgesehen von mir selbst gab es niemanden auf der Welt, dem sie etwas bedeutet hätte oder der erkannt hätte, wie viel sie mir bedeutete. Vielleicht gibt es Menschen, die niemandem etwas bedeuten, die vernachlässigt, verlassen, ungeliebt, ungewollt auf dieser Erde leben, deren Existenz anderen nur eine Last ist. Vielleicht war es meine Aufgabe, die mangelnde Anzahl von Trauernden für Octavia durch die Intensität meiner Liebe wieder wettzumachen.

Zum Glück ließen sie das Thema Wohnungen und Babys bald wieder fallen, und ich konnte mich etwas erholen – allerdings nur kurze Zeit, denn wenig später sagte Joe plötzlich: »Ich habe neulich abends übrigens mit jemandem über dich gesprochen, Rosamund, mit diesem Freund von dir von der BBC. George heißt er doch, oder? George … und wie weiter? Ich kann mir seinen Nachnamen nie merken.«

»George Matthews«, erwiderte ich. »George Matthews, meinst du.«

»Genau«, sagte Joe. »George Matthews.«

Daraufhin folgte ein Schweigen, in dem ich nur noch wahrnahm, wie laut mein Herz pochte, wie mein Gesicht zu brennen begann und mein Atem stockte, was mir das Ausmaß meiner Besorgnis vor Augen führte. Es waren Monate her, dass ich seinen Namen gehört hatte, denn ich hatte noch nicht einmal das Privileg so vieler anderer unglücklich Liebender, Gesprächen über seinen Charakter und seine persönlichen Angelegenheiten lauschen zu können; ich hatte so unermüdlich jede noch so vage Verbindung mit ihm vermieden, dass er ebenso gut nie hätte existieren brauchen – und tatsächlich, hätte ich nicht selbst die Frucht seiner Existenz so oft in den Armen gehalten, hätte ich die ganze Episode für einen Traum gehalten, entstanden aus einer seltsamen Laune, oder für einen Wunschtraum von dem, was einmal hätte sein können. Jetzt, wo ihn schließlich doch jemand erwähnte, wo er endlich aus den geheimsten Tiefen meines Gedächtnisses auftauchen durfte, wusste ich nicht, was ich sagen sollte oder wie ich mich verhalten sollte, ohne dabei den Eindruck von Leichtfertigkeit zu erwecken. Es gab hunderte von Dingen, die ich eigentlich fragen wollte: wie er ausgesehen und was er getragen hatte, ob er sich mit Zärtlichkeit, Gleichgültigkeit oder Feindseligkeit an mich erinnert hatte, ob er von meinem Baby wusste, mit wem er zusammen war, wer ihn liebte, wen *er* liebte – hunderte von Fragen, die ich so lange unterdrückt und zurückgehalten hatte. Aber ich wusste nicht, wie ich sie in Worte kleiden sollte. Also blieb ich stumm. Ich schwieg und fühlte, wie mein Gesicht unaufhaltsam zu seiner gewohnten, abweisenden Ausdruckslosigkeit zurückfand. Schließlich muss ich Joe wohl von meiner völligen Interesselosigkeit überzeugt haben, denn als er seine Zigarette ausgedrückt hatte und wieder aufschaute, ließ er das Thema fallen und fing stattdessen an, von seiner Fernsehsendung zu erzählen. Lydia sollte dort auftreten und über den modernen Roman sprechen. »Warum auch nicht?« sagte Joe. »Sie kann genauso gut über den modernen Roman sprechen wie jeder andere, nicht wahr, Lydia? Und außerdem ist sie hübsch. Warum also nicht?«

Ja, warum nicht, dachte ich, als ich ins Bett ging und die beiden allein zurückließ. Warum nicht? Es kam mir so unwichtig vor. Ich hatte sie satt. Ich war es leid, ihnen zuzuhören, mit ihnen zusammen zu sein und über sie nachzudenken. Und doch mochte ich sie. Wenn ich überhaupt jemanden mochte, dann Leute wie sie. Eigentlich mochte ich niemanden mehr so richtig. Abgesehen von George. George mit seiner stillen Anonymität, George, der vielleicht nur eine halbe Meile von mir entfernt wohnte und doch mehr als ein ganzes Jahr unerwähnt geblieben war, ungesehen, entschwunden aus dem Gedächtnis und aus meinem Leben. Ich mochte George. Ich wünschte, ich hätte eine Gelegenheit gehabt, es ihm zu sagen.

In der Nacht vor Octavias Operation lag ich wach und durchlitt, was man meinen letzten Kampf mit den gewaltigen Schattengeistern des Zweifels hätte nennen können. Manche Menschen müssen in solchen Situationen an der Existenz Gottes zweifeln; es kommt mir unnatürlich vor, solche Katastrophen zu überleben und seinen Glauben unbeschadet zu bewahren, obgleich ich es ehrenhafter finde, wirkliche Ereignisse zu betrachten, wenn man von der Gnade Gottes spricht. Aber das Thema Gott beschäftigte mich nicht sehr. Ich habe nie viel darüber nachgedacht, da ich im Geiste der Fabian Society zur Rationalistin erzogen worden bin und Vorstellungen wie die vom Himmel und dem Leben nach dem Tode immer für primitiv und im wahrsten Sinne unglaubhaft gehalten habe. Es war die Gerechtigkeit, die mich beschäftigte. Ich konnte mich nicht von dem Gedanken befreien, dass Octavias Tod eine Sühne für meine Sünden bedeuten würde. Die Unschuldigen werden für die Schuldigen leiden. Worin meine Sünden bestanden hatten, ließ sich schwer sagen, denn ich konnte mich auch nicht davon überzeugen, dass es eine Sünde gewesen war, mit George geschlafen zu haben; im Gegenteil, in gewissen Momenten neigte ich dazu, darin die einzige *tugendhafte* Tat meines Lebens zu sehen. Und doch bedrückte mich die Erwartung der Sühne schwer.

Was ich in jener Nacht zu bewahren versuchte, war nicht der Glaube an Gott, sondern der an die Gesetze des Zufalls.

Gegen Morgen meinte ich schließlich, dass meine Sünde aus meiner Liebe zu Octavia bestand. Etwa fünf Minuten lang hoffte ich sogar fest, dass sie sterben und mich so von der Verderbtheit und dem Verhängnis der Liebe befreien möge. Ben Jonson hatte über sein totes Kind gesagt: »Meine Sünde war zu viel Hoffnung auf dich, geliebter Sohn.« Wir fassen die Worte der Dichter allzu leicht als Redensart auf, als hübsche Metapher, als eine Sammlung von *bon mots*. Manchmal sagen sie vielleicht sogar die Wahrheit.

Am Morgen, als es Zeit wurde, aufzustehen, sich anzuziehen und Octavias bemitleidenswert wenige Utensilien zusammenzusuchen, stand ich auf, kniete mich vor dem Bett nieder und sagte: »O Gott, lass sie überleben, lass sie leben, lass sie wieder gesund werden.« Gott wurde – möglicherweise – durch meine Not geschaffen.

Später im Krankenhaus übergab ich sie der Schwester. Octavia lächelte mich an, und als sie fortgetragen wurde, schrie sie wie am Spieß. Für mich schrumpfte die ganze Welt auf die Größe ihres Köpfchens und ihrer geballten Fäustchen zusammen. Der Schmerz war unerträglich – ihre Unschuld, ihre Fröhlichkeit, ihr kleiner Körper! Ich ging hinaus und lief immer wieder die Marylebone Road auf und ab. Ich weiß nicht mehr, wie die Zeit verging. Eine halbe Stunde später als vereinbart ging ich zurück ins Krankenhaus, und als ich dort ankam, traute ich mich nicht, mich nach ihr zu erkundigen. Ich stand da und wartete, bis mich eine Schwester erkannte, lächelnd zu mir herüberkam und sagte, alles sei ausgesprochen gut verlaufen, Mr. Protheroe ließe mich grüßen und hoffe, mich bald zu sehen; es gebe Grund zur Hoffnung auf einen vollständigen Erfolg. Wie an dem Tag, an dem ich zum ersten Mal etwas von ihrem Zustand ahnte, konnte ich nicht glauben, dass eine bloße Aufzählung von Tatsachen mein Schicksal so grundlegend verändern sollte. Ich stand stumm da und fragte mich, ob sie mir wirklich die Wahrheit gesagt oder vielleicht den falschen Namen, die falschen Daten, die falsche Nachricht bekommen hätte. Aber sie hörte nicht auf mich zu beruhigen, und schließlich glaubte ich ihr, denn es stand für mich plötzlich ganz außer Frage, dass etwas schief gegangen sein könnte: Natürlich hatten wir Glück gehabt, Octavia und ich. Als ich wieder sprechen konnte, fragte ich, ob ich sie sehen könne, aber die Schwester meinte, ich solle am nächsten Morgen wiederkommen. Sie sei immer noch bewusstlos und sollte am besten nicht gestört werden. »Natürlich«, sagte ich demütig und voller Dankbarkeit. Auf der Toilette vergoss ich eine wahre Flut von Tränen, bevor ich mich nach Hause begab.

Erst als ich zu Hause ankam, fielen mir gewisse Einzelheiten ein, an die ich mich vorher gedanklich noch gar nicht herangewagt hatte. Was würde Octavia denken, wenn sie im Krankenhaus aufwachte? Würde sie noch Schmerzen von der Operation haben? Würde man sie auch richtig füttern? Würde sie weinen? Bis dahin war es mir noch vermessen erschienen, über solche Dinge nachzudenken, nun aber wurden sie für mich von Minute zu Minute wichtiger. Die Bedrohung des Unglücks wich, die Bedingungen des Lebens erlangten auf einmal ihre alte Bedeutung zurück. Es war weniger der Schmerz als das Gefühl der Fremdheit, das sie belasten würde, dachte ich, denn sie mochte niemand anderen als mich; selbst Mrs. Jennings und Lydia duldete sie nur um sich, und Fremde hatte sie immer laut und heftig abgelehnt. Der Himmel weiß, welch unsagbare Qualen Kinder durchleben. Ihre kleinen Ängste bleiben uns für immer verborgen. Wir beachten sie nicht; wir sagen, sie würden sie vergessen – weil sie keine Worte haben, um uns daran zu erinnern, weil sie nicht in der Lage sind, unser Gewissen mit der Schilderung ihres Jammers zu quälen. Und später, wenn sie endlich sprechen können, haben sie die Einzelheiten bereits vergessen, sodass wir nie etwas davon erfahren können. ›Sie vergessen so schnell‹, sagen wir, weil wir nicht begreifen können, dass sie niemals vergessen. Wir können die Ungerechtigkeit des Lebens nicht ertragen; also tun wir so, als wenn ein Baby alles vergessen könnte: stundenlang in Papier eingewickelt auf dem Boden einer Telefonzelle zu liegen, bösartige Anschläge der einzigen Menschen, die es vielleicht hätten lieben können, über sich ergehen zu lassen, die älteren, ungeschützten Brüder in der lodernden Flamme des Feuerofens verbrennen zu sehen. Wie die drei Tröster Hiobs wollen wir nicht glauben, dass die Unschuldigen leiden müssen. Und dennoch leiden sie. Wir sehen es, aber wir können es nicht glauben.

Als ich am nächsten Morgen ins Krankenhaus kam, um Octavia zu besuchen, stieß ich auf wenig hilfreiches Herumlavieren. Die Schwester vom Dienst, eine Dame in Weiß, deren Funktion mir nicht ganz klar war, versicherte mir, dass alles in bester Ordnung sei, dass ihr Zustand höchst befriedigende Fortschritte mache und es ihr so gut ginge, wie man es nur erwarten könne. »Ich möchte sie gerne sehen«, sagte ich ihr, als ich ein wenig Mut zusammengerafft hatte.

»Ich fürchte, das wird nicht möglich sein«, antwortete die Dame in Weiß ungerührt und beugte sich über ihre Unterlagen.

»Warum nicht?« fragte ich. »Ich möchte sie gerne sehen, und ich weiß, dass sie mich auch gerne sehen würde.«

Die Dame in Weiß holte zu einer langen Erklärung aus über aufgeregte Kinder, aufgeregte Mütter, gleiches Recht für alle, Störung des Stationsalltags und ähnliche Themen. Während sie in glattem, gleichmäßigem Tonfall auf mich einredete, stiegen alle möglichen Erinnerungen in mir auf – Erinnerungen an Leserbriefe in der *Times* und im *Guardian* über genau dieses Thema, Briefe von Müttern wie mir, die man nicht zu ihren Kindern gelassen hatte. »Wann ist Besuchszeit?« fragte ich und bekam die höfliche, voraussehbare Antwort:

»Bei so kleinen Kindern können wir leider überhaupt keine Besuche gestatten. Das bringt für das Personal und die Patienten nur Unannehmlichkeiten mit sich. Wirklich, Mrs. Stacey, Sie müssen verstehen, dass es gar keinen praktischen Nutzen hat, ein so kleines Kind zu besuchen. Sie lassen sich viel besser ruhig stellen, wenn sie keinen Besuch bekommen. Sie wären erstaunt, wenn Sie sehen könnten, wie schnell sich die Kinder beruhigen. Die Mütter wollen uns das nie glauben, aber wir wissen aus Erfahrung, wie recht wir mit dieser Regelung haben.«

Der Klang des Ausdrucks ›ruhig stellen‹ gefiel mir überhaupt nicht: Er legte eine Beruhigung im Sinne von Lethargie und Stumpfsinn nahe, wie ich das auch einmal in der *Times* gelesen hatte. Octavia war in ihrem kurzen Leben noch nie ›ruhig gestellt‹ worden, und ich wollte nicht, dass damit jetzt begonnen werden sollte. Wir hatten schon jetzt, nach vierundzwanzig Stunden, die längste Trennung unseres Lebens ertragen, und ich sah, wie sich diese Zeit weiter hinauszog, ins Unbestimmte verlängerte. Außerdem hatte ich den Verdacht, dass sie mich das Kind nur deshalb nicht sehen lassen wollten, weil sie mir nicht die ganze Wahrheit über seinen Zustand gesagt hatten. Gab es in seinem kleinen Gesicht etwas zu sehen, was sie vor mir verbergen wollten? Ich brachte diese Furcht zum Ausdruck, da ich dachte, dass zumindest sie auf Verständnis stoßen würde.

»Bevor ich sie nicht gesehen habe, kann ich nicht glauben, dass wirklich alles in Ordnung ist. Ich kann es einfach nicht glauben.«

Sie verstand, worauf ich hinauswollte. »Mrs. Stacey«, sagte sie, schaute auf und sah mir gewissermaßen von Frau zu Frau offen ins ängstliche Gesicht, »Sie müssen mir glauben, wenn ich Ihnen sage, dass ich Ihnen alle Informationen gegeben habe, die es über Ihre Tochter gibt. Wir wollen nichts vor Ihnen verbergen, weil es nichts zu verbergen gibt. Mr. Protheroe hat seine persönliche Befriedigung über den Ausgang der Operation ausgedrückt und kommt heute Morgen selbst vorbei, um Ihre Tochter zu untersuchen. Wenn Sie seinen Bericht sehen wollen, bitte, hier ist er.« Sie zog einen Zettel aus dem Stapel mit der Aufschrift ›Nicht zur Einsicht durch den Patienten‹ heraus und schob ihn mir herüber. Aber er bestand nur aus einer Menge technischer Daten, sodass ich gar nicht erst den Versuch machte, ihn genauer zu lesen. Trotzdem fühlte ich mich besser, allein schon wegen der Tatsache, dass sie mir den Bericht gezeigt hatte, denn schließlich hatte sie sich nicht darauf verlassen können, dass ich nichts damit anzufangen wusste. Auf ihrem Gesicht konnte ich lesen, dass sie in mir nichts weiter als eine völlige Zeitverschwendung sah. Und da ich nicht gern als so etwas betrachtet werde und außerdem erkannte, dass ich mit ihr keinen Schritt vorankommen würde, sagte ich mir, dass ich keine andere Wahl hatte, als mich freundlich zurückzuziehen.

»Also gut«, sagte ich, »vielleicht haben Sie recht. Ich bin sicher, dass Sie gut für sie sorgen. Ich wollte sie eben gerne sehen, ich dachte, sie könnte mich vermissen. Aber möglicherweise haben Sie recht, vielleicht wäre es nicht gut, sie schon so früh zu besuchen.«

Ich nahm meine Tasche und wollte gehen; sie stand hinter ihrem Tisch auf und öffnete mir die Tür. Ich war schon im Flur, als ich sie sagen hörte, vielleicht könne ich sie ja in vierzehn Tagen besuchen. Ich drehte mich um und wollte etwas erwidern, hatte aber nicht die Kraft dazu. Also ging ich den Flur hinunter und verließ das Gebäude. Ich kannte mich dort inzwischen so gut aus, als wäre es meine Schule, mein College oder gar das Britische Museum.

Natürlich hatte ich nicht erwartet, dass ich den ganzen Tag bei Octavia bleiben könnte, und war darauf eingestellt, zwischendurch ins Britische Museum zu gehen und am Nachmittag wiederzukommen. Wie mechanisch lenkte ich meine Schritte in die Bibliothek und verbrachte ein oder zwei Stunden damit, einige unbedeutende Fußnoten mener Arbeit zu überprüfen, aber das war keine Arbeit, die den Geist beschäftigt hält. Gegen Mittag hatte ich schon genug. Meine Doktorarbeit war bereits so weit abgeschlossen, dass ich sowieso nicht gern an ihre Vollendung und das damit verbundene Nachdenken über neue Projekte erinnert werden wollte. Ich ging in die Cafeteria, um mir eine Tasse Kaffee und ein Sandwich zu holen und um mir einzureden, dass ich dankbar sein und mir keine Sorgen darüber machen sollte, dass ich mein Kind vierzehn Tage lang nicht sehen könnte, dass Regeln schließlich Regeln seien, dass ich froh sein und mich nicht dagegen sperren sollte. Aber je länger ich mir das alles einredete, desto weniger konnte ich mich selbst davon überzeugen. Ich brauchte nur daran zu denken, wie mein Baby einsam im Krankenhaus aufwachte, und schon erschienen mir diese ganzen Argumente als Zeitverschwendung und unwichtiger Blödsinn. Als ich meinen Kaffee ausgetrunken hatte, stand ich auf, packte meine Bücher zusammen und ging ins Krankenhaus zurück.

Es war Mittagszeit, und ich konnte die Dame in Weiß nicht finden. Zwei Schwestern hüteten ihr Büro und meinten, sie würde nicht vor zwei Uhr zurückkommen.

»Das macht nichts«, sagte ich. »Ich wollte sowieso nicht sie sehen, sondern mein Baby. Würde mich eine von Ihnen bitte zu ihr führen? Sie liegt auf Station 21G. Octavia Stacey ist ihr Name.«

Die beiden Schwestern sahen sich nervös an, als wäre ich nicht recht bei Trost gewesen.

»Auf dieser Station sind Besuche nicht gestattet«, sagte eine von ihnen mit zurückhaltender Höflichkeit, besänftigend und freundlich, so wie man mit einem Kranken oder Verrückten spricht.

»Es ist mir egal, ob es gestattet ist oder nicht. Wenn Sie mir sagen, wo sie ist, gehe ich alleine hin, und Sie brauchen noch nicht einmal zu sagen, dass Sie mich überhaupt gesehen haben.«

»Ich fürchte, das können wir unmöglich tun«, antwortete die andere. Ihre Stimme klang wie die ihrer Freundin, zurückhaltend und unsicher, und es war mir unangenehm, mein Anliegen weiterzuverfolgen. Dennoch verfolgte ich es; ich sagte ihnen, dass ich nicht die Absicht hätte, das Krankenhaus zu verlassen, bevor ich nicht meine Tochter gesehen hätte; dass ich nicht glaubte, dass es sie aufregen würde, sondern dass es sie im Gegenteil freuen würde, und mich ebenfalls; und dass es in jeder Hinsicht wünschenswert wäre, und dass ich, wenn sie mir nicht sagen würden, wo ich sie finden könne, selbst gehen und sie suchen würde. »Nein, nein, das können Sie unmöglich tun«, sagten die beiden gleichzeitig, und ihr Ton verwandelte sich von persönlicher Zurückhaltung und Verlegenheit zu nachdrücklicher Autorität. Sie hatten die gesamte Institution hinter sich, und ich hatte nichts hinter mir als meine feste Absicht. Ich habe mich noch nie besonders gut durchsetzen können; meine inneren Impulse rieten mir immer, beim ersten Anzeichen von Widerstand aufzugeben. Doch diesmal würde ich nicht der einzige Verlierer sein. Irgendwo lag Octavia und wartete auf mich. Es war nicht länger die Frage, was ich wollte: Diesmal war außer mir noch ein anderer Mensch davon betroffen. Das Leben würde nie mehr eine einfache Frage der Selbstverleugnung sein.

»Ich *muss* sie sehen«, wiederholte ich. »Wenn Sie mich nicht zu ihr lassen wollen, dann gehen Sie und holen Sie die Oberschwester oder Oberin oder was auch immer sie ist. Gehen Sie und holen Sie sie. Oder ich werde hier warten, bis sie zurückkommt.«

»Sie wird nicht vor zwei Uhr hier sein«, sagte die eine, und die andere fügte hinzu: »Sie können hier nicht warten. Es ist nicht erlaubt.«

»Was soll das heißen, es ist nicht erlaubt?« fragte ich verärgert, innerlich bereits unter diesem noch sehr milden Grad von Durchsetzungsvermögen leidend. »Wer verbietet es mir? Wer sagt, ich darf hier nicht warten?«

»Die Oberin empfängt um diese Tageszeit sowieso niemanden mehr«, sagten sie. »Und sie hat gesagt, wir dürften niemandem erlauben, auf sie zu warten.«

Sie wurden allmählich ängstlich; wenn die Oberin zurückkäme und mich noch hier anträfe, würden sie Ärger bekommen. Ich hatte Mitleid mit ihnen – aber nicht so viel Mitleid wie mit Octavia. Ich setzte mich auf den Tisch und wartete. Nach fünf Minuten verschwand eine von ihnen. Vielleicht wollte sie jemanden suchen, der mich eher davon überzeugen könnte, das Feld zu räumen, doch noch bevor sie wieder da war, kam die Oberin zurück, und das andere Mädchen bekam ihren Zorn zu spüren.

»Na, na, Mrs. Stacey«, sagte sie bissig, als sie zur Tür hereinkam. »Sie sind ja schon wieder hier. – Miss Richards, wie oft habe ich Ihnen schon gesagt, dass dies keine Zeit für Besucher ist? – Mrs. Stacey, ich fürchte, ich kann jetzt nicht …«

»Ich bin eigentlich sowieso nicht im Dienst«, unterbrach Miss Richards sie missmutig. »Ich war nur wegen Mavis hier, und Mavis ist gegangen, um …«

»Es ist mir egal, wer wohin gegangen ist«, versetzte die Oberin wütend. »Ich habe oft genug gesagt, dass mein Büro kein Wartezimmer ist. – Mrs. Stacey, ich fürchte, ich bin viel zu beschäftigt, um jetzt mit Ihnen zu sprechen. – Miss Richards, würden Sie Mrs. Stacey bitte zum Lift begleiten. – Wenn Sie irgendetwas besprechen wollen, müssen Sie …«

»Ich will gar nichts besprechen«, sagte ich. »Ich bin gekommen, um mein Baby zu besuchen.«

Jetzt ging es mir schon viel besser; es hatte mir keinen Spaß gemacht, diese unscheinbaren Schwestern in Aufregung zu versetzen, denen die Situation fast genauso unangenehm gewesen war wie mir. In der Oberin traf ich jedoch auf eine Willensstärke, gegen die man kämpfen kann: Es war ihr keine Qual, sondern ein Vergnügen, sich zu behaupten, deshalb fühlte ich mich frei, das Gleiche zu tun.

»Ich habe Ihnen doch heute Morgen schon gesagt, dass ein Besuch nicht infrage kommt«, sagte sie. »Es ist mir egal, was Sie mir gesagt haben«, entgegnete ich. »Ich will mein Baby sehen. Wenn Sie mich nicht sofort zu ihm führen, werde ich überall herumlaufen, bis ich es selbst gefunden habe. Sie werden sie ja wohl nicht hinter Schloss und Riegel halten?«

»Miss Stacey«, sagte die Oberin, »Sie verhalten sich äußerst töricht, und ich muss Sie bitten, sofort zu verschwinden.«

»Ich werde nicht verschwinden«, antwortete ich.

»Sie sollten mich lieber gleich zu ihr führen, sonst seh

ich mich gezwungen, herumzulaufen und ihr ganzes Krankenhaus in Aufruhr zu versetzen, bis ich mein Baby gefunden habe.«

»Nun hören Sie doch«, sagte die Oberin, »dies ist weder die Zeit noch der Ort für hysterisches Geschwätz. Wir sollten alle dankbar sein, dass Ihr Kind überhaupt …«

»Dankbar«, sagte ich. »Ich bin dankbar. Ich bewundere Ihr Krankenhaus, ich bewundere Ihre Arbeit, ich bin dem staatlichen Gesundheitswesen zutiefst verbunden. Und jetzt will ich mein Baby sehen.«

Sie kam zu mir herüber, griff nach meinem Arm und fing an, mich sanft in Richtung Tür zu schieben; ich habe so viel Zeit meines Lebens mit dem intelligenten, überlegenen Bemühen zugebracht, die Ignoranz anderer zu verstehen, dass ich ihren Blick sofort erkannte. Sie bemitleidete mich, und sie war über mich verwundert. Ich ließ mich bis zur Tür zurückdrängen, da ich zunächst nicht in der Lage war, mich dem körperlichen Druck zu widersetzen. Doch als wir zur Tür gelangt waren, blieb ich stehen und sagte: »Nein, ich werde nicht gehen. Ich werde hier bleiben, bis Sie Ihre Meinung geändert haben.«

»Ich habe nicht die Absicht, meine Meinung zu ändern«, sagte sie, griff wieder nach meinem Ellenbogen und wollte mich weiterschieben. Ich wehrte mich. Einen Moment lang standen wir uns stumm gegenüber. Ich konnte nicht glauben, dass es wirklich zu einer körperlichen Auseinandersetzung kommen sollte, aber andererseits wusste ich nicht, was ich sonst tun sollte. Als sie wieder anfing zu schieben, begann ich zu schreien. Ich schloss die Augen und schrie. Ich war verwundert über den ohrenbetäubenden Lärm, der meinen Kopf füllte. Nachdem ich einmal damit angefangen hatte, konnte ich nicht wieder aufhören. Ich stand bewegungslos da und schrie. Sie schüttelten mich und brüllten mich an und sagten mir, dass ich jeden in Hörweite mit meinem Schreien aufregte. »Ist mir doch egal!« schrie ich, als ich wieder Worte für meine namenlose Leidenschaft finden konnte. »Es ist mir egal, es ist mir egal, es ist mir alles egal, es ist mir egal, es ist mir egal!«

Schließlich brachten sie mich dazu, mich hinzusetzen, aber ich schrie und jammerte weiter und hielt meine Augen immer noch geschlossen. Durch den Krach konnte ich hören, dass etwas geschah: Leute kamen und gingen, jemand tätschelte mir die Wange, einer versuchte, mir einen nassen Waschlappen auf den Kopf zu legen, und die ganze Zeit über dachte ich nur daran, so lange weiterzumachen, bis sie mich endlich zu Octavia ließen. In meinem Kopf war es rot und schwarz und heiß. Ich kann mich noch sehr gut an die Klarheit meines Bewusstseins und die Heftigkeit meines Gefühls erinnern – und ich stand dazwischen und ertrug beides, ohne dabei in zwei Teile zu zerbrechen. Nach einer Weile hörte ich, wie jemand mitten in dem ganzen Getöse rief: »Um Gottes willen, sagt ihr doch, sie kann das Baby sehen, versucht, es ihr zu sagen!« Bei diesen Worten war ich augenblicklich still, öffnete die Augen und starrte in die schuldbewusste, verwirrte Stille um mich herum.

»Haben Sie gesagt, ich kann das Baby sehen?« fragte ich.

»Natürlich können Sie das Baby sehen«, antwortete Mr. Protheroe. »Natürlich können Sie das Baby sehen. Ich kam mir nicht vorstellen, warum man Sie jemals davon abgehalten hat, Ihr Baby zu sehen.« Ich betrachtete den atemlosen Kreis von Leuten um mich, der seine Zusammensetzung erheblich verändert hatte, seitdem ich ihn das letzte Mal gesehen hatte: Mr. Protheroe wirkte aufgewühlt und war weiß vor Zorn, die Oberin saß in einer Ecke und weinte in ein Taschentuch, die Schwestern standen fassungslos daneben, und ein paar andere Männer mit wütenden Gesichtern waren ebenfalls dazugekommen. Es war, als hätte ich meine Augen geöffnet, um eine ganze Erzählung zu sehen, die in einem einzigen Bild festgehalten war und in der ich selbst keine Rolle gespielt hatte; es hatte sich offensichtlich um einen Kampf zwischen der Oberin und den anderen gehandelt, und sie hatte eine Niederlage erlitten. Mit mir hatte das überhaupt nichts zu tun. Ich schloss erschöpft die Augen, denn mehr wollte ich nicht wissen. Ich interessierte mich nicht für ihre Geschichte; nur meine eigene war mir wichtig. Ich wollte nicht länger für ihre Konflikte herhalten. Ich hatte mein Ziel erreicht, das genügte mir vollkommen.

»Kann ich jetzt gehen und mein Baby sehen?« fragte ich.

»Ich werde Sie selbst hinbringen«, sagte Mr. Protheroe. Ich stand auf, und er nahm meinen Arm und führte mich den Flur hinunter. Zu meiner Überraschung merkte ich, dass ich seinen Arm wirklich nötig hatte, denn meine Knie waren schwach, und das Blut dröhnte in meinen Ohren – seltsam genug für jemanden, der immer so stark wie ein Pferd gewesen war, wie meine Eltern sich ausdrückten. Wir gingen mehrere Gänge entlang, passierten einige Schwingtüren und stiegen ein paar Stufen hinauf und hinunter. Wie Theseus im

Labyrinth versuchte ich vergeblich, mir den Weg zu merken. Schließlich kamen wir zu einer lang gestreckten Krankenstation mit vielen Einzelkabinen, in denen kleine Kinder lagen. Die Kabinen müssen schalldicht gewesen sein, denn zunächst hörte ich nichts von Octavia; doch als wir die Tür aufmachten, drang sofort ihr trauriges, durchdringendes, unverkennbares Jammern an mein Ohr. Sie lag in einem Bettchen, das dem sehr ähnlich sah, in dem sie die ersten Tage ihres Lebens verbracht hatte, und trug ein Krankenhaushemdchen – nur, dass sie diesmal angeschnallt war. Überwältigt von Gefühlen stand ich auf der Schwelle, als sie mir ihren Blick zuwandte. Ich hatte Angst, sie würde nur noch umso bitterlicher weinen oder mich vielleicht überhaupt nicht erkennen. Stattdessen hörte sie auf zu weinen, und als ich zu ihr ging, erfüllte sich ihr Gesicht mit ihrem gewohnten bezauberten und bezaubernden Lächeln. Sie konnte sich nicht bewegen, aber sie lächelte, und ich streichelte ihre Wange. Ihr Lächeln wurde immer strahlender. Sie hatte mir unsere Trennung verziehen, und diese Großzügigkeit fand ich erstaunlich, denn ich selbst bin nicht sehr großzügig. Fair, ja – aber nicht großzügig.

Ich blieb den ganzen Tag bei ihr, half dabei, sie zu füttern, beobachtete sie beim Schlafen, beim Aufwachen und beim Weinen, denn sie weinte noch, aber eher aus Unruhe, Langeweile und Schmerz, nicht mehr aus Verlassenheit. Mr. Protheroe (der mich nach fünf Minuten verlassen musste) hatte gesagt, man würde mir einen Stuhl besorgen und mich jederzeit zu ihr hereinlassen, wann immer ich kommen wollte, und ich könne in der Kantine essen. Als wir einen

Moment lang allein gewesen waren, hatte ich ihn gefragt, ob ich eine Vorzugsbehandlung genießen würde, und ob das daran liege, dass ich Krach geschlagen hätte, oder weil er meinen Vater kannte. Er sagte, es gebe keine Vorzugsbehandlung; das Krankenhaus hätte den Grundsatz, Mütter zu ihren Kindern zu lassen, die ganze Nation hätte diesen Grundsatz, doch manchmal käme eben das menschliche Element dazwischen. »Unsere Gebäude hier sind alt«, erklärte er, »und unser Personal ebenfalls. Damit müssen wir uns abfinden.«

»Geben Sie es ruhig zu: Ich bin nur hereingekommen, weil ich Krach geschlagen habe. Andere Mütter kommen nicht herein, nicht wahr?«

»Nicht alle wollen es, und nicht alle haben die Zeit dazu. Einige haben Familien, um die sie sich kümmern müssen. Wenn ich Sie wäre, würde ich mir nicht so viel über die anderen den Kopf zerbrechen. Denken Sie lieber an sich selbst.«

Also dachte ich an mich selbst und kam immer wieder – ungeachtet all der anderen, die nicht kommen konnten. Die meisten Schwestern sahen meine Besuche nicht gern, und einen Stuhl haben sie mir auch nie besorgt. Aber ich scherte mich nicht darum, und wenn ich selbst keinen Stuhl finden konnte, setzte ich mich eben auf den Fußboden. Es war recht friedlich. Octavia schlief so viel, dass ich lesen und auf ganz normale Weise gelangweilt werden konnte. Oberin Watkins wechselte kein Wort mit mir, so tief saß ihr Groll wegen dem, was sie durch mein unschuldiges Zutun hatte erleiden müssen. Aber die Gewissensbisse, die ich verspürte, wenn ich sie traf, waren schwächer als alle Gewissensbisse, an die ich mich erinnern kann. Gegen Ende der Zeit konnte ich – sosehr ich es auch versuchte – den Gedanken an all die anderen Kinder nicht länger unterdrücken, die leise und ungehört hinter ihren Glastüren vor sich hin weinten oder am anderen Ende der lang gestreckten Station ungeschützt durch Trennwände lethargisch vor sich hin starrten. In diesem Teil des Krankenhauses lagen nur die ganz Kleinen; auf dem Weg zur Kantine sah ich einmal ein paar größere Kinder, und einigen von ihnen schien es sehr viel besser zu gehen: sie lasen und spielten und stritten miteinander. Einige boten allerdings einen schrecklichen Anblick, und von Zeit zu Zeit gab ich mich der scheußlichen Vorstellung hin, wie froh ich darüber war, dass Octavias Krankheit, so schwer sie auch immer gewesen war, ihre Schönheit nicht entstellt hatte. Aber das war nur eine Fantasievorstellung. Denn wer würde schließlich eine Hasenscharte nicht doch ertragen? Bevor Octavia geboren wurde, hatte ich immer gedacht, dass Liebe etwas mit Verdienst und Schönheit zu tun hätte. Jetzt erkannte ich, dass das nicht der Fall ist.

Dieses Krankenhaus muss der traurigste Ort der Welt gewesen sein. Es gab einige zaghafte Versuche der Aufheiterung, Zierleisten mit kleinen Häschen an den Wänden und eine enthusiastische Schwester, die von Zeit zu Zeit vorbeikam, mit mir redete und kleine Teddybären vor Octavias Gesicht herumbaumeln ließ. Octavia interessierte sich nicht für Teddybären, denn sie war in einem Alter, in dem sie nur mit harten, kaubaren Objekten oder Papier spielen mochte, aber die Schwester bemerkte es nicht. In all den Wochen, die ich dort verbrachte, denn sie war ziemlich lange im Krankenhaus, sah ich nur eine einzige andere Mutter. Wir trafen uns zweimal am Eingang zur Kinderstation, und beim zweiten Mal gingen wir mehr oder weniger zufällig gleichzeitig zur Kantine hinunter, wo wir uns nach einem kurzen Lächeln mit unseren Teetassen an den gleichen Tisch setzten. In dieser Umgebung schien es wenig unverbindliche Gesprächsthemen zu geben, denn jede noch so triviale Frage konnte unter Umständen unwillkommene, schlummernde Ängste und Tragödien freisetzen, also fragte ich schließlich nur: »Wie haben Sie es geschafft, hereinzukommen?« Ich wollte mit ihr ins Gespräch kommen, denn sie sah nett aus. Sie war älter als ich, ihr blondes Haar war in der Mitte gescheitelt in einer Schleife nach hinten gelegt, und sie trug einen grauen Mantel mit Gürtel und Pelzkragen. Ihr Gesicht mit seinem runden Kinn und den hohen Wangen wirkte sanft, ohne Ecken und Kanten, aber dennoch wohl geformt und einprägsam, voll sanfter Gelassenheit. Sie sah so aus, als könne man mit ihr reden, und ich hatte genug von dem endlosen Kampf mit offiziellem Geschwätz und offizieller Sprachlosigkeit.

»Oh, es ging ganz glatt«, antwortete sie. »Ich habe es mir schriftlich geben lassen, dass ich kommen darf, bevor ich ihn hergebracht habe. Dann brauchte ich nur noch den Brief zu zeigen.«

»Das zeugt von Weitblick«, sagte ich. »Ich musste erst hysterisch werden.«

»Wirklich?« Sie lächelte beeindruckt. »Und es hat gewirkt?«

»Offensichtlich.«

»Ich hatte immer Angst, dass sie mich erst recht nicht reinlassen würden, wenn ich Krach schlage«, erzählte sie.

»Weil sie sagen könnten, in diesem schlechten Zustand sei ich nicht in der Lage, die Kinder zu sehen. Ich hatte Angst, dass sie mich gleich mit ins Bett stecken.«

Ich dachte, dass das bei mir auch sehr gut der Fall hätte sein können, und mir fiel ein, wie Lydia erzählt hatte, dass sie keine Abtreibung genehmigt bekam, weil sie sich angeblich zu sehr aufgeregt hätte; mit den Graden der Verrücktheit war es anscheinend eine komplizierte Angelegenheit, genauso wie mit den Graden der Verantwortlichkeit.

»Immerhin«, sagte ich, »Sie brauchten keinen Krach zu schlagen. Sie haben es ganz richtig gemacht. Ich hatte keine Ahnung, wie es hier läuft. Wenn ich es gewusst hätte, hätte ich vielleicht auch schon früher etwas unternommen.«

»Man ahnt es nicht«, erwiderte sie. »Das erste Mal hatte ich auch keinen blassen Schimmer. Sie wollten mich nämlich bei meinem ersten Kind auch nicht hereinlassen. Mein Mann musste erst einen Brief schreiben.«

»Und das hat etwas genutzt?«

»O ja. Mein Mann hat Einfluss hier, wissen Sie – etwas jedenfalls. Ich weiß nicht, was einem ohne das bisschen Einfluss noch übrig bliebe.« Sie lächelte matt, und ich bemerkte dass sie sehr, sehr müde aussah.

»Und wie viele Kinder haben Sie?« fragte ich.

»Es ist mein zweites, das jetzt hier ist«, antwortete sie. »Mein zweiter Junge.«

Es entstand eine Pause; vielleicht erwartete sie, dass ich sie fragte, was dem Jungen fehlte, aber ich wollte es nicht, und ich merkte, dass sie darüber erleichtert war, denn sie fuhr fort: »Sie haben beide das Gleiche. Deshalb wusste ich schon, dass es so kommen würde. Ich hatte es schon seit Jahren gewusst. Das macht es umso schlimmer. Die Leute denken immer, dadurch würde es leichter, aber es macht es nur noch schlimmer.«

»Warum haben Sie ihn hierhergebracht – nach dem, was Sie mit Ihrem ersten Kind erlebt haben?«

»Warum? Es ist das beste Krankenhaus, wissen Sie. Sie müssen Ihnen doch auch gesagt haben, dass es das Beste ist.«

»O ja, das haben sie. Aber ich dachte, das würde man überall sagen.«

Sie zeigte noch einmal ihr ernstes, offenes, angenehmes Lächeln, das nicht amüsiert wirkte, sondern müde und wohlwollend. »O nein«, sagte sie, »es ist wirklich das Beste. Sie haben Glück. Sie sind wirklich gut hier. – Es ist Ihr erstes Kind, nicht wahr?«

»Ja, mein erstes.«

»Ich wünsche Ihnen alles Gute«, sagte sie und trank ihre Tasse aus, »bei Ihrem zweiten, meine ich.«

»Ich werde keins mehr haben«, sagte ich.

»Das habe ich auch gesagt«, erwiderte sie. »Sie sagten mir, es wäre unwahrscheinlich, dass es zweimal hintereinander passiert. Und hinterher lasen sie mir die Statistik vor. Nicht, dass es etwas geändert hätte. Ich hätte es sowieso getan.«

»Aber wie«, fragte ich, »wie können Sie das alles ertragen?« Ich wollte das eigentlich nicht fragen und wünschte im gleichen Moment, ich hätte es auch nicht getan, denn sie war zwar nett, aber unpersönlich gewesen, hatte eine Art kühles menschliches Mitgefühl gezeigt, kein persönliches Interesse. Es machte ihr jedoch nichts aus; sie schien die Frage schon gewohnt zu sein.

»Ich ertrage es nicht«, sagte sie, nahm ihren Löffel und fing an, die Teeblätter auf dem Grund ihrer Tasse umzurühren und sie dabei so scharf anzusehen, als wenn das Schicksal tatsächlich in jenen durchgeweichten, dunkelbraunen Blättern verborgen läge und durch die Bewegungen eines Blechlöffels verändert werden könne. »Zuerst habe ich so getan, als würde es mir nichts ausmachen. Ich versuchte, die Sache gegenüber meinen Freunden mit einem Lachen abzutun und den Ernst der Lage herunterzuspielen, wenn ich mit meiner Familie sprach – ich glaube, Sie wissen schon, was ich meine. Bemerkenswert, dieser Impuls, die Dinge zu verharmlosen, finden Sie nicht auch? Aber schließlich hatte ich es doch satt. Ich war es leid, so zu tun, als wäre nichts, bloß um die Gefühle anderer zu schonen. Jetzt ist es mir egal. Soll doch jeder sehen, dass es mir etwas ausmacht.«

Sie schwieg, als hätte sie alles gesagt, was zu sagen war. Auch ich war stumm, ergriffen von diesem Zeugnis dauerhaften Leids. Es gab immer noch etwas in mir, das widersprechen wollte, das mir sagte, es sei unmöglich, dass ein winziger Zufall, eine kleine Fehlentwicklung eines einzigen Organteilchens das Wachstum eines menschlichen Pflänzchens so beeinflussen und beeinträchtigen kann, dass es sich so, entstellt und anmutig zugleich, an der einzigen sonnigen Wand der Würde emporrankte, die man ihm gelassen hatte. Trotz ihres Kummers hatte sie sich gut gehalten: Sie hatte sich und denen, die ihr nahe standen, die Pein der Hässlichkeit erspart, die großen Schmerz so oft begleitet.

Einige Augenblicke saßen wir schweigend da. Ich wollte eigentlich nichts mehr sagen, doch nach einer Weile kehrten meine Gedanken unaufhaltsam zu alten Beschäftigungen zurück wie ein Hund zu einem vertrockneten, fleischlosen Knochen. Ich musste sie einfach fragen. Da ich schon immer gewusst hatte, dass es keine Antwort gibt, hoffte ich auch nicht, eine zu bekommen, aber ich dachte, diese Frau könnte zumindest meine Frage verstehen.

»Was … was ist mit all den anderen?«

»Die anderen?« fragte sie langsam.

»Ja, die anderen«, sagte ich. »Die, die nicht hereingelassen werden. Die ohne Geld. Die ohne Einfluss. Die, die sich nicht trauen, hysterisch zu werden.«

»Ach, die«, sagte sie.

»Ja, die. Was ist mit denen?«

»Ich weiß es nicht.« Sie sprach immer noch langsam, den Blick gesenkt. »Und ich weiß nicht, was ich daran ändern könnte.«

»Aber machen Sie sich keine Gedanken um sie?« fragte ich weiter. Ich wollte sie nicht beunruhigen, aber ich konnte einfach nicht schweigen.

Mit Mühe nahm sie die Frage auf. Als sie zu sprechen begann, war ich auf ihre Antwort lächerlich gespannt.

»Ich habe mir mal Gedanken um sie gemacht, ja«, sagte sie. »In der ersten Zeit fast soviel wie um meine eigenen Kinder. Ich tröstete mich damit, dass eben niemand so fühlt wie ich. Es ist ihnen egal, dachte ich, sonst würden sie das Gleiche tun wie ich. Aber das stimmt natürlich nicht.«

Sie sah mich fragend an, und ich nickte, denn sie hatte recht mit dem, was sie gesagt hatte.

»Es ist ihnen nicht egal«, fuhr sie fort, »sie packen es bloß nicht so an wie ich. Im Laufe der Jahre sagte ich mir dann, dass es schließlich nicht mein Problem sei. Und das ist es auch nicht. Meine Sorgen sind meine Sorgen, und damit fertig. Ich habe nicht genug Kraft, mir auch noch um die Kinder anderer Leute Sorgen zu machen. Sie haben nichts mit mir zu tun. Meine Zeit reicht gerade dafür, mich um mich selbst zu kümmern. Wenn ich mich und meine Kinder nicht an die erste Stelle setzen würde, würden sie nicht überleben. Also setze ich sie an die erste Stelle, und die anderen müssen sich selbst um ihre Angelegenheiten kümmern.«

Damit verstummte sie; sie hatte nichts mehr zu sagen. Ich war fast zu Tränen gerührt. Man trifft so selten jemanden, der einem eine solche Antwort gibt. Ich glaube, am meisten hat mich bewegt, dass sie ohne Härte gesprochen hatte. Wenn ich bis dahin ähnliche Ansichten gehört hatte, waren sie immer begleitet gewesen von schuldbewusstem Spott über die Vernachlässigten, von konservativer Verachtung für die Unwissenden oder von geschäftsmäßiger Engstirnigkeit überheblicher Realisten. Noch nie hatte ich sie so sanft vorgetragen gehört – als das Ergebnis trauriger Notwendigkeit. Ich verstand sie; ich verstand in ihr all die anderen. Ich glaube, ich antwortete ihr gar nicht, und nach einer Weile zog sie ihre Handschuhe an und stand auf.

»Auf Wiedersehen«, sagte sie.

»Auf Wiedersehen«, erwiderte ich. Und sie ging fort.

Etwa eine Woche später durfte ich Octavia mit nach Hause nehmen. Mittlerweile war sie wieder munter und mobil und zeigte, abgesehen von einer Gewichtsabnahme, keine Spuren mehr von ihrem Martyrium. Am Morgen ihrer Entlassung brachte ich einen Koffer mit richtigen Kleidern mit. Ich hatte mich schon lange darauf gefreut, ihr etwas Anderes anziehen zu können als die weißen Einheitshemden des Krankenhauses. Während meiner Besuche hatte ich mir die Zeit damit vertrieben, ihr ein paar neue Kleider zu nähen. In der Schule hatte ich gelernt, wie man smokt – eine Fertigkeit, von der ich nicht angenommen hatte, dass ich sie noch einmal einsetzen würde; aber ich lasse nun mal nichts gern ungenutzt. Das Ergebnis waren einige sehr hübsche kleine Viyella-Kleidchen in verschiedenen dunklen Schattierungen. Die Arbeit daran hatte mir ziemliche Befriedigung verschafft, sie war allemal nützlicher als das Puzzlelegen, denn sie sparte mir erstens eine Menge Geld und stillte gleichzeitig das Bedürfnis, irgendetwas mit meinen Händen zu tun – sonst hätte ich Löcher in meine Nagelhaut gerissen oder kleine Stücke von dem Korbstuhl abgebrochen, den ich schließlich doch noch erworben hatte. Für unsere Heimreise kleidete ich Octavia in mein Meisterstück, ein dunkelblaues Kleid mit kleinen Karos. Sie sah reizend darin aus und sprang vergnügt auf meinem Schoß herum. Ich schüttelte allen Schwestern die Hand (sogar der Oberin, die froh war, mich los zu sein), stieg in das wartende Taxi und fuhr ab. Ich musste daran denken, wie ich das letzte Mal mit der zehn Tage alten Octavia das Krankenhaus verlassen hatte. Diesmal war ich so klug, die Hoffnung, nie wieder dorthin zurückzumüssen, gar nicht erst aufkeimen zu lassen; ich wusste, dass noch eine Menge Termine und Untersuchungen dort vor uns lagen. Trotzdem fühlte ich mich glücklicher und zufriedener als damals.

Es war am frühen Nachmittag. Wegen der Eigenheiten

des Londoner Einbahnstraßensystems führte der schnellste Weg zu unserer Wohnung am halbmondförmigen Queens Crescent und dann am Portland Place vorbei. Die Luft war hell und klar, und als wir die streng entworfene, gebogene Straße mit ihren unzählige Male abgerissenen und erneuerten Häusern entlangfuhren, fühlte ich plötzlich, dass ich es vielleicht annehmen und überleben könnte. Das hatte ich vorher nur gedacht, wenn ich betrunken gewesen war, noch nie in nüchternem Zustand. Bis zu jenem Moment war ich innerlich davon überzeugt gewesen, dass die Sorgen mein Pflänzchen ohne Hoffnung auf Frucht oder gar Blüte eingehen lassen würden. Jetzt fühlte ich – wie flüchtig auch immer –, dass ich tragen könnte, was mir auferlegt worden war. Zum ersten Mal seit Octavias Geburt hatte ich ein Gefühl der Zulänglichkeit. Wie Hiob hatte man mir mit dem Schlimmsten gedroht, und wie Hiob hatte ich meine Form gewahrt. Jetzt wusste ich etwas über das Leben. Alles, was ich jetzt noch an Glück erhalten sollte, würde auf Tatsachen gründen, nicht auf Hoffnung.

Nachdem Octavia und ich nach Hause gekommen waren und uns wieder miteinander eingelebt hatten, stellte ich fest, dass meine anfängliche Erleichterung schnell neuen Ängsten Platz machte. Da ich es vorausgesehen hatte, war ich weder erschrocken noch überrascht. Und doch wäre es schön gewesen, eine kleine Erholungspause gehabt zu haben. Jetzt, wo ich mich nicht mehr um Leben oder Tod zu sorgen brauchte, nahmen mich die kleinen Probleme der Gesundheit in Beschlag. Man hatte mir nämlich eingeschärft, dass schon die leisesten Beschwerden für Octavia gefährlich werden könnten und jede Erkältung und jeder Kratzer sofort mit Penicillin bekämpft werden müssten. Folglich verbrachte ich die erste Zeit damit, sie ängstlich zu beobachten, und wagte es kaum, sie der Fürsorge von Mrs. Jennings anzuvertrauen, die immer sehr gern mit ihr zusammen war. Die normalen mütterlichen Sorgen wuchsen in mir zu Riesengespenstern, die mich auch nachts im Traum verfolgten.

Langsam begann ich mir auch den Kopf darüber zu zerbrechen, wo ich nach der Rückkehr meiner Eltern wohnen sollte. Sie schrieben mir ungefähr einmal im Monat und machten in ihren Briefen vage Andeutungen über ihre Rückkehr zu Weihnachten. Da sie von meiner Situation nichts wussten, hielten sie es natürlich auch nicht für notwendig, mir Genaueres mitzuteilen. Bisher hatte ich noch keinerlei Pläne gemacht; ich hatte das Schicksal nicht herausfordern wollen, indem ich nach einer Unterkunft für mich und ein Kind suchte, das es vielleicht schon bald nicht mehr geben würde, dessen Existenz bis Weihnachten schon längst ausgelöscht sein könnte. Jetzt schien es allerdings so auszusehen, dass Octavia am Leben bliebe und ich meinen Eltern keine verlassene Wohnung übergeben könnte, aus der alle Windeln, Kinderschuhe, Plastikenten und Saftflaschen sorgfältig entfernt worden waren. Blieb noch die Möglichkeit, gar nicht umzuziehen. Ich hätte einfach dableiben, mich ihnen stellen und sie bitten können, weiterhin dort wohnen zu dürfen. Platz gab es ja genug, und sie hätten sicherlich nicht Nein gesagt. Aber es lag mir nun einmal nicht, andere um etwas zu bitten, außerdem hätte ich sowieso nicht gern mit ihnen zusammengewohnt, trotz aller Vorteile. Ohne die Wohnung wäre meine finanzielle Situation jedoch kritisch geworden. Schließlich wurde ich aktiv und schrieb allen Bekannten, die bei Zeitschriften arbeiteten, dem Vermittlungsbüro für Privatlehrer, für das ich gearbeitet hatte, und verschiedenen anderen Bildungsinstituten, um an mehr Arbeit heranzukommen.

Wie sich herausstellte, hätte ich mir gar keine Sorgen zu machen brauchen. Gegen Ende der ersten Dezemberwoche bekam ich einen Brief von meinem Vater, in dem er mir mitteilte, sie hätten sich entschieden, auf Einladung der Regierung das nächste Jahr in Indien zu verbringen. »Und da wir sowieso schon mal hier sind«, schrieb er, »können wir ja auch gleich von hier aus weiterfahren, anstatt das viele Geld für die Heimreise auszugeben. Natürlich wird es uns leid tun, dass wir Dich und Beatrice und die Kinder nicht sehen können, aber Ihr wirkt alle sehr beschäftigt und glücklich und kommt auch gut ohne uns zurecht, da bin ich mir ganz sicher.« Meine Erleichterung über diese unerwartete Gnadenfrist war unermesslich. Damit hatte ich ein ganzes Jahr Aufschub erhalten, und was konnte nicht alles innerhalb eines Jahres geschehen? Bis dahin würde meine Doktorarbeit veröffentlicht worden sein, und mit etwas Glück würde ich sie vielleicht sogar nicht nur mit einem Baby, sondern auch mit einer seriösen Anstellung an irgendeiner Universität überraschen können. Überwältigt von schamloser Erleichterung, las ich weiter. Mein Vater erzählte von seiner Arbeit in Afrika, von verschiedenen Problemen, die sie gehabt hatten, vom Klima, und dann, ganz nebenbei, im letzten Absatz, im allerletzten Satz sogar, schrieb er: »Letzte Woche habe ich einen Brief von unserem alten Freund Dick Protheroe bekommen. Er meinte, er hätte Dich in letzter Zeit öfter gesehen.« Nicht mehr – nur das. Und nach dieser alles enthüllenden Bemerkung verabschiedete er sich dezent wie immer: »Alles Liebe, Dein Papa.«

Ich setzte mich, betrachtete den Brief noch eine Weile und dachte über seine Bedeutung nach. Auch wenn andere das nicht verstanden hätten, mir war sofort klar, dass Mr. Protheroe meinen Eltern die ganze Geschichte von Octavia und ihrer Krankheit geschrieben hatte und mein Vater mir mit dieser beiläufigen Bemerkung zeigen wollte, dass er Bescheid wusste. Die Tatsache an sich, dass sie es erfahren hatten, war eigentlich nicht verwunderlich: Nachrichten verbreiten sich selbst bis nach Afrika, und früher oder später hatten sie es sowieso herausfinden müssen. Eher war es erstaunlich, dass sie überhaupt so lange in Unkenntnis geblieben waren, was bewies, dass sowohl Beatrice als auch Clare geschwiegen hatten. Beatrices Zurückhaltung überraschte mich nicht, denn das ist ein tiefsitzender Wesenszug unserer Familie; Clare jedoch hätte ich schon eher in Verdacht gehabt, und es hatte noch eine ganze Reihe anderer verstreuter Bekannter gegeben, die ich im Laufe der Zeit in vorbeifahrenden Autos oder in Kinoschlangen erblickt hatte. Doch es war Mr. Protheroe überlassen geblieben, der es als Ehrensache angesehen hatte, meine Eltern zu informieren.

Angesichts der Folgen dieser Information konnte es mir nur recht sein. Denn – so außergewöhnlich das auch erscheinen mag – ich war und bin davon überzeugt, dass meine Eltern sich hauptsächlich deshalb für die Indienreise und gegen die Heimkehr nach England entschieden haben, weil sie mich und meine häusliche Situation nicht durcheinanderbringen wollten. Ich weiß, objektiv gesehen klingt es unwahrscheinlich, in die Worte meines Vaters solch große Bedeutung hineinzulesen. Aber ich kenne meine Eltern, und ich bin mir sicher, dass ich recht hatte. Sie wollten mir und sich selbst mit ihrer Rückkehr weder Schmerz noch Beschämung noch gar praktische Unannehmlichkeiten bereiten, also gingen sie lieber nach Indien. Ich glaube sogar, ich sollte das so verstehen, sonst hätten sie es einfach getan, ohne Protheroes Namen auch nur zu erwähnen. Sein Name diente als Hinweis auf die Umstände ihrer Entscheidung, vielleicht auch als milder Vorwurf, eher aber als Zeichen der Ernsthaftigkeit ihrer Absicht. Ihr Verhalten kam mir natürlich vor, denn ich bin ihre Tochter, aber ich habe unendlich viel darüber nachgedacht, ob sie damit auch im Recht waren oder nicht. Welch Taktgefühl, welch Fluchtverhalten, welch ausgemachte Vermeidungsstrategie! Solche Angst, Schmerz zu verursachen, solche Bereitschaft, selbst Schmerz zu erleiden! Es steht eine Ethik dahinter, eine wohletablierte, traditionelle, englische Ethik: meine Ethik, ob mir das nun gefällt oder nicht. Doch es gibt Kräfte in mir, die das nicht hinnehmen können, und wenn sie sich durchsetzen müssen, entsteht daraus Gewalt, Geschrei, Hässlichkeit und Gott weiß was noch alles.

Als Kind habe ich lieber alles ertragen, als einen anderen zu kränken. Lieber aß ich Dinge, die ich eigentlich nicht ausstehen konnte, holte mir in schlechtbeheizten Wohnzimmern fast den Tod, ließ mich unter viel zu heißen Haartrocknern schmoren, trank in Cafés aus angeschlagenen und schmutzigen Tassen, als Gastgebern, Kellnerinnen und Friseuren vielleicht zu nahe zu treten. Für mich war der Schmerz, anderen Menschen Umstände zu machen, größer als mein eigener Schmerz. Jetzt, wo ich älter werde, stelle ich fest, dass ich mich ein wenig verändere, teilweise deshalb, weil ich mir mit Octavia Entbehrungen nicht mehr allein auferlegen kann: Was ich für mich hinnehme, darunter hat auch sie zu leiden. Ich war froh, dass meine Eltern nach Indien gingen; die körperliche Ruhe durch ihre Abwesenheit war größer als die geistige Unruhe darüber, dass sie meinetwegen eine so große Entscheidung getroffen hatten. Es hat Zeiten gegeben, wo ich das anders gesehen hätte. Den Brief noch in der Hand, setzte ich mich an den Küchentisch und dachte über meinen wachsenden Egoismus nach. Vielleicht besteht darin das Erwachsenwerden, dachte ich; vielleicht sind meine

Eltern immer noch Kinder; vielleicht glauben sie, dass sie unschuldig bleiben können. Das ist jedenfalls eine Art, die Sache zu sehen. Von einem anderen Standpunkt aus gesehen, von einem Standpunkt aus Fleisch und Blut, sind sie vielleicht genauso gefährlich und grausam wie der Vater in Henry James' *Washington Square*.

Ich erzählte Octavia von der guten Nachricht, und sie lächelte, winkte mir von ihrem Kinderstuhl aus zu und bot mir im Bemühen um gegenseitige Kommunikation ein kleines Stück feuchten Zwiebacks an. Als ich ablehnte, ließ sie es auf den Boden fallen, und ich dachte erleichtert, dass ich zumindest ein weiteres Jahr hatte, die ganze Unordnung in der vormals eleganten Wohnung zu beseitigen. Ich nahm sie aus ihrem Stuhl, setzte sie zum Krabbeln in den Flur und schaute nach, ob Lydia zu Hause war. Zwar hatte ich sie in der Nacht nicht zurückkommen hören, aber falls sie da war, wollte ich ihr von dem Brief meines Vaters erzählen und seine moralische Qualität mit ihr diskutieren. Ich klopfte an ihre Tür, bekam aber keine Antwort. Da es schon nach zehn war, machte ich auf, um nachzusehen, ob sie wirklich nicht da war, doch das Zimmer war leer. Ich ging in die Küche zurück, spülte und räumte ein wenig auf, setzte mich dann ins Wohnzimmer und holte meine Schreibmaschine heraus, um für eine völlig unbedeutende Zeitschrift ein Buch über Daniel Defoe zu rezensieren. Das war eine Aufgabe, für die ich schlecht gerüstet war, und – wenn man den Stundenlohn betrachtet – eine wenig Gewinn bringende Aufgabe dazu, denn um das eine Buch zu besprechen, hatte ich es für notwendig gehalten, erst einmal die Werke Defoes selbst zu lesen. So wenig wusste ich über diesen Mann, dass ich es fertig brachte, seinen ganzen *Bericht vom Pestjahr* zu lesen, ohne dabei zu merken, dass es sich um eine fiktive und keine tatsächliche Schilderung der schrecklichen Ereignisse handelte – eine Tatsache, die sehr für Defoe spricht und wenig für mich. Ich war richtig aufgebracht, als ich herausfand, dass es nicht, wie man so sagt, die Wahrheit war, und am meisten ärgerte ich mich darüber, dass ich aufgebracht war, denn bis dahin hatte ich immer behauptet, eine aristotelische und keine platonische Einstellung zu Dichtung und Wahrheit zu haben. Ich hatte gerade die ersten hundert Worte geschrieben und gezählt, als mir plötzlich Octavia wieder einfiel. Ich konnte sie durch den Flur irgendwo vergnügte Laute ausstoßen hören, hatte aber das Gefühl, es sei langsam an der Zeit, einmal nachzuschauen, ob sie nicht vielleicht gerade das ausgefranste Ende des Flurteppichs zerrupfte oder sonst irgendetwas Zerstörerisches tat. Für ihr Alter war sie bemerkenswert ausdauernd, was die Zerstörung von Dingen anging.

Ich erschrak, als ich bemerkte, dass ich die Tür zu Lydias Zimmer offen gelassen hatte und sie hineingekrabbelt war, denn dort wimmelte es nur so von gefährlichen Dingen wie Aspirintabletten, Rasiermessern und Tintenflaschen. Eilig lief ich herbei, um sie zu retten. Der Anblick, der sich mir bot, als ich in Lydias Zimmer trat, hätte jeden erbeben lassen. Octavia saß mit dem Rücken zur Tür auf dem Boden und war von einer wahren Flut von zerrissenen, zerknüllten, zerkauten Papieren umgeben. Wie angenagelt stand ich da und starrte auf ihren niedlichen kleinen Hinterkopf, ihren dünnen, langstieligen Hals und ihre blumigen Locken. Plötzlich gab sie einen lauten Freudenschrei von sich und zerriss ein weiteres Stück Papier. »Octavia«, sagte ich entsetzt. Sie schrak schuldbewusst zusammen und drehte sich dann mit einem reizenden, abwehrenden Lächeln zu mir um. Ihr Mund war vollgestopft mit den Überresten von Lydias neuem Roman.

Ich nahm sie auf den Arm, fischte die Papierstückchen aus ihrem Mund und legte sie vorsichtig auf den Nachttisch. Die Seiten 70 bis 123 ihres Manuskripts schienen es unbeschadet überstanden zu haben; der Rest jedoch befand sich in verschiedenen Stadien der Auflösung: Einige Seiten waren heil, aber völlig zerknittert, einige waren in große, andere in kleine Stücke zerrissen, und einige waren völlig zerkaut. In Wirklichkeit war der Schaden nicht so groß, wie es auf den ersten Blick ausgesehen hatte, denn Babys sind zwar ausdauernd, aber nicht gründlich. Auf den ersten Blick aber wirkte es wirklich verheerend. Ich wusste kaum, wo ich mit dem Aufräumen beginnen sollte, also ließ ich es sein, ging hinaus und schloss fest die Tür hinter mir. Dann nahm ich Octavia mit mir ins Wohnzimmer, setzte mich hin und dachte nach. In einer Hinsicht war es natürlich die schrecklichste Sache, für die ich je verantwortlich gewesen bin, doch als mein Blick auf Octavia fiel, die auf der Suche nach weiterer Arbeit munter durchs Wohnzimmer krabbelte, musste ich beinahe lachen. Es war so absurd. Plötzlich war da diese kleine, lebendige Erweiterung von mir selbst, gefährlich und verletzlich zugleich, für deren Verbrechen und Verletzungen allein ich büßen musste. Hier wusste wahrhaftig die rechte Hand nicht, was die linke tut – sowohl im Guten wie im Bösen. Lass mein scharfes Messer nicht die Wunde sehen, die es geschnitten hat. Es war wirklich eine scheußliche Geschichte, zumal ich Lydia mit meinem endlosen Genörgel in den Ohren gelegen hatte, sie müsse unbedingt immer ihre Tür zumachen. Und doch, im Vergleich zu Octavias süßem, lebendigem Anblick schien die Geschichte gar nicht so scheußlich zu sein.

Ich fragte mich, was ich Lydia wohl sagen sollte, wenn sie zurückkam. Es gab noch eine Möglichkeit, meine Unschuld zu wahren: Ich könnte sagen, dass sie selbst am Tag zuvor ihre Tür offen gelassen hätte; bestimmt würde sie sich nicht gut genug erinnern, um es abzustreiten, was mich bis zu einem gewissen Punkt von Schuld freisprechen würde. Ich hätte dann nur noch daran Schuld gehabt, nicht genügend auf mein Baby aufgepasst zu haben, und nicht daran, die Tür geöffnet und Octavia hineingelassen zu haben. Als sehr kleines Kind habe ich oft zu dieser Art von Lüge Zuflucht genommen, weil mir die Aussicht darauf, meine Schuld gestehen zu müssen, unerträglich vorkam, was vielleicht beweist, dass ich die Schmach mehr fürchtete als das Verbrechen selbst. Als älteres Kind hat mich jedoch meine Ehre immer zu einem Geständnis gezwungen, und ich wusste, dass auch diesmal meine Ehre die Oberhand behalten würde. Ich versuchte mir vorzustellen, was Lydia sagen würde. Ich fragte mich, was *ich* gesagt hätte, wenn jemand *meine* Doktorarbeit zerrissen hätte. Ich war mir ziemlich sicher, dass sie nie Durchschläge von irgendetwas machte, denn ich erinnerte mich daran, wie sie sich einmal bei Joe, der von allem, selbst von Briefen, drei Durchschläge macht, darüber beklagt hatte, dass diese Einstellung nicht von Tüchtigkeit, sondern von Arroganz zeugte. Ich wusste nicht mehr genau, ob sie gesagt hatte, dass der

Roman inzwischen abgeschlossen sei oder nicht; sie hatte lange dazu gebraucht, mehr als ein Jahr, denn die Affäre mit Joe hatte sie sehr am Schreiben gehindert. Ich meinte, sie hätte das letzte Mal, als ich mit ihr darüber gesprochen hatte, gesagt, sie wäre beim letzten Kapitel angekommen. Ich fragte mich, ob sie wohl sehr wütend sein würde. Nebenbei bemerkt, sie hatte mir das Thema dieses Werkes nie gestanden. Es schien mir eine gewisse poetische Gerechtigkeit darin zu liegen, dass Octavia ein Buch, in dem wir beide bloßgestellt wurden, selbst zerrissen hatte.

Eine historische Parallele dieses Vorfalls, die ich zuerst nicht richtig einordnen konnte, ließ mich nicht wieder los; während ich weitere hundert Worte über Defoe schrieb, versuchte ich krampfhaft, mich daran zu erinnern, denn ich wusste, es würde mich beruhigen, wenn es mir einfiel. Am Ende der hundert Worte fing Octavia an zu jammern, also brachte ich sie in ihr Bett zurück. Als ich sie über die Gitterstäbe hob, fiel es mir plötzlich wieder ein: Carlyles *Geschichte der Französischen Revolution,* das war es gewesen. Er hatte das Manuskript dem unglücklichen John Stuart Mill zur Durchsicht gegeben, und John Stuart Mills Hausmädchen hatte damit das Feuer geschürt. Der ganze erste Band wär restlos zerstört worden, und er musste alles noch einmal schreiben. Ich erinnerte mich, irgendwo gelesen zu haben, dass Mill und seine Frau sofort in eine Droschke gestiegen und direkt zu Carlyle gefahren sind, um es ihm ehrenhaft zu gestehen. Was Carlyle darauf gesagt hat, habe ich nie herausgefunden; möglicherweise sind seine Worte nicht überliefert. Auf jeden Fall hat dieser Vorfall meine Fantasie immer auf seltsam eindringliche Art und Weise in seinen Bann gezogen, vielleicht weil es eine perfekte Illustration eines großen und unwissentlich geschehenen Unrechts war, bei dem die Schuld des Täters (Gedankenlosigkeit, sicherlich, aber mehr auch nicht) in keinem Verhältnis zu dem Schaden des Opfers stand. Ich hatte mir nie eine Vorstellung davon machen können, welche Worte Mill und Carlyle damals gewechselt haben. Jetzt war ich die Schuldige – und würde es bald herausfinden.

Den restlichen Vormittag verbrachte ich damit, ängstlich auf das Geräusch von Lydias Schlüssel in der Tür zu warten; ihr Kommen und Gehen war unberechenbar, und sie hätte jeden Moment da sein können. Doch sie kam nicht. Octavia und ich aßen in Frieden und Sicherheit unser Mittagessen und gingen danach zu einer Freundin zum Tee. Ich fragte mich, ob ich Lydia einen Zettel hinterlassen oder die Tatsachen für sich sprechen lassen sollte. Am Ende überließ ich es den Tatsachen; ich hatte keine Idee, was ich auf den Zettel schreiben sollte. Bei meiner Freundin war es sehr nett. Sie hatte ein Baby in Octavias Alter, die Zimmer waren glücklicherweise frei von zerbrechlichen Aschenbechern, herumliegenden Feuerzeugen, Romanmanuskripten und ähnlichen Gefahren. Wir waren zusammen in Cambridge gewesen, doch jetzt war sie, zu ihrem großen Verdruss, nichts weiter als Hausfrau und Mutter, und ich hatte das Gefühl, wirklich besser dran zu sein. Eine Stunde tröstlicher literarischer, mütterlicher und boshafter Plauderei mit ihr munterte mich so auf, dass ich ihr sogar voller Genuss von Octavias schrecklicher Heldentat am Morgen erzählte, und wir beide – Sie mögen es glauben oder nicht – schütteten uns dabei aus vor Lachen. Die Ernsthaftigkeit des Vergehens war Sarah jedoch nicht entgangen, und als unser Lachen verstummt war, drückte sie ihre Besorgnis über meine traurige Lage aus.

»Was wird Lydia sagen?« fragte sie. »Was wird sie bloß sagen? Wird sie wütend sein?«

»Ich habe keine Ahnung«, sagte ich ehrlich. »Eigentlich ist sie nie wütend. Aber ich kenne sowieso niemanden, der richtig wütend wird. Du etwa?«

»Nein, ich auch nicht. Ich kenne zwar Leute, die hinter den Rücken anderer Wut haben, aber keinen, der sie direkt zeigt. Der einzige Mensch, auf den ich wütend werde, ist mein Mann.«

»Wenn sie wirklich sauer ist, zieht sie vielleicht aus«, bemerkte ich, »dann hätte ich keinen Babysitter mehr. Zwar macht sie es zurzeit nicht häufig, aber wenn ich sie einmal rechtzeitig erwische, sagt sie auch nie Nein.«

»Wenn du mich fragst«, sagte Sarah, »ich fände es gar nicht schlecht, wenn sie ausziehen würde. Dann könntest du dir einen richtigen Untermieter suchen und eine angemessene Miete verlangen. In deiner Situation ist es doch lächerlich, jemanden umsonst bei dir wohnen zu lassen.«

»Du magst recht haben. Aber zum Ausziehen wird sie nicht wütend genug sein.«

»Vielleicht doch«, sagte Sarah. »Man kann nie wissen, vielleicht doch.«

Octavia und ich fuhren mit dem Bus nach Hause und kamen um sechs Uhr in der Wohnung an. Von Lydia war immer noch nichts zu sehen. Ich gab Octavia ihr Fläschchen und brachte sie ins Bett, dann schaltete ich ein Konzert im Fadio ein, setzte mich hin und wartete. Es fiel mir ein, dass sie und Joe, wie öfters in letzter Zeit, vielleicht zusammen nach Hause kommen könnten. Das hätte mir mein Geständnis nur noch umso schwerer gemacht, denn ich hatte mir immer viel darauf zugute gehalten, Joe in einer Position der Würde und Beherrschung zu begegnen. Die Sicherheit meiner Haltung bedeutete mir viel. Kurz nach acht rief Joe jedoch an und fragte, ob Lydia schon zu Hause sei; ich verneinte und fragte zurück, ob sie denn nach Hause kommen wolle. Er meinte, sie müsse jeden Moment eintreffen, ob ich ihr bitte ausrichten könne, er würde sie um neun Uhr abholen, bis dahin solle sie sich umgezogen und fertig gemacht haben. Der Gedanke an Lydias kurz bevorstehende Ankunft erfüllte mich mit plötzlicher Panik, und zu meiner eigenen Überraschung hörte ich mich die ganze Geschichte Joe erzählen. Er hörte schweigend zu, und als ich fertig war, sagte er nur:

»Na, das hast du ja fein gemacht. Sie ist so chaotisch, sie wird es nie schaffen, es wieder zusammenzuflicken. Und sie verabscheut es, Sachen neu zu schreiben, weißt du.«

»Das ist ein schöner Trost«, erwiderte ich. »Wird sie sehr sauer sein?«

»Sauer? Nein, das kann ich mir nicht vorstellen. Soll ich gleich vorbeikommen, es ihr sagen und deine Hand halten?«

»Nein, mach dir keine Mühe, das mache ich schon selber«, sagte ich. »Ich hoffe, ihr habt heute Abend noch etwas Schönes vor, was sie aufheitern und ablenken kann.«

»Eigentlich wollten wir zu einer Party gehen«, antwortete er, »aber nach einer solchen Tragödie hat sie dazu vielleicht keine Lust mehr. Wenn du willst, kannst du ja mitkommen.«

»Ich glaube nicht, dass das besonders taktvoll wäre«, sagte ich.

»Nein, wahrscheinlich nicht«, stimmte Joe zu. »Vergiss es. Ich komme um neun, die Scherben auflesen. Merk dir genau, was sie sagt, ja? Vielleicht kann ich es eines Tages noch verwenden.«

»Ja, ich auch«, sagte ich. »Oder sie selbst. Lasst uns alle ein Buch darüber schreiben.«

»In Ordnung«, erwiderte Joe. »Bis nachher.«

»Gut«, sagte ich und legte auf. Ich konnte mich des Eindrucks nicht erwehren, dass Joe die Nachricht über Lydias beruflichen Rückschlag mit einer gewissen Genugtuung aufgenommen hatte; er hasste es, wenn ein anderer etwas veröffentlichte – außer wenn es vernichtende Kritiken bekam und den Ruf seines Autors zu Grunde richtete. In Anbetracht dessen fragte ich mich, warum ich ihn überhaupt leiden konnte. Weil ich es tat – und tue.

Um zwanzig vor neun kam Lydia. Offensichtlich in Eile, stürzte sie ins Wohnzimmer, um zu sagen, dass sie gleich wieder gehen müsse. Mit einem mulmigen Gefühl im Magen folgte ich ihr über den Flur zu ihrem Zimmer und fing sie an der Tür ab, indem ich mit matter Stimme sagte:

»Joe hat angerufen.«

»Ach, wirklich?« fragte sie, ihre Hand schon auf der Türklinke. »Weshalb?«

»Ich soll dir ausrichten, dass er dich um neun Uhr abholen kommt.«

»Oh, verdammt! Ich bin spät dran, ich weiß«, sagte sie und drückte die Klinke.

»Lydia«, begann ich tapfer, »Lydia, es ist heute etwas Schreckliches passiert. Wirklich schrecklich. Ich weiß nicht, wie ich es dir erklären soll.«

»Was soll das heißen?« fragte sie, wandte sich zu mir um und drückte gleichzeitig die Klinke herunter, sodass die Tür sich öffnete und nur mir das Chaos im Zimmer enthüllte. Ich sah, dass es nicht nötig war, meine Schuld in Worte zu kleiden, also zeigte ich nur auf die Papierfetzen und sagte:

»Schau nur. Schau dir das an. Octavia hat es getan.«

Sie sah hinein. Auf seltsame Weise fühlte ich mich befriedigt darüber, dass sie tatsächlich erbleichte. Stumm ging sie hinein und begann, das Ausmaß des Schadens zu inspizieren und mit abwesendem Gesichtsausdruck einige der weniger zerstörten Seiten auf den Nachttisch zu legen. Dann gab sie auf, schaute mich jedoch nicht an.

»Es tut mir so leid«, sagte ich. »Es war alles mein Fehler. Ich bin heute Morgen in dein Zimmer gegangen, um nachzuschauen, ob du da bist, weil ich dir etwas sagen wollte, und dabei muss ich die Tür offen gelassen haben. Ich kann mich nicht daran erinnern, aber ich muss es getan haben. Und Octavia ist hereingekommen. Ich kann dir nicht sagen, wie leid es mir tut.«

Sie ließ sich schwach aufs Bett sinken. Einen Moment lang dachte ich, sie würde weinen, aber sie tat es nicht. Nach einer langen Pause sagte sie:

»Oje! Mach dir nichts draus, ich glaube, ich kriege es schon wieder zusammen.«

»Ich habe nichts angefasst«, versicherte ich ihr. »Ich dachte, ich würde nur noch größeren Schaden anrichten.«

»Heißt das, du hast es dir nicht angeschaut? Du hast nichts gelesen?« fragte sie mit plötzlich wachsender Lebhaftigkeit.

»Nein, nein«, beteuerte ich noch einmal, »überhaupt nichts. Ich war so entsetzt, ich habe die Tür gleich wieder zugemacht.«

»Na ja, ich glaube, das wird schon in Ordnung gehen«, sagte sie. Dann kniete sie sich zwischen die Papierfetzen und sagte recht fröhlich: »Ich bin sicher, dass ich es wieder zusammenkriege. Und wenn ich einige Teile neu schreiben muss, kann mir das nur gut tun, beim zweiten Mal wird es sowieso besser. Ich bin nur immer zu faul dazu, das ist alles. Es wird mir gut tun, alles noch einmal durchzugehen.«

Sie fing an, die Seiten aufzuheben und in die richtige Reihenfolge zu bringen. Ich stand in der Tür und sah ihr zu. Doch schon nach kurzer Zeit verlor sie die Geduld und rief:

»O Gott, ich kann mich jetzt unmöglich darum kümmern. Ich muss mich schnell umziehen, sonst kommt Joe und ist schrecklich wütend. Er kann ziemlich ausfallend werden.«

Sie knöpfte ihren Regenmantel auf, zog Rock und Pullover aus und lief im Unterrock zu ihrer Garderobe hinüber, um etwas zum Anziehen herauszusuchen.

Sie mochte vielleicht in der Lage gewesen sein, es dabei zu belassen – ich war es jedenfalls nicht.

»Lydia«, begann ich aufs Neue, »ich habe nachgedacht. Es kann für dich kein Zuckerschlecken sein, mit einem Baby zusammenzuwohnen – überall Babynahrung, die ganze Nacht Babygeschrei, und dann noch solche schrecklichen

Sachen wie das. Meinst du nicht, dass du vielleicht ausziehen solltest?«

»Darauf wäre ich nie gekommen«, antwortete sie, während sie ein seltsames, glitzerndes Lurex-Oberteil herausholte und über den Kopf zog. »Ich habe das Baby wirklich kaum bemerkt, abgesehen von den Zeiten, in denen ich Babysitter gespielt habe, natürlich. Ich finde sie wunderbar.«

»Aber sie ist eine Last«, sagte ich. »Und wenn sie erst einmal zu laufen anfängt, wird es noch schlimmer. Dann werde ich sie kaum noch irgendwo heraushalten können.«

»Versuchst du, mich loszuwerden?« fragte Lydia und probierte einen schwarzen Fransenrock an, um sich dann aber doch für einen bodenlangen Rock aus lila Wolle zu entscheiden. Ihr einstmals zitronengelber Unterrock hatte im Laufe der Zeit eine undefinierbare graue Farbe angenommen und war voller Löcher und Laufmaschen.

»Natürlich nicht«, entgegnete ich. »Ich dachte nur, du würdest vielleicht nicht mehr hier bleiben wollen, das ist alles.«

»Na ja, wenn deine Eltern zurückkommen, muss ich ja sowieso gehen«, sagte Lydia. »Aber bis dahin würde ich schon ganz gerne hier bleiben. Es gefällt mir hier. Wo sollte ich sonst hingehen?«

»Du könntest zu Joe ziehen.«

»O Gott, nein.« Lydia rümpfte entsetzt die Nase. »Es ist so schmutzig da. Es muffelt. Du solltest nur einmal sehen, was er alles unter seinem Bett hat. Vielleicht hast du ja sogar gesehen, was er unter seinem Bett hat.«

Während sie ihr Haar zu dem gewohnten, lässigen

Abendknoten aufsteckte, dachte ich – und nicht zum ersten Mal – darüber nach, dass Joe und sie eine geradezu unheimliche körperliche Ähnlichkeit miteinander hatten. Beide sahen sie von nahem betrachtet schmuddelig und schäbig aus, und doch hatten sie beide einen hohen Grad an lässiger, objektiver und nicht nur rein zeitgenössischer Schönheit. Lydia sah nie ganz sauber aus; zwar war ihre Haut nicht so zerfurcht wie die von Joe, aber auf ihr lag ein ständiger Grauton – die Farbe eines Menschen, der sich von Bohnen aus der Büchse, Brot, Marmelade und Schmalz ernährt. Während ich den starken, frischen Glanz des Wohlernährten hatte, sahen die beiden immer ungesund aus. Lydia wusch sich von Zeit zu Zeit, ich hatte es selbst gesehen und gehört; auch ihre Kleider wusch sie, wenn auch vielleicht nicht oft genug. Seit Octavias Geburt war ich selbst bewusster geworden, was Schmutz und Waschen anging, und hatte sogar angefangen, Lydias Aussehen innerlich mit mildem Tadel zu betrachten.

Als sie sich vor dem Spiegel herumdrehte, sah sie zwar schön aus, aber eben in der gewohnten, schmuddeligen Weise.

»Wie spät ist es?« fragte sie. »Habe ich noch Zeit zum Schminken, bevor Joe kommt?«

»Es ist fünf vor«, antwortete ich.

Sie wandte sich wieder ihrem Spiegelbild zu. »Ich habe mich mal wieder zu sehr aufgedonnert, nicht wahr?« fragte sie, als sie anfing, sich ein wenig Grundierungscreme ins Gesicht zu reiben.

»Lydia«, begann ich noch einmal bestimmt, um sie an mein Anliegen zu erinnern. »Willst du wirklich bleiben?«

»Natürlich will ich das«, antwortete sie. »Es ist so praktisch für mich.«

»Dann kannst du auch hier bleiben«, sagte ich. »Meine Eltern kommen nämlich noch nicht zurück. Erst in einem Jahr.«

»Wirklich?« Sichtlich erfreut drehte sie sich zu mir um. »Aber das ist ja wunderbar. Wie hast du es geschafft, sie davon zu überzeugen?«

»Ich habe gar nichts gemacht«, erklärte ich. »Sie haben einfach einen Brief geschickt und mir geschrieben, sie würden noch ein Jahr wegbleiben.«

»Wie herrlich.« Sie wandte sich wieder ab, um ihren Lippenstift aufzutragen. Dann sagte sie, immer noch mit dem Rücken zu mir:

»Sag mal, Rosamund, du hast doch nicht mein Buch mit Absicht zerrissen? Um mich loszuwerden?«

»Was?« erwiderte ich, ehrlich entrüstet. »Was für eine wahnsinnige Idee! Natürlich nicht. Wie kommst du nur darauf?«

»Ach, nichts, nichts«, sagte Lydia. »Nein, ich weiß, so etwas würdest du nie machen. Kann ich tatsächlich hier bleiben?«

»Wenn du es wirklich willst«, antwortete ich, großmütig und freundlich, und in dem Moment klingelte Joe. Ich ging, um ihm zu öffnen. Er war leicht betrunken und küsste mich herzlich, als ich ihn hereinließ.

»Was hat sie gesagt?« fragte er.

»Das erzähle ich dir später«, sagte ich. Lydia kam – fröhlich angemalt – zu uns; ihre Wangenlocken waren zum Teil mit Makeup verschmiert, und kleine, staubige Puderflocken standen in den Ecken ihrer großen Augen.

»Ist es nicht wunderbar«, fragte sie, als sie zu uns trat, »dass ich hier bleiben kann?«

»Was meinst du damit?« fragte Joe zurück, und ich musste noch einmal erzählen, dass meine Eltern erst in einem Jahr zurückkommen würden. Wir feierten das Ereignis mit einem Drink, den Joe allerdings erst holen musste, weil ich für Alkohol in dem Monat zu knapp bei Kasse war. Anschließend gingen sie zu ihrer Party. Und das war's – abgesehen davon, dass Lydia tatsächlich zwei volle Kapitel neu schreiben und viel Zeit mit langweiliger Klebearbeit verbringen musste. Und als der Roman schließlich herauskam, bekam er sowieso schlechte Kritiken. *Das* machte Lydia wütend; sie tobte mehrere Stunden lang und schimpfte auf das Privatleben, die Bildung und Vorlieben ihrer Kritiker. Als ich sie darauf hinwies, dass sie früher oder später doch einmal negative Kritiken bekommen müsste, schimpfte sie auch auf mich und wollte mir lange Zeit nicht verzeihen. Joe war natürlich erfreut über die schlechten Rezensionen – allerdings nur noch aus der Entfernung, denn Lydia und er hatten sich zu der Zeit schon für immer und ewig getrennt. Ich traf ihn gelegentlich immer noch. Eine inzestuöse Freundschaft kann, wie ich herausgefunden habe, jede leidenschaftliche Liebe überdauern.

Heiligabend traf ich George. Die Umstände unseres Wiedersehens waren von unauslöschlicher Schönheit, wie die Schönheit des Schicksals selbst. Damals kam es mir noch nicht so vor, denn Verwirrung verdeckte ihre geheimnisvollen Konturen. Doch jetzt – rückblickend – habe ich das Gefühl, dass ich die Pfade, die ich schritt, und die Bande, die mich hielten, ewig aufs Neue durchleben könnte.

Beatrice hatte mich eingeladen, Weihnachten bei ihnen zu verbringen, aber ich hatte abgelehnt. Sie wollte Octavia sehen, sagte sie, aber Octavia gehörte zu mir und zu London, und ich wollte sie nicht über die Familie und das ganze Land verteilen. Sonderbarer fand ich, dass auch Clare und Andrew mich einluden; Höflichkeit vergeht nicht. Ihre Einladung lehnte ich ebenfalls ab, denn ich hatte nicht den Wunsch, sie jemals wiederzusehen. Es machte mich traurig, dass ich ihnen so leid tat, meinem Bruder und meiner Schwester, besonders weil ich eigentlich guten Mutes war. Man hatte mir für den folgenden Herbst eine Stelle an einer der attraktivsten neuen Universitäten angeboten, meine Doktorarbeit war schon beim Verleger und hatte mir bei den maßgeblichen Leuten große Wertschätzung eingebracht. Ich war erfreut und erleichtert. Zwar hatte ich die ganze Zeit über gewusst, dass es eine außergewöhnlich gute Arbeit war, die Aufmerksamkeit verdiente, doch gleichzeitig hatte ich erwartet, dass sie doch unbeachtet blieb, wie schon so viele andere vor ihr. Jetzt hatte ich in meiner allgemeinen akademischen Gutmütigkeit ohne ersichtlichen Grund mit einer Arbeit über Cowley angefangen und war außerdem dazu eingeladen worden, einen Beitrag zu einem Taschenbuch über die englische Dichtung zu schreiben. Ich hatte für meine gute Laune also allen Grund. Es war ebenfalls erfreulich, dass mein Name in naher Zukunft Dr. Rosamund Stacey lauten würde – eine Anrede, die viel dazu beitragen würde, die Ungewöhnlichkeit von Octavias Existenz etwas abzumildern.

Den Nachmittag des 24. Dezember verbrachte ich im Britischen Museum. Über den folgenden Tag machte ich mir keine Sorgen: Lydia wollte einen Truthahn braten und hatte dutzende von Freunden eingeladen, die ihn mit uns verzehren sollten. Ich mochte Lydias Partys, besonders die, die sie in meiner Wohnung gab, denn dann brauchte ich mir keine Sorgen über Babysitter oder lange Heimwege zu machen. Außerdem ist Lydia – wenn sie einmal anfängt – eine ganz gute Köchin, obgleich ihre Gerichte oft etwas bizarr ausfallen. Mir gelingt es besser als ihr, Mahlzeiten genießbar zu machen, aber sie ist sehr gut darin, sie verblüffend, reichhaltig und ausgefallen zu gestalten. Wenn die Zutaten gut sind, ist es ihr Essen normalerweise auch, und ich dachte, man müsste mit den Kräutern, dem Wein und den Kastanien schon eine Menge falsch machen, um einen großen Truthahn ganz und gar zu verderben. Also saß ich friedlich da, las mir durch, was Johnson über Cowley zu sagen gehabt hatte, und überlegte, ob ich als Nächstes in ein oder zwei Jahren vielleicht zu

Johnson und dem achtzehnten Jahrhundert übergehen sollte. An jenem Nachmittag schien alles interessant zu sein; solche Stimmungen gibt es nicht häufig. Als ich um halb fünf die Bibliothek verließ, wünschten mir alle fröhliche Weihnachten, und ich wünschte es ihnen ebenfalls; gegen Toilettenwarte in Toiletten, Bibliothekare in Bibliotheken und Türsteher an der Tür habe ich nichts – nur wenn sie mir auf der Straße folgen, gerate ich in Panik.

Auf dem Nachhauseweg fiel mir ein, dass ich für Mrs. Jennings ein Weihnachtsgeschenk kaufen müsste. Sie hatte mich an meine Pflicht erinnert, indem sie ihr Geschenk für Octavia – einen schönen Ball mit einer Glocke darin – herausgeholt hatte, bevor ich gegangen war. Ich kaufte ihr eine Packung Seife und Parfüm und eilte damit nach Hause. Mrs. Jennings dankte mir für das Geschenk und meinte, Octavia habe mit ihrem neuen Ball gespielt, mache aber einen etwas missmutigen Eindruck und habe vielleicht eine Erkältung. Als ich sie anschaute, sah ich, dass ihre Nase tatsächlich lief.

»Es ist nichts Besonderes«, meinte Mrs. Jennings, als sie erkannte, dass sie mich erschreckt hatte. »Nur ein leichter Schnupfen. Vielleicht zahnt sie.«

»Ja, vielleicht«, stimmte ich ihr zu.

»Den Schnupfen hat sie womöglich von mir«, erklärte sie. »Ich hatte am Montag schreckliche Halsschmerzen. Aber ich wollte Sie nicht aufregen.«

»Oh, das ist schon in Ordnung.«

»Fröhliche Weinachten also«, sagte Mrs. Jennings, und nachdem ich Octavia dazu überredet hatte, ihr zum Abschied zu winken, ging sie und ließ mich allein die Ernsthaftigkeit ihrer Erkältung betrachten. Es sah, wie ich zugeben muss, wirklich nicht schlimm aus. Aber immerhin: sie war erkältet, und sie war es am Morgen, als ich sie verlassen hatte, noch nicht gewesen. Ich sah auf die Uhr: es war nach fünf. Ich überlegte, ob ich noch zur Apotheke laufen und Penicillin holen sollte, wofür mir Protheroe ein Dauerrezept gegeben hatte, entschied mich aber dagegen, weil ich nicht wusste, wo ich Octavia in der Zeit lassen sollte, und sie bei dem eisigen Wetter abends unmöglich mit nach draußen nehmen konnte. Also entschloss ich mich, so zu tun, als hätte ich es gar nicht bemerkt, und machte weiter wie gewohnt. Ich gab ihr das Fläschchen und ihren Brei, spielte mit ihr und brachte sie ins Bett – nur ihr Bad ließ ich diesmal aus. Wie Mrs. Jennings richtig bemerkt hatte, schien sie etwas missmutig zu sein, mehr aber auch nicht, und ging so still und brav ins Bett wie immer.

Ich machte mich wieder an die Arbeit. Erst wusch ich mir für die Festlichkeiten am folgenden Tag die Haare, dann setzte ich mich vor den Kamin, um meine Korrespondenz und meine Steuersachen zu erledigen, die sich zu einem Papierberg von beängstigenden Ausmaßen angesammelt hatten. Ich hatte eine Menge Informationsmaterial darüber, was ich als alleinstehende Mutter bei der Steuer geltend machen konnte und was nicht, und stellte gerade zu meiner Verärgerung fest, dass ich Mrs. Jennings' Gehalt nicht absetzen konnte, als ich Octavia husten hörte – nicht lange, nur einmal. Als ich nach ihr schaute, lag sie in ihrem friedlichen Babyschlaf und atmete ruhig. Ihre Nase lief nicht mehr und schien noch nicht einmal mehr verstopft zu sein. Doch während ich da stand und sie betrachtete, bewegte sie sich und hustete noch einmal. Es war ein leises, zartes Geräusch, fast wie bloßes Räuspern, und ich wusste, dass ich es nicht ernst nehmen sollte – dass es nichts Ernstes wäre. Und doch lastete die Verantwortung so schwer auf mir, dass ich einerseits wusste, dass es die Wahrheit war, es andererseits trotzdem nicht wirklich glauben konnte. Jenseits aller Vernunft verfolgte mich der Gedanke an die langen Weihnachtstage ohne Arzt und Penicillin; die Vorstellung, irgendeine noch so geringfügige oder verständliche Nachlässigkeit von mir könnte ihr auch nur den kleinsten Schaden zufügen, war mir unerträglich. Ich musste das Penicillin holen – selbst wenn meine Vernunft spätestens dann wieder die Oberhand gewinnen würde, wenn ich es tatsächlich geholt hätte. Ich ahnte schon: Wenn ich es erst einmal in der Wohnung hätte, würde ich Octavia wahrscheinlich doch nicht wecken, um ihr das Penicillin zu verabreichen. Und doch – da ich es nicht hatte, musste ich gehen. Ich verließ ihr Schlafzimmer und schaute auf die Uhr; es war schon nach acht.

Wie der Zufall es wollte, waren es zu Fuß nur zehn Minuten von meiner Wohnung bis zu einer der wenigen Apotheken Londons, die stets Nachtdienst haben, nämlich Bell and Croydon in der Wigmore Street. Der Gedanke, dass sie so nah war, hatte mich schon mehr als einmal getröstet, obgleich ich dort nie mehr gekauft hatte als ein Thermometer und eine Flasche Kodein. Doch so kurz der Weg auch war, mir gefiel die Vorstellung nicht, Octavia abends allein in der Wohnung zu lassen – obwohl es nur zwanzig Minuten dauern würde und außerdem zu ihrem Besten geschah, obwohl sie abends nie aufwachte und obwohl sie selbst dann, wenn sie aufwachte, schlimmstenfalls weinen würde und zwanzig Minuten lang zu weinen noch niemandem geschadet hatte. Es kann ihr gar nichts passieren, sagte ich mir. Und trotzdem war ich nicht in der Lage, sie allein zu lassen.

Ich ging ins Wohnzimmer zurück und versuchte, meinem Widerwillen auf den Grund zu gehen. Es muss doch irgendeine rationale Basis für meine Ängste geben, dachte ich, meinetwegen auch irgendeine irrationale Basis. Ich hatte sogar den Verdacht, dass es fast schon eine illegale Handlung sei, ein kleines Kind nachts allein zu Hause zu lassen. Dabei wusste ich, dass ich diesen Gedanken einem modernen Roman entnommen hatte und dafür sogar Kapitel und Seite hätte angeben können – nicht gerade die größte Autorität, was Rechtsfragen angeht. Und selbst wenn es ein solches Gesetz gäbe, könnte man es doch wohl kaum auf meine besondere Situation anwenden. Wovor hatte ich dann also Angst? War es einfach Angst um der Angst willen? War es mit meiner Vernunft schon so weit gekommen? Hatte sich in mir ein so starkes Muster von Ängsten aufgebaut, dass ich es kraft meiner Persönlichkeit oder meines Willens nie mehr durchbrechen konnte? Das glaubte ich nicht – ich wollte es nicht glauben. Doch es dauerte weitere fünf Minuten, bis ich die Antwort herausgefunden hatte. Angenommen, sagte ich mir, nur einmal angenommen, in dem Gebäude würde, während ich weg bin, ein Feuer ausbrechen, dann wäre ich nicht da, und niemand außer mir wüsste, dass Octavia da war; niemand würde sich um sie kümmern, niemand würde sie retten, und bis ich zurückkäme, könnte es schon zu spät sein. Dies alles sagte ich mir selbst, und es schien vernünftig zu klingen. Ich bin nicht dazu gemacht, Verantwortung zu tragen. Aber ich tue mein Bestes.

Nachdem ich also wie eine Katze meine mausekleine, schwer fassbare Angst erst einmal siegreich in die Enge getrieben hatte, wusste ich auch gleich, was ich gegen sie tun müsste – so unangenehm das auch immer sein mochte. Das Nachdenken hat also doch einen Sinn, auch wenn ich es manchmal bezweifle. Ich musste zu meinen Nachbarn gehen und ihnen sagen, dass ich kurz wegginge und sie das Baby retten müssten, falls es ein Feuer gäbe. Es fällt mir ungewöhnlich schwer, andere um etwas zu bitten, aber in diesem Fall musste es getan werden. Ich wusste nur noch nicht, zu welchen Nachbarn ich gehen sollte. Das Ehepaar, das auf dem gleichen Stock wohnte, war ungeeignet, denn die beiden waren schon extrem alt und zerbrechlich und außerdem Ausländer. Im Stockwerk unter mir gab es zwei Möglichkeiten: In der einen Wohnung lebte ein Opernsänger mit seiner Geliebten, in der anderen ein frostiger, unsympathisch wirkender Mann ohne klaren Beruf zusammen mit seiner stets perfekte Dauerwellen tragenden Frau und seinem überheblichen, halbwüchsigen Sohn. Mit keinem dieser beiden Haushalte hatte ich (meine Eltern auch nicht, soweit ich weiß) bisher je etwas zu tun gehabt. Der Opernsänger und seine Geliebte sahen gutwillig, aber irgendwie unzuverlässig aus, während die andere Familie einen ausgesprochen böswilligen, aber durch und durch verlässlichen Eindruck machte. Während die einen im Lift oder im Treppenhaus stets ein Lächeln auf den Lippen hatten, verzogen die anderen keine

Miene. Das einzige Mal, bei dem die Ehefrau mit Dauerwelle an mich das Wort gerichtet hatte, war mit der Bitte gewesen, ihr die Lifttür aufzuhalten, weil sie beide Arme voller Einkaufstüten hatte. Auch diese Bitte war nicht gerade im liebenswürdigsten Tonfall vorgetragen worden, wie ich mich erinnerte. Trotzdem hatte ich das Gefühl, dass ich zuerst auf sie zugehen musste – wenn auch nur wegen des zuverlässigen Eindrucks, den sie, wie gesagt, immer auf mich gemacht hatten.

Ich setzte meinen Hut auf, zog meinen Mantel an und warf einen letzten Blick auf Octavia, die so fest schlief, als wenn nichts sie jemals aufwecken könnte; ich lehnte die Tür nur an und ging hinunter. Dort klingelte ich bei der zuverlässigen Familie. Der Mann öffnete mir bemerkenswert schnell; er schien auf ein Klingeln gewartet zu haben, was auch stimmte: An den Geräuschen in der Wohnung konnte ich erkennen, dass bei ihnen gerade eine Party im Gange war.

»Entschuldigen Sie«, begann ich nervös und schielte an ihm vorbei in den mit Blumenmustern tapezierten Flur, »ich wohne über Ihnen und wollte fragen, ob Sie mir bitte einen Gefallen tun könnten.«

»Kommen Sie, kommen Sie herein«, sagte der böswillige Mann fröhlich, »kommen Sie herein und sagen Sie uns, was wir für Sie tun können.«

»O nein, ich kann nicht hereinkommen«, erwiderte ich, »ich wollte nämlich gerade Weggehen, zur Apotheke, und das Problem ist, dass ich mein Baby für ein paar Minuten allein lassen müsste, und da dachte ich, ob Sie wohl …«, ich zögerte, ich wusste nicht, um was genau ich ihn bitten sollte, »… ob Sie vielleicht so lange auf sie aufpassen könnten.«

»Aber natürlich, natürlich«, antwortete er, herzlicher denn je zuvor. »Ich sage meiner Frau, dass sie hochgehen und nach der Kleinen schauen soll, ja?«

»O nein, das ist nicht nötig«, sagte ich schnell, »Sie brauchen gar nichts weiter zu tun. Bitte, machen Sie sich keine Umstände. Sie wird bestimmt nicht aufwachen, ich weiß, dass sie nicht aufwachen wird, das tut sie nie. Ich dachte nur, für alle Fälle …«

Ich wollte nicht direkt sagen: für den Fall, dass im Haus ein Feuer ausbricht – das klingt so albern. Aber erstaunlicherweise nahm er mir die Worte aus dem Mund.

»In Ordnung«, meinte er. »Machen Sie sich keine Sorgen. Wenn das Haus in Flammen aufgeht, werde ich selbst hinauflaufen und Ihr Baby retten.«

»Oh, danke«, sagte ich, »vielen, vielen Dank. Ich bin gleich wieder zurück. Ich wollte sie bloß nicht alleine lassen, wo doch niemand weiß, dass sie da ist … Ich habe die Tür nicht abgeschlossen … Das ist wirklich sehr nett von Ihnen.«

Ich war schon dabei, unterwürfig zurückzuweichen, als die Ehefrau des Mannes im Hintergrund auftauchte, woraufhin er ihr die ganze Geschichte noch einmal erzählen musste. Sie sah gut gelaunt und fröhlich aus, eine korbförmige Diamantenbrosche glitzerte an ihrem dunkelgrünen Revers. Auch sie wollte mich ihrer Hilfsbereitschaft versichern.

»Ich werde hochgehen und lauschen, ob alles in Ordnung ist, ja?«

»Das ist nicht nötig«, erklärte ich noch einmal.

»Und wie geht es Ihrer kleinen Tochter?« fuhr sie fort. »Sie ist sehr krank gewesen, nicht wahr? Ich habe mir solche Sorgen um Sie und die Kleine gemacht und war froh, als Sie sie gesund und wohlbehalten wieder zurückbrachten. Sie hat doch alles gut überstanden, oder?«

»O ja, recht gut«, sagte ich. Dann fügte ich sicherheitshalber hinzu: »Ich muss nur besonders vorsichtig mit ihr sein, das ist alles.«

»O ja, natürlich«, sagte die Frau wissend, als wenn ihr meine Not in allen Einzelheiten vertraut sei.

»Ich muss jetzt zur Apotheke gehen«, erklärte ich und wollte mich davonstehlen, rief damit aber nur eine neue Flut von Einladungen hervor. Die beiden baten mich inständig, doch auf einen Drink hereinzukommen oder später auf die Party zu kommen, wenn ich von der Apotheke zurück war. Ich war so überrascht; ich glaube, ich hätte ihre Einladung vielleicht sogar angenommen, wenn ich nicht gewusst hätte, dass mein Haar unter dem Hut noch ganz nass war, und daran gezweifelt hätte, dass sie mich immer noch ans Herz gedrückt hätten, wenn sie das erfahren hätten. Also sagte ich ›Gute Nacht‹ und dankte ihnen für ihre Hilfsbereitschaft, sie wünschten mir fröhliche Weihnachten, ich wünschte es ihnen ebenfalls, und wir gingen auseinander. Während ich die restlichen Stockwerke im Lift hinunterfuhr, fragte ich mich, warum sie wohl so aufgeschlossen gewesen waren, und schob es auf den Alkohol, den die beiden schon zu sich genommen hatten. Erst später fiel mir allerdings ein, dass ihre Herzlichkeit vor allem daran gelegen haben muss, dass ich sie um einen Gefallen gebeten hatte. Ich hatte zugegeben, dass ich Hilfe brauchte, und die Not eines anderen, die wir ohne große Anstrengung lindern können, taut so manchen von uns auf. Nicht, dass ich ihre Freundlichkeit schmälern wollte – sie waren wirklich nett gewesen, und die Frau hatte sich echte Sorgen um Octavia gemacht, obwohl ich mir nicht vorstellen konnte, warum sie so großes Interesse an der Sache gezeigt hatte. Seit jenem Abend haben die beiden mich immer mit größter Freundlichkeit und Rücksichtnahme behandelt, sich nach dem Baby und meiner Arbeit erkundigt und sogar ein Exemplar meines Buches gekauft und mich um eine Widmung gebeten, obwohl die Dichtung des sechzehnten Jahrhunderts wohl kaum ihre Lieblingslektüre war. Sie haben es aus reiner Freundlichkeit gekauft, genauso wie sie mich damals am Heiligen Abend auf einen Drink eingeladen hatten. Wenn ich andere Leute häufiger um einen Gefallen bitten würde, würde ich wohl auch mehr Freundlichkeit erfahren.

Draußen war es kalt und leicht nebelig; auf den geparkten Autos schimmerte eine dünne Schicht Frost. Ich lief schnell, denn ich wollte bald wieder zurück sein. Dabei fühlte ich mich sehr glücklich. Ich war froh, dass ich meinen Nachbarn so erfolgreich ins Auge geschaut hatte, und jetzt, da ich einmal unterwegs war, war ich auch davon überzeugt, dass Octavia nichts weiter hatte als Zahnschmerzen und einen leichten Schnupfen.

Ich gehe gern zu Nachtapotheken; sie haben die gleiche, ungewöhnliche Atmosphäre wie Nachtcafés, Bars, Flughäfen und Waschsalons. Als ich ankam, gab es schon eine Reihe Wartender. Ich stellte mich an, reichte mein Rezept ein und setzte mich, um auf das Medikament zu warten. In der Mitte des großen, halbdunklen Raumes stand eine runde Bank um ein großes Aquarium mit tropischen Fischen. Eine Weile lang beobachtete ich die Fische, wie sie unermüdlich und beruhigend durch ihren Glaskäfig glitten, und fragte mich, ob Fische wohl jemals schlafen würden. Gerade als ich wieder wegsehen wollte, hörte ich jemanden »Rosamund« rufen und schaute auf. Es war George.

Sanft und zaghaft lächelnd, stand er vor mir. Ich versuchte aufzustehen, aber meine Füße wollten mich nicht tragen. Es dauerte lange, bis ich ein paar Worte herausbrachte:

»Du bist's, George.«

Ich fühlte mich aller meiner Kräfte beraubt. Ich hatte ihn so lange nicht gesehen, meine Verwunderung war groß, meine Gedanken überstürzten sich, mein Herz aufgewühlt. Stumm saß ich da und schaute ihn an. Mein Mund lächelte, denn ich hatte Angst, dass er noch einmal gehen und mich allein lassen könnte, dass er auf dem Weg woandershin wäre, dass er nicht aufgehalten werden wollte. Doch ich wollte ihn aufhalten, ich wollte ihm sagen: »Bleib bei mir«, aber mein Mund war so trocken, dass ich nicht sprechen konnte. Also starrte ich ihn nur an und lächelte dabei.

»Rosamund«, brach er das Schweigen, »es ist schon so lange her, dass ich dich gesehen habe. Ich hatte schon gedacht, du seist vielleicht umgezogen. Es muss zwei Jahre her sein, dass ich dich zuletzt gesehen habe.«

»Fast«, sagte ich.

»Wartest du auf etwas?« fragte er. Ich nickte und flüsterte »Ja, ich habe ein Rezept eingereicht.«

»Ich warte auch«, erklärte er und setzte sich neben mich.

George saß an meiner Seite – und das aus freien Stücken. Langsam fand ich meine Sprache wieder und sagte:

»Bist du krank?«

»Nein, krank bin ich nicht«, sagte er, »jedenfalls nicht richtig. Ich habe nur so ein Kratzen im Hals und muss etwas dagegen unternehmen.«

»Du arbeitest über Weihnachten, nicht wahr?«

»Das stimmt.«

»Ich wusste, dass *du* nicht umgezogen bist«, sagte ich, »obwohl ich dich nicht gesehen habe. Ich höre dir immer im Radio zu. Ich wusste, du musst noch da sein.«

»Ich habe dich einmal gesehen, aber ich konnte nicht mit dir sprechen. Es war in der U-Bahn. Du warst in einem anderen Wagen, deshalb konnte ich dich nur durch die Glastüren sehen. Ich habe gewunken, aber du hast nicht hingeschaut.«

»Ich habe dich wirklich nicht gesehen«, sagte ich.

»Das habe ich mir gedacht.«

Daraufhin schwiegen wir beide, und mir fiel plötzlich das Penicillin ein.

»Ich muss gehen und schauen, ob mein Medikament fertig ist.«

»Du bist doch nicht krank, oder?« fragte er und fügte schnell hinzu, sodass ich nicht zu antworten brauchte: »Nicht, dass man eine Dame jemals fragen sollte, was sie beim Apotheker vorhat. Darüber bin ich mir im Klaren.«

»Nein, ich bin nicht krank«, sagte ich und erhob mich. Unschlüssig stand ich da und schaute auf ihn hinunter. Die farbigen Fische schwammen geduldig hinter seinem schmalen Kopf hin und her.

»Du bist doch nicht etwa in Eile, Rosamund?« fragte er schließlich. »Wir könnten doch irgendwo noch etwas trinken gehen, oder? Weihnachten feiern?«

Freudig erregt, einen Moment lang voller Hoffnung auf die Zukunft, hielt ich inne.

»Ich kann nicht so lange ausbleiben«, sagte ich dann und fügte – teils um mich zu entschuldigen, teils um den Weg für weitere Nachfragen zu ebnen – hinzu: »Ich muss zurück zu meinem Baby, weißt du.«

Anderen gegenüber hatte ich diese Entschuldigung inzwischen schon so oft vorgebracht, dass ich ihre Bedeutung in dieser Situation zu spät erkannte; ich wollte mich eigentlich nicht auf diese Weise offenbaren, obwohl mir auch nie eine befriedigende Lösung eingefallen ist, wie ich es sonst hätte tun sollen.

»Du hast ein Baby?« fragte George. »Ich wusste noch nicht einmal, dass du verheiratet bist.«

»Bin ich auch nicht«, sagte ich und lächelte, diesmal mit echter Selbstsicherheit. Hier war ich wieder, wohlbehalten zurück in meiner alten, sicheren Rolle: das Mädchen mit wechselnden Liebhabern, das Mädchen mit unehelichen Babys, das Mädchen, das tut, was es will, und nichts bereut. George sprang sofort darauf an, wie er es immer getan hatte, wenn ich ihm die Möglichkeit dazu gegeben hatte. Er verzog das Gesicht und sagte in dem gekünstelten, vulgären, tuntenhaften Tonfall, der mich immer mit Freude erfüllte:

»Ich muss schon sagen, Rosamund, du bist mir ja eine«

»Es ist ein reizendes Baby«, fuhr ich fort. Unwiderstehliche Fröhlichkeit stieg in meinem Herzen auf.

»Das glaube ich dir gerne«, erwiderte er. »Jedes Baby von dir muss wunderbar sein, da bin ich mir ganz sicher.«

»Warum kommst du nicht mit und schaust es dir an?« fragte ich. »Komm doch auf einen Drink mit zu mir. Ich muss zurückgehen, weil niemand sonst in der Wohnung ist. Aber es wäre schön, wenn du mitkommen würdest.«

Die Art und Weise, in der er mich angeschaut hatte, sagte mir, dass er zustimmen würde – sonst hätte ich gar nicht erst gefragt.

»Ich würde sehr gerne mitkommen«, sagte er. »Wie nett von dir, dass du mich gefragt hast – nach der langen Zeit.«

Er sah mich dabei an, den Kopf schräg zur Seite geneigt. In seinen Worten schwangen viele Andeutungen mit, und doch war er so sanft und harmlos, so einig mit mir, so wenig gegen mich gerichtet und so wenig bedrohlich, dass ich vor Erleichterung weiche Knie bekam. Während ich ihn anschaute, dachte ich, dass er fast hübsch aussah; mit etwas mehr Gewicht hätte er ein gut aussehender Mann sein können.

»Du siehst sehr schön aus heute Abend, Rosamund«, sagte George, wie ich glaubte, nur um überhaupt etwas zu sagen. »Schöner denn je, wenn ich das sagen darf.«

»Es ist so dunkel hier, dass du das unmöglich sagen kannst. Im Tageslicht sehe ich ziemlich mitgenommen aus.«

»Wirklich? Ich fange auch langsam an, alt auszusehen.«

»Ich glaube nicht, dass du *je* alt aussehen wirst«, widersprach ich. »Du hast ein Gesicht, das nie alt wird.«

»Und das kannst *du* nicht sagen«, lachte er, »bei dem Licht.«

»Ich muss gehen und mein Medikament holen. Es müsste längst fertig sein. Warte auf mich.«

»Du wirst auf mich warten müssen, fürchte ich«, erklärte er. »Meines ist noch nicht soweit. Komm doch zurück und warte mit mir.«

»In Ordnung«, sagte ich. Mir war es sowieso lieber zu warten, als von einem anderen erwartet zu werden. Ich ging zum Tresen, holte Octavias Penicillin ab und ging dann wieder zu George hinüber.

»Wie alt ist dein Baby?« war das Erste, was er mich fragte, als ich zurückkam. Schnell – überraschend schnell für jemanden, der sich so schlecht Daten merken kann wie ich – erkannte ich, dass es besser und unverfänglicher wäre, ein falsches Datum zu nennen. Also log ich und sagte, dass es elf Monate alt sei, obwohl Octavia von diesem reifen Alter damals noch recht weit entfernt war. Kaum hatte ich es gesagt, fragte ich mich schon, ob das auch richtig gewesen sei; es würde schwierig sein, diese Aussage je wieder zurückzunehmen, falls ich das vielleicht doch einmal wünschen sollte. Außerdem würde Octavias falsches Alter bedeuten, dass ich schon zu dem Zeitpunkt schwanger gewesen wäre, als ich mit George schlief. Die ganze Sache war mir zu kompliziert. Die Wahrheit schien irgendwo in den letzten Monaten für immer verloren gegangen zu sein. Ich sah mir George an und fragte mich, ob es überhaupt wirklich passiert war. Er sah nicht wie einer aus, der dazu in der Lage gewesen wäre; er wirkte genauso sanft, zerbrechlich und unmännlich wie bei unserem allerersten Treffen, als ich noch davon überzeugt gewesen war, dass er eigentlich hinter Joe her sei. Dieses ungläubige Gefühl hatte ich – wenn auch in schwächerem Maße – schon mit anderen Männern gehabt. Mit Hamish zum Beispiel, meiner ersten Liebe, den ich erst ein paar Jahre nach unserer Trennung und danach öfter im Britischen Museum wiedergesehen habe, wo er gelegentlich zum Arbeiten hinkam. Als wir uns dort zum ersten Mal begegneten, war ich schockiert und überrascht, denn wir hatten uns im Streit getrennt; doch nach einem gemeinsamen Kaffee haben wir dann schnell eine Ebene gefunden, auf der wir uns über Dichter und alte Freunde unterhalten konnten. Dabei bin ich jedoch nie über die Tatsache hinweggekommen, dass wir uns einmal so gründlich gekannt und geliebt hatten. Während ich mit ihm und seiner Frau bei Kaffee und Plundergebäck saß, überkamen mich plötzlich die lebhaftesten Erinnerungen an seine Lippen und Zähne und an sein nacktes Fleisch. Es waren keine Erinnerungen der Begierde, denn ich begehrte Hamish nicht mehr; es waren schockierende, unsoziale, zerstörerische Erinnerungen, ähnlich wie jene Impulse, sich mitten in der vollen U-Bahn auszuziehen oder von Theaterbalkonen zu springen – Bilder der Angst, nicht der Begierde. Anderen Leuten geht es mit ihren ehemaligen Liebhabern nicht so, ich weiß. Wahrscheinlich ist das nur ein weiteres Beispiel für meine sexuellen Verhaltensstörungen.

Als George seine Halstabletten bekommen hatte, gingen wir gemeinsam zu meiner Wohnung zurück. Es war zu kalt, um langsam zu gehen, und wenn ich schnell laufe, habe ich nicht genug Luft zum Reden, also schwiegen wir. Als wir im Lift nach oben fuhren, sagte George plötzlich:

»Ich habe immer gedacht, ich würde dich mal treffen. Aber es ist nie passiert.«

Ich überlegte, ob das als Entschuldigung oder als Vorwurf gemeint war, an seinem Tonfall war das schlecht abzulesen. Genau wie ich verhüllte er seine Absichten, bis nichts mehr davon übrig war.

»Wusstest du wirklich nicht, dass ich ein Baby bekommen hatte?« war meine Erwiderung.

»Woher hätte ich es wissen sollen?« fragte er. »Wer hätte es mir erzählen sollen?« In dem Moment erkannte ich einen anderen Faktor in unserer heiklen Situation: Falls er tatsächlich annahm, dass ich zurzeit unserer letzten fatalen Begegnung schwanger gewesen sei, hätte er auch eine ausgezeichnete Erklärung dafür gefunden, dass ich ihn nicht mehr hatte sehen wollen – egal, ob ich ihn und das, was er mit mir gemacht hatte, gemocht hatte oder nicht. Und angenommen, ich wäre ihm tatsächlich stärker aus dem Weg gegangen als er mir, angenommen … ach, da waren noch so viele Dinge. Traurig und verwirrt schüttelte ich den Kopf und öffnete die Lifttür. Mehr als alles andere wünschte ich mir, ich hätte seine Gedanken lesen können. Wie gern hätte ich in seinen Kopf geschaut und gesehen, was dort wirklich vor sich ging. Aber wer weiß, vielleicht herrschte in seinem Kopf keine Klarheit, sondern die gleiche verfahrene, verworrene Verunsicherung wie in meinem. Ich hatte vergessen, dass die Tür gar nicht abgeschlossen war, und suchte lange nach meinem Wohnungsschlüssel. Schließlich fiel es mir wieder ein, und ich stieß die Tür auf. George blieb im Wohnzimmer, während ich nach Octavia sah. Sie schlummerte sanft und zeigte keinerlei Anzeichen von Erkältung oder Husten. Ich überlegte, ob ich sie George zeigen sollte. Dabei fragte ich mich, ob die Stimme des Blutes ihm wohl wie im Märchen enthüllen würde, dass es sich um seine Tochter handelte. Ich dachte nein. Ich weiß nicht, ob ich in dem Moment vorhatte, es ihm zu sagen – ich glaube nicht; ich wollte erst sehen, was aus uns beiden würde. Ich steckte Octavias blaue, luftige Decken fester und ging zurück zu George. Er blätterte gerade in den Fahnen eines Artikels, den ich über einen Artikel über ein Buch mit dem Titel *Spenser und die Minne* geschrieben hatte. Als ich eintrat, schaute er auf und sagte:

»Du scheinst in letzter Zeit ganz schön viel zu schreiben. Ich sehe ziemlich oft Sachen mit deinem Namen.«

»Wirklich?« fragte ich überrascht. Ich veröffentliche fast ausschließlich in Publikationen, die nur innerhalb eines kleinen Kreises von Experten gelesen werden. »Dann musst du aber viel lesen.«

»Ja, wahrscheinlich tue ich das«, sagte er und beließ es dabei.

»Ich muss jetzt für Geld schreiben«, erklärte ich. »Ich wollte immer darum herumkommen, weil ich das eigentlich gar nicht gut finde, aber Geld ist Geld. Ich brauche Zinksalbe und Rizinusöl. Babys veranlassen einen zu einer Menge Sachen, die man eigentlich gar nicht gut findet.«

Ich ging zum Eckregal hinüber, nahm Lydias Weihnachtstrunk, eine neue Flasche Whisky und ein paar Gläser heraus, goss uns beiden ein und setzte mich.

»Du machst dich gut als Mutter«, sagte George. »Du siehst gut aus. Selbst bei heller Beleuchtung.«

»Danke, das freut mich.«

»Vor nicht allzu langer Zeit habe ich mal Joe Hurt getroffen. Siehst du ihn noch?«

»Ziemlich oft sogar, aber meist zufällig. Er ist mit dem Mädchen zusammen, das bei mir wohnt.«

»Ach, wirklich? Du hast mit ihm Schluss gemacht?«

»Ehrlich gesagt, waren wir eigentlich nie richtig zusammen.« Schließlich konnte ich ihm wenigstens ein bisschen von der Wahrheit sagen. »Nicht richtig. Aber ich mag ihn trotzdem.«

»Früher hat doch noch niemand bei dir gewohnt, du hattest die Wohnung für dich allein, oder?«

»Auch da haben sich die Dinge geändert, wie du siehst. Ich musste jemanden mit hereinnehmen. Als Babysitter.«

»Und wegen des Geldes.«

»Ja, auch wegen des Geldes. Obgleich ich nicht schlecht dastehe, weißt du.« Aus Furcht, er könnte sich ein falsches Bild von meiner finanziellen Situation machen, fing ich an, ihm von meiner Doktorarbeit, meinem neuen Job und meinen glänzenden Zukunftsaussichten zu erzählen. Nachdem ich ihn über den Fortschritt meiner Karriere aufgeklärt hatte, fühlte ich mich berechtigt, ihn nach seiner zu fragen. Aber wie immer wich er mir aus.

»Ach, mehr oder weniger der gleiche alte Trott«, antwortete er vage auf meine Fragen.

»Warum versuchst du es dann nicht einmal mit eine Abwechslung?« Ich konnte mich nicht zurückhalten. »Mach doch mal etwas ganz Anderes. Oder bist du nicht gelangweilt?«

»Das hast du letztes Mal auch gefragt«, sagte er. »Ich weiß nicht, warum ich mich langweilen sollte. Meine Arbeit wird ausgesprochen gut bezahlt, und ich weiß nicht, warum ich mich verändern sollte.«

»Du könntest zum Fernsehen gehen«, schlug ich vor. »Das muss doch noch besser bezahlt werden, oder nicht?«

»Auch nicht sehr«, entgegnete er. »Und außerdem habe ich keine Lust, zum Fernsehen zu gehen.«

»Du wärst bestimmt gut im Fernsehen«, sagte ich, unfähig, mir diese Bemerkung zu verkneifen. »Du würdest wunderbar aussehen. Du hast genau das richtige Gesicht dazu, schmal und knochig. Du wärst wunderbar. Und ich könnte hier sitzen und dich hören *und* sehen.«

Das meinte ich ehrlich, obgleich er das nie erraten hätte. Für mich wäre es wirklich wunderbar gewesen.

»Ich habe keine Lust aufs Fernsehen«, wiederholte er geduldig. »Die Maschinerie dort macht einem das Leben zur Hölle. Wohin man auch geht, man muss dafür bezahlen. Warum möchtest du so gerne, dass ich es tue?«

»Das habe ich schon gesagt«, antwortete ich wahrheitsgemäß. »Damit ich hier sitzen und dich anschauen kann.«

»Na, dann geh du doch zum Fernsehen! Dann kann ich zu Hause sitzen und dich anschauen.«

»Ich will nicht ins Fernsehen«, sagte ich. »Ich habe jede Menge Sachen zu tun, die mir wichtiger sind.«

»Dann geht es dir wie mir«, erwiderte George. »Du bist nicht die Einzige, die ein Privatleben hat.«

Wir schwiegen. Ich trank noch einen Schluck Whisky und fragte mich, was ich als Nächstes tun sollte. Zwischen uns schien es eine Kluft zu geben, die wir nie überbrücken würden, weil keinem von uns die Fähigkeit dazu gegeben war. Wir hätten bis in alle Ewigkeit so miteinander sitzen können – auf immer fremd, auf immer verbunden. Es hätte mir nichts ausgemacht, wenn es so hätte bleiben können, wie es war; doch ich wusste, so eine zarte Verbindung könnte nicht lange dauern, auf ewig verzaubert und eingefroren bleiben – sie müsste schmelzen, wenn sie mit der Wärme des sterblichen Lebens in Berührung käme. Ginge nicht einer von uns auf den anderen zu, könnten wir nur noch auseinander gehen. Wie zwei Fische, festgehalten in einem vereisten Fluss, beäugten wir uns schweigend und reglos durch die erstarrte Luft zwischen uns. Nach einer Weile, als das Schweigen selbst schon zur Handlung zu werden drohte, begann er zu sprechen.

»Dein Haar«, sagte er, »dein Haar wird grau.«

Ich hob eine Hand an den Kopf und nickte, denn er hatte recht.

»Es müssen die Sorgen sein«, erwiderte ich. »Die Sorgen haben mich ergrauen lassen.«

»Worüber machst du dir Sorgen?« sagte er mit einer Sanftheit, die die Leichtfertigkeit meiner Antwort einfach zu überhören und eher auf die weißen Fäden in meinem Haar einzugehen schien.

»Über alles«, sagte ich, »alles.«

»Erzähl es mir«, bat er.

»Da gibt es nichts zu erzählen«, sagte ich und dachte an Octavia. Obwohl ich mich dagegen wehrte, fing ich an, mich zu erinnern; ich erinnerte mich daran, wie oft ich in den ersten Monaten nach dem Telefon gegriffen hatte, um das Sendehaus anzurufen und George zu verlangen; wie bewusst ich mir auferlegt hatte, nicht in die Kneipen, nicht in die Straßen zu gehen, in denen ich ihn hätte treffen können; wie ich im Krankenhaus im Bett gelegen und durch die kleinen Anstaltskopfhörer angestrengt nach seiner Stimme gelauscht hatte; wie oft ich geweint und wach gelegen und mir gewünscht hatte, den Jammer über die Nöte meines Kindes und die Freude über seine Freuden mit ihm teilen zu können; wie ich alles ausgehalten und überlebt und ihm all diesen Kummer erspart hatte; und ich wusste nicht mehr, wie ich jemals hinter all das wieder zurückgehen sollte.

»Es war nichts«, sagte ich. »Die Kleine war sehr krank, aber jetzt geht es ihr wieder besser.«

»Das tut mir leid. Was war es denn? Etwas Ernstes?«

»Nein, nichts Ernstes. Ich mache mir eben über alles und jedes Sorgen, das ist alles.«

»Du musst eine schwere Zeit hinter dir haben«, bemerkte er. »Du hast abgenommen. Aber es steht dir gut.«

»Oh, ich kann mich nicht beklagen«, sagte ich. »Schließlich geht es anderen viel schlechter als mir, nicht wahr? Lass mich nicht jammern. Erzähl mir lieber was von dir.«

»Da gibt es nichts zu erzählen, nichts von Interesse. Ich hatte kein allzu gutes Jahr, aber das ist ja jetzt sowieso bald vorbei. Erzähl mir lieber von dir. Ich finde dich viel interessanter. Sind deine Eltern schon aus Afrika zurück? Sie waren doch in Afrika, oder?«

»Nein, sie sind noch nicht zurück, sie gehen ein Jahr nach Indien. Eigentlich wollten sie Weihnachten zurück sein, aber sie haben es sich anders überlegt und sind nach Indien gegangen.«

»Und wie gefällt es ihnen dort?«

»Ich weiß es nicht. Sie sind gerade erst losgefahren.«

»Deine Eltern kommen ganz schön viel herum, nicht wahr? Ich habe selbst auch schon daran gedacht, ins Ausland zu gehen.«

»Weshalb?«

»Oh, ich weiß nicht«, sagte George und lächelte in sein Glas. »Nur so als Abwechslung. Um mal rauszukommen. Um zu sehen, was passiert. Hier hält mich ja sowieso nichts.«

Und er schaute zu mir auf, und ich hatte, wie so oft bei ihm, das Gefühl, dass er kurz vor einem Geständnis stünde, einer vertraulichen Mitteilung, einer Annäherung, die – einmal ausgesprochen – nie wieder zurückgenommen werden könnte. Ich selbst fühlte mich fast in der Lage zu einer solchen Szene, wie ich sie damals im Krankenhaus gemacht hatte, als alle Möglichkeiten zivilisierter Kommunikation mich verlassen hatten. Ich war kurz davor, in Tränen und Schreie auszubrechen; ich klammerte mich an den Lehnen meines Sessels fest, um mich nicht vor ihm auf die Knie zu werfen und um seine Zuneigung, seine Nachsicht, sein Mitleid zu flehen – um alles, was ihn dazu bewegen könnte, bei mir zu bleiben und mich davor zu retten, mit meiner Steuererklärung so allein zu sein und ihn so sehr zu vermissen. In meinem Kopf formten sich Sätze wie ›Ich liebe dich, George‹, ›Verlass mich nicht, George‹. Ich fragte mich, was wohl die Folge wäre, wenn ich einen von ihnen herauslassen würde. Ich fragte mich, wie viel Schaden das anrichten würde.

»Welchen Teil der Erde hast du ins Auge gefasst?« fragte ich.

»Oh, ich glaube nicht, dass ich es wirklich tun werde«, antwortete er, »ich habe nur mit dem Gedanken gespielt.«

»Ich würde nicht gern ins Ausland gehen.«

»Ich habe dich noch nicht gefragt«, sagte er, »aber du kannst mit mir kommen, wenn du willst.«

»Kann ich das?« Ich leerte mein Glas. »Und kann ich Octavia auch mitnehmen? Ohne Octavia könnte ich nirgendwo hingehen.«

»Selbst mit mir nicht?« fragte George.

»Selbst mit dir nicht«, sagte ich.

»Ich wüsste nicht, warum du sie nicht mitnehmen solltest, obwohl ich überhaupt nichts von Babys verstehe.«

»Mein Baby ist ein nettes Baby«, erklärte ich. »Und ein sehr hübsches Baby.«

»Es muss auch hübsch sein – bei der Mutter. Der Name gefällt mir auch. Octavia, ein schöner Name.«

»Mir gefällt er auch, obwohl viele Leute ihn überhaupt nicht mögen. Ich habe sie nach Octavia Hill benannt.«

»Octavia Hill? Wer war das noch gleich? War das nicht eine von diesen Heldinnen des Feminismus oder Sozialismus?«

»Um dir die Wahrheit zu sagen«, gab ich zum ersten Mal zu, »ich bin nicht ganz sicher, was sie getan hat, und nachdem ich mich einmal für den Namen entschieden hatte, wollte ich nicht nachschlagen – aus Angst, sie könnte unpassend oder berühmt oder irgendetwas Schreckliches gewesen sein. Ich glaube, sie war eine Sozialistin. Ich *hoffe,* sie war Sozialistin. Obwohl es eigentlich auch egal ist, oder?«

»Das glaube ich auch«, nickte George. »Du wirst sie schon richtig erziehen, ganz egal, was die andere getan hat, nicht wahr?«

»Keine Ahnung, was richtig ist«, sagte ich. »Wahrscheinlich war es richtig, wie ich erzogen worden bin, aber davon merkt man nicht allzu viel, oder?«

»Ich weiß nicht«, erwiderte George. »Du scheinst es gut geschafft zu haben. Du scheinst es genauso gut geschafft zu haben wie alle anderen auch.«

»Wie meinst du das?«

»Na ja, nach deinen eigenen Worten hast du einen netten Job und ein nettes Baby. Was könntest du dir da noch wünschen?«

»Einige würden sich noch einen netten Ehemann wünschen«, bemerkte ich.

»Du doch nicht«, antwortete George. »Du scheinst doch noch nie einen Ehemann gewollt zu haben.«

»Nein, vielleicht habe ich das nie. Obwohl ich manchmal denke, mit einem Ehemann wäre alles viel einfacher. Es wäre schön, jemanden zu haben, der mir zum Beispiel meine Steuererklärung ausfüllt.« Ich zeigte verzweifelt auf die vor dem Kamin ausgebreitete Papierflut.

»Du kannst nicht alles haben«, sagte George.

»Da hast du recht«, stimmte ich zu. »Und ich habe schon mehr als die meisten, wie ich zugeben muss.«

»Ich auch«, sagte George. »Obwohl auch ich meine schwachen Momente habe. Manchmal denke ich, es wäre schön, jemanden zu haben, der meine Hemden bügelt. Aber natürlich weiß ich, dass ich es auch selbst tun kann. Genauso gut wie jemand anders. So wie du wahrscheinlich besser eine Steuererklärung machen kannst als die meisten Männer. Es ist also kein Argument, oder?«

Matt, fast trübe lächelten wir einander an.

»Warum kommst du nicht mit und schaust dir mein Baby an?« fragte ich.

»Und wenn ich sie aufwecke?« gab er widerwillig zu bedenken.

»Sie wacht nie auf«, sagte ich und führte ihn – für mein Vergnügen, nicht für seins – durch den Flur und öffnete die Tür zu ihrem Zimmer. Dort lag Octavia mit geschlossenen Augen, die Fäustchen neben ihrem Gesicht auf dem Kopfkissen. Ich schaute von ihrem Gesicht zu George und erkannte, dass es zu spät war – viel, viel zu spät. Ich konnte einfach für niemanden mehr fühlen, was ich für mein Kind fühlte; und verglichen mit den verwirrten, unruhigen Erleuchtungen, die von George ausgingen, strahlte Octavia mit einer schwachen, beständigen, perlmutternen Helligkeit, die stark genug war, alle grellen Feuer der Zukunft verblassen zu lassen. Eine schlechte Investition war das, diese Zuneigung, ich wusste das – und außerdem eine, die mich irgendwann allein im Kalten und Dunkeln zurücklassen würde. Aber welche wärmere Leidenschaft hat denn schon je länger gehalten als sechs Monate?

»Sie ist schön«, sagte George.

»Ja, nicht wahr?« sagte ich.

Aber es waren diese Worte scheinbarer gegenseitiger Zustimmung, die unsere hoffnungslose Distanz deutlich machten, denn *er* hatte es meinetwillen gesagt und *ich,* weil es die Wahrheit war. Die Liebe hatte mich noch stärker isoliert als Angst, Gewohnheit oder Gleichgültigkeit. Es gab eine Sache auf der Welt, über die ich mir sicher war, und das war Octavia. Den Geschmack an Halbwissen hatte ich verloren. George jedoch hatte, wie ich sehen konnte, nichts von dieser Sicherheit. Weder beneidete noch bemitleidete ich ihn um seine Gleichgültigkeit, denn er war ich – das Ich, das ich ohne den Zufall, ohne das Schicksal, ohne das Glück, ohne meine Weiblichkeit immer noch gewesen wäre.

Er folgte mir über den Flur zurück ins Wohnzimmer. Dort fragte ich ihn, ob er noch einen Drink wolle, aber ich fragte ihn so, dass er ablehnen musste, und er lehnte ab.

»Ich muss jetzt gehen«, erklärte er. »Ich fange morgens immer sehr früh an zu arbeiten.«

»Wirklich?«

»Es war schön, dich wiederzusehen«, sagte er. »Pass gut auf dich auf, ja?« Und er ging auf die Tür zu.

»Ja«, erwiderte ich, »ich werde auf mich aufpassen. Lass es mich wissen, wenn du weggehst, ich meine, falls du ins Ausland gehst.«

»Ich werde es dich wissen lassen«, nickte er. »Und du, mach dir nicht so viele Sorgen.«

»Ich kann es nicht lassen«, sagte ich. »Es gehört nun mal zu meinem Wesen. Und gegen mein Wesen kann ich doch nichts tun, oder?«

»Nein«, sagte George, seine Hand schon auf der Türklinke. »Nein, nichts.«

Nachwort

Bevor mich die Anfrage für dieses Nachwort erreichte, kannte ich Margaret Drabble nicht. Ich hatte *Mühlstein* nie gelesen. Doch ich wähnte mich lesend in einer Art stetigem, verwundertem und heiterem Dialog mit einer Autorin, in deren literarischer Tradition ich mich gewissermaßen sehe, ohne mir dessen bewusst gewesen zu sein.

Es ist ein Buch, das eine starke Position bezieht. Die Protagonistin ist, so unsicher und schüchtern sie in Liebesdingen sein mag, in allen anderen Lebensbereichen von angenehmer Klarheit. Nüchtern verhandelt sie ihre Eltern, deren Lavieren zwischen bürgerlichen Gepflogenheiten (man unterhält eine Putzfrau) und Hemdsärmeligkeit (man lädt sie mit an den Tisch); ihre Schwester, die das scheinbar perfekte Familienleben führt, ihr aber nun, wo es hart auf hart kommt, davon abrät, Kinder zu bekommen; sie beschreibt die immer kontrollierte Dynamik in ihren Freundschaften oder ihre eigenen sentimentalen Hoffnungen, irgendwie von George gerettet zu werden (»Selbst heute noch male ich mir gelegentlich Szenen aus, in denen er auf meiner Türschwelle erscheint und mich mit Sätzen begrüßt wie: ›Rosamund, ich habe versucht, ohne dich zu leben, aber ich kann es nicht.‹«). All dies tut sie mit unkorrumpierbarem Blick und lässt das Schwächliche daran, das Erbärmliche, das Peinliche genau so stehen, wie es ist, sie mildert nichts ab durch Ausflüchte oder Entschuldigungen. Drabbles Rosamund ist scharf in ihren Beobachtungen und vielleicht gar noch schärfer in ihren Analysen, die sich ihnen anschließen – doch all dies gepaart mit einem großen Sinn für Komik, der ja in der Betrachtung von sich selbst und den eigenen Mitmenschen niemals verkehrt ist. Dieser Sinn für Komik sorgt für zweierlei in diesem Buch – es ist einerseits dadurch, klar, einfach ungeheuer lustig, und es ist andererseits so menschlich, so freundlich und bei all ihrem Scharfblick niemals so, als würde sie jemanden bloßstellen.

Dass Rosamund eine gleichermaßen sympathische wie hoffnungslos patscherte Person ist, wird einem nach wenigen Seiten klar, etwa wenn sie nachrechnet, ob sie tatsächlich schwanger sein könnte – »Ich holte meinen Kalender heraus und begann fieberhaft, die Tage zu zählen, was einigermaßen schwierig war, weil ich mir nie über irgendwas Notizen mache, geschweige denn über die Funktionen meiner Innereien« –, oder bei ihren Kontemplationen zum Thema Arztbesuch (sehr richtig vermutet sie, dass ein solcher angesichts einer Schwangerschaft irgendwann wohl unvermeidlich wird): »Mein letzter Arztbesuch lag schon so lange zurück, dass ich mich nicht mehr erinnern konnte, wie man so was am besten anstellt. (…) Wahrscheinlich wäre es am besten, dachte ich, einfach zum nächsten praktischen Arzt zu gehen. Aber woher sollte ich wissen, wie er hieß und wo er praktizierte?« Tja, das ist wirklich ein schier unlösbares Problem.

Kurz erwägt sie die Möglichkeit einer Abtreibung, sie ruft auch durchaus irgendwie engagiert bei der Nummer an, die eine Freundin aus Cambridge ihr gegeben hat, »aber es war besetzt. Weiter unternahm ich nichts.« Naja, wenn besetzt ist?! Was sollte man da auch weiter unternehmen, nicht wahr. Es hat etwas umwerfend Liebenswürdiges, wie wenig eitles Interesse sie für sich selbst aufbringt. Einerseits möchte sie unbedingt vermeiden, irgendjemandem lästig zu fallen (und sei es einem Arzt, der dafür bezahlt wird, dass man ihm lästig ist), andererseits ist es aber auch die Mühsal, die es bedeutet, überhaupt einen Arzt aufzutreiben, womöglich (mehrfach!) irgendwo anzuklingeln, später gar stundenlang in einem Wartezimmer seine Zeit zu vertrödeln, die sie bislang in der Überzeugung leben ließ, es sei unterm Strich viel bequemer und weniger zeitraubend, eine allfällige Krankheit einfach auszusitzen.

Ihre Schwester scheint übrigens von ähnlichem Schlag zu sein. Als sie ihr drittes Kind erwartet, scheint ihr das die praktischere Lösung zu sein als die allfällige Alternative: »›Ehrlich‹, hatte sie einmal voller Ernst (…) gesagt, ›ich freue mich sehr. Jetzt kann ich all meine Babysachen aufbrauchen. Ich habe noch so viele und hatte schon befürchtet, sie zusammenzupacken und zu Oxfam schicken zu müssen – und dabei hasse ich es, Pakete zu packen.‹« Jaja, dieses entsetzliche Pakete packen! Dann doch lieber ein Kind.

Ich entsinne mich, schon bei der schulischen Lektüre von Schillers *Kabbale und Liebe* zu dem Schluss gekommen zu sein, die allermeisten Kalamitäten in der Literatur – und selbstredend auch im eigentlichen Leben –, das ganze heillose Durcheinander ergebe sich, weil man einfach nicht gescheit miteinander redete. Rosamund ist da keine Ausnahme – und sie weiß das auch sehr genau: »(…) denn jedes Mal, wenn ich daran denke, wünsche ich mir, ich hätte hier und da ein bisschen mehr gegeben oder doch wenigstens gesagt, was in mir vorging, sodass George gewusst hätte, wie viel es mir bedeutete.«

Woher kommt diese enorme Unsicherheit bei ihr? Es ist ja nicht nur das ausbleibende Gespräch mit George, das hier auffällt, nein, es ist ihre grundsätzliche Haltung, man müsse alleine klarkommen im Leben – sehr spät erst versteht sie, »wenn ich andere Leute häufiger um Hilfe bitten würde, würde ich auch mehr Freundlichkeit erfahren«.

Sie wünscht sich im Grunde etwas sehr Kindliches: ohne Worte verstanden zu werden. Es ist ein stummes Hoffen, George möge doch etwas sagen, den ersten Schritt tun. Und dieser Wunsch führt zu dem, was ich ihr (und da fange ich nun sehr albern an, mit Rosamund zu streiten) regelrecht vorwerfe: Sie kommt zu dem Schluss, dass sie »einfach für niemanden mehr fühlen [kann], was ich für mein Kind fühlte«. Und weiter: »George jedoch hatte, wie ich sehen konnte, nichts von dieser Sicherheit. Weder beneidete noch bemitleidete ich ihn um seine Gleichgültigkeit, denn er war ich – das Ich, das ich ohne den Zufall, ohne das Schicksal, ohne das Glück, ohne meine Weiblichkeit immer noch gewesen wäre.«

Nun ja, Zufall, Schicksal, Glück (die Weiblichkeit jetzt einmal ausgenommen, die ist George, zugegeben, wirklich nicht gegeben) – auf all das hatte George genau genommen auch keine Chance.

An der Erfahrung der Elternschaft, auf die sich Rosamund hier bezieht, lässt sie ihn von Anbeginn nicht teilhaben – indem sie ihm ganz einfach nichts von seinem Kind erzählt. Sie vermeidet, so könnte man vielleicht sagen, di sogenannte Triangulierung – also eigentlich das, was ein Kind mit der Akzeptanz eines Dritten im Bunde, dem Vater nämlich, lernt – sie selbst ist es jedoch, die diesen Dritten ausschließt. Sie tut es, weil sie zutiefst konfliktunfähig ist. In ihrer hellsichtigen Analyse ihrer selbst versteht sie sehr gut, dass sie Konflikte eigentlich nur kann – *neuerdings* kann –, wenn es um das Wohl ihres Kindes geht. Wir erinnern den grandiosen Zinnober, den sie veranstaltet, als sie im Krankenhaus nicht zu ihrem Kind gelassen wird (eines hat sie nämlich sehr gut verstanden: »Was ich für mich hinnehme, darunter hat auch sie zu leiden.«). Sie erklärt diese konfliktscheue Veranlagung gesamtgesellschaftlich: »Es steht eine Ethik dahinter, eine wohletablierte, traditionelle, englische Ethik: meine Ethik, ob mir das nun gefällt oder nicht.« Wäre diese Ethik nicht, so resümiert sie weiter, entstünde daraus »Gewalt, Geschrei, Hässlichkeit und Gott weiß was noch alles«. Früher im Buch nennt sie sich »im Herzen eine Viktorianerin«, das geht in eine ähnliche Richtung.

Ihre sehr spezielle Erziehung gehört sicherlich genauso mit dazu, das, was sie ihre »Unfähigkeit« nennt, »die Dinge unter dem Aspekt menschlicher Empfindungen wie Sympathie und Antipathie, Liebe und Hass zu betrachten, nicht unter dem Gesichtspunkt von Gerechtigkeit, Schuld und Unschuld«. Und, um noch kleinteiliger zu werden: Ihre Eltern selbst scheinen, fernab von Erziehungsfragen, zwar ein paar ethisch und moralisch einwandfreie Haltungen zu haben, ob sie jedoch auf der, wie soll ich sagen, Herzensebene, wirklich überzeugen, wage ich zu bezweifeln. Man kann in der Theorie alles richtig machen und dennoch fehlt was. Es kann beispielsweise sein, dass es mitunter wichtiger wäre zu fragen, wo das Kind gewesen ist, wenn es spät nach Hause kommt, statt als Vertrauensdemonstration stillschweigend darüber hinweg zu gehen. Gut möglich, dass man dann einen Konflikt hätte (»Gewalt, Geschrei, Hässlichkeit und Gott weiß was noch alles«) – den ihre Eltern offenbar genauso zu vermeiden suchen wie Rosamund später selber in diversen Situationen –, es kann aber auch sein, dass man sich auf diese Weise zwar einen möglichen Konflikt erspart, aber zugleich vielleicht ein vertrauensvolles Gespräch entgehen lässt mit dem eigenen Kind. Etwas provokativ könnte man über die Haltung ihrer Eltern sagen: Das menschliche Elend ist in seiner Gesamtheit so groß, dass ein kleines kindliches Elend daneben verblasst.

Gleich zu Beginn des Buches macht Rosamund sich darüber Gedanken, woher »das Misstrauen, die Furcht, die panische Angst vor Sex« kommt. Sie findet darauf keine Antwort – und wird sie ihr ganzes weiteres Leben hinweg nicht finden. Auch wir können das nicht beantworten, aber ihre Vermutungen gehen vielleicht in die richtige Richtung:

»... die übergesunde, geschäftsmäßige Atmosphäre in meiner Familie, meine Isolation als Kind (aufgrund intellektueller Überlegenheit), mein selbstsüchtiger, selbstschützender Hass gegen Bevormundung«. Es bleibt dieser, wie sie selbst findet, traurige Aspekt ihres Lebens, ungeklärt. Sagen können wir sicherlich: Rosamund wagt sich nicht in die unkontrollierbaren Untiefen des Streits, genauso wenig wie in die unkontrollierbaren Untiefen der Intimität.

Aber zurück zu George: Es mag sein, dass er, wäre er von Anfang an mit einbezogen gewesen in diese Prozesse, die Rosamund durchläuft, versagt hätte – das traditionelle Männer- und Frauenbild dieser Zeit legt das vielleicht sogar nahe. Aber vielleicht auch nicht. Und was die Erwähnung der Weiblichkeit betrifft, an der es ihm nebst Zufall, Glück und Schicksal mangelt – ich bin nicht der Meinung, dass seine Männlichkeit ihn zwangsläufig daran hindern müsste, eine ähnliche Entwicklung zu nehmen wie sie. Tiefe, kompromisslose Liebe zu einem Kind, die Bereitschaft, wie eine Löwin (oder eben ein Löwe) um es zu kämpfen, durch ein Baby empathischer zu werden für menschliches Leiden, überhaupt für die Vielfalt des allgemeinen Elends, darauf haben Mütter kein Monopol. Dass all dies gelingt, dass man, pathetisch gesagt, durch ein Kind ein anderer, besserer Mensch wird, dafür ist ein kompliziertes Zusammenspiel vielerlei Faktoren vonnöten, und auch bei Frauen ist es ja keineswegs selbstverständlich. Rosamund selbst erkennt dies, als ihre erkrankte Tochter Octavia im Hospital von ihr ferngehalten wird – und es nur ihr und einer einzigen weiteren Frau gelingt, dieses Verbot zu überwinden. Wie schon in früheren Situationen ist ihr völlig klar, dass es zu einem guten Teil ihrer Stellung in der Welt geschuldet ist, dass für sie andere Regeln gelten – der operierende Arzt kennt ihre Eltern, und auch der Mann der anderen Frau hat irgendwie Einfluss. Aber das allein ist es nicht. Sie kämpft so energisch dafür, zu ihrem Baby gelassen zu werden, weil es ihr das Herz bricht, es allein zu wissen. Sie fühlt zutiefst mit ihm. Und sie fragt sich, ob denn die anderen Mütter nicht ebenso tief fühlen. Sie kommt zu dem Ergebnis, dass es vermutlich ganz unterschiedlich ist. Viele werden ebenso fühlen und ebenso über die Trennung trauern, sich aber außerstande sehen, etwas dagegen zu unternehmen. Andere würden es in ihrem Familien- und Arbeitsalltag gar nicht schaffen, ständig bei ihrem kranken Kind zu sein. Wieder andere würden, wie auch die Oberschwester, der Meinung sein, dass es für das Kind am allerbesten ist, in der alleinigen Obhut des Krankenhauses zu sein. Frauen sind, mit anderen Worten, auf sehr unterschiedliche Art und Weise Mütter, und das, was Rosamund erlebt, ihre erhöhte Empfindsamkeit für andere Menschen und ihre Nöte, für die Ungerechtigkeit in der Welt, ist keineswegs übertragbar auf alle Frauen, die Kinder zur Welt bringen. Und damit handkehrum in seinem Gegenteil natürlich auch nicht auf Männer und Väter anwendbar.

Dass das Verhältnis zwischen Vätern und Kindern im ungünstigen Fall zu einer recht nüchternen Angelegenheit werden kann, liegt sicherlich auch an gewissen Strukturen, die in ihrer Gesamtheit ja ein Desaster sind. Die medizinische Mühle beispielsweise, in die Rosamund mit Feststellung ihrer Schwangerschaft gerät, ist von vorne bis hinten entsetzlich. Auch ihre Schwester sagt das, ganz gottergeben: »›Es ist schon schrecklich, wie man dort herumgeschubst wird, aber man muss eben die Zähne zusammenbeißen.‹« Nummern gleich sitzen die schwangeren Frauen stundenlang herum und warten darauf, von desinteressierten Ärzten und Hebammen abgefertigt zu werden. Kommt es zur Entbindung, wird man mit seinen Wehen mausalleine in einem Zimmer gelassen, irgendwann bekommt man eine Spritze verpasst und wenn man sagt, das Kind kommt, wird einem nicht geglaubt. Dieses Kind wird hinterher anderswo einquartiert und der Mutter nur zu festgesetzten Zeiten zum Trinken vorbeigebracht. Wenn es Rosamund das Herz bricht, ihr Kind später krank alleine in einem Bettchen hinter Glas zu wissen, stimme ich ihr vollauf zu – mir bricht aber auch bei dieser Schilderung einer Geburt das Herz. Es ist, wie ich finde, schon für Mütter kein Leichtes, mit all dem, was da in der medizinischen »Betreuung« von Anbeginn an schiefläuft, eine tiefe emotionale Bindung zu ihrem Kind herzustellen – Väter kommen in diesen Vorgängen um Schwangerschaft und Geburt gar nicht erst vor, und nicht nur bei Rosamund ob ihrer speziellen Situation, nein, es scheint das ganze Prozedere ums Kinderkriegen insgesamt eine Sache zu sein, mit der Männer, fernab der Zeugung, nichts zu tun haben.

Dass George Zufall, Schicksal und Glück der Erfahrung der Elternschaft nicht gegeben sind, hängt mit einer Problematik zusammen, die Rosamund, als sie über ihr frühes Hamish-Erlebnis nachdenkt, ziemlich genau formuliert: »Ich wusste nicht, dass sich Muster herausbilden, lange bevor es uns bewusst wird, und dass das, von dem wir denken, wir würden es beherrschen, zu einem Gefängnis wird, das uns beherrscht.« Sie macht auch in ihrer Verbindung mit George das, was sie immer schon getan hat – und zwar nicht, weil es sich bewährt hätte. Sie ist – wie wir alle in so vielen Situationen – Opfer ihrer eigenen Wiederholungsschlaufe.

Dabei kriegt sie, das kann man ohne jede Einschränkung sagen, alles eigentlich wunderbar hin – sie lebt in einer WG mit ihrer Schriftstellerfreundin Lydia, hat eine nette Frau, die sich um ihr Kind kümmert, sie hat keine Geldsorgen, findet nach ihrer Habilitation sofort eine gute Stelle und auch die

Wohnsituation ist dank des verlängerten Auslandsaufenthalts der Eltern erstmal gelöst. Sie ist sich völlig im Klaren darüber, dass sie in einer durchaus privilegierten Situation ist. »Ich war in der Lage, meinen eigenen Lebensunterhalt zu verdienen (...), ich habe einfach nie daran geglaubt, dass ein einziges uneheliches Kind meiner Karriere Schaden zufügen könnte. (...) Ich spürte, dass ich gut genug war, um damit durchzukommen und ich muss sagen, bisher ist das auch noch nicht widerlegt worden.«

Unabhängig zu sein ist, mit anderen Worten, für sie kein Problem. Das, was so vielen so schwerfällt, gelingt ihr mit erstaunlicher Leichtigkeit. Bedürftig zu sein jedoch, damit kommt sie nicht klar. Liebesbedürftig, hilfebedürftig, trostbedürftig sind immer nur andere. Durch Schwangerschaft und Geburt empfindsam geworden erkennt sie die Bedürftigkeit aller möglicher Leute – ihres Babys, anderer Mütter, Patienten in einer Praxis. Sie hat ein Herz für sie, sie wird weich ihnen gegenüber, aber für sich selbst hat sie kaum Mitgefühl übrig.

Interessant ist, dass sie, trotz aller scharfsichtigen Selbstreflektion, in Anbetracht ihrer eigenen Situation in eine alte Dialektik verfällt: Sie hat ja so viel Glück in der Arbeit, so viel Erfolg, dass es quasi nur gerecht ist, dass sie in der Liebe nicht auch noch Glück hat.

Für eine so gescheite Person wie Rosamund Stacey ist das ein erstaunlicher Rückfall in die Denke ihrer Herkunftsfamilie. Ich würde sagen, da sie es anderweitig nicht geklärt kriegt, was eigentlich wirklich der Grund ist für diese Trennung in Glücksdingen, greift sie auf die Erklärung zurück, die sie von früh auf kennt. Das ist nicht schlimm, so ist sie halt, so sind wir Menschen insgesamt halt.

Rosamund Stacey ist keine Superheldin, die sämtliche ihr in den Weg gelegten Schwierigkeiten meisterhaft löst und mit vollen Segeln Richtung Happy-End gleitet. Mit Charme und Chuzpe manövriert sie sich durchs Leben, manches gelingt ihr richtig gut, anderes bleibt ein bisschen krumm und schief. Es sind nicht zuletzt ihre Unzulänglichkeiten, die sie zu einer Figur machen, die man so ins Herz schließt, ihre klare Sicht auf das, was sie geschafft hat, und das, was ungelöst bleibt. Es ist das Leben ja insgesamt ein großes Kuddelmuddel, in dem wir alle versuchen, irgendwie den Kopf über Wasser zu behalten – und es ist nicht das Schlechteste, einer Rosamund Stacey dabei zuzuschauen, wie sie nach bestem Wissen und Gewissen darin herumwurstelt.

Verena Roßbacher

Zur Autorin, zur Übersetzerin und zur Verfasserin des Nachworts

Dame Margaret Drabble (OBE), Lady Holroyd, geboren 1939 in Sheffield, hat zahlreiche Romane, Erzählungen und Sachbücher veröffentlicht und wurde für ihr Werk mehrfach ausgezeichnet, u.a. mit dem John Llewellyn Rhys Memorial Prize für *The Millstone*. Dame Margaret Drabble ist die kleine Schwester von A.S. Byatt, Mutter dreier Kinder und lebt mit ihrem zweiten Ehemann, dem Biografen Sir Michael Holroyd, in London und Somerset.

Irmela Erckenbrecht, geboren 1958, übersetzte unter anderem Michael Frayn, Edna O'Brien, Vita Sackville-West und Jane Smiley. Sie lebt in der Nähe von Göttingen.

Verena Rossbacher, geboren 1979, wuchs in Österreich und in der Schweiz auf und studierte am Deutschen Literaturinstitut Leipzig. Seit ihrem Romandebüt *Verlangen nach Drachen* (2009) veröffentliche sie zahlreiche Romane. Im Herbst 2022 erhielt für ihren Roman *Mon Cheri und unsere demolierten Seelen* den Österreichischen Buchpreis. Sie lebt in Berlin.

Zum Buch

Rosamund macht sich nicht viel aus der Liebe. Die wohl einzige Jungfrau im London der Swinging Sixties hätte zwar mehr als genug Gelegenheiten für heiße Affären, sitzt aber lieber über den Büchern. Und ausgerechnet sie wird nach einem mäßigen One-Night-Stand schwanger. Im ersten Schreck versucht sie die Angelegenheit mit Gin und einem heißen Bad zu beenden. Doch alles geht schief, und der Abend endet in einem großen Besäufnis.

Rosamund schafft es nicht, sich gegen das Kind zu entscheiden. Na gut, dann zieht sie es eben allein auf. Auch wenn das Leben als ledige Mutter wohl nicht einfach werden wird.

Nicht in ihren kühnsten Träumen hätte sie für möglich gehalten, sich so rückhaltlos in ihre kleine Tochter zu verlieben. Als diese lebensbedrohlich erkrankt, lernt die eher hasenfüßige Rosamund sich von einer komplett anderen Seite kennen.

Dieses Buch wurde klimaneutral gedruckt.

Der Dörlemann Verlag wird vom Bundesamt für Kultur für die Jahre 2021–2024 unterstützt.